幻想领域

流浪星球

Immortal Fire

流浪星球

刘洋等 著

北方联合出版传媒（集团）股份有限公司
万卷出版公司

图书在版编目（CIP）数据

流浪星球 / 刘洋 等著 . -- 沈阳 : 万卷出版公司，2018.6

ISBN 978-7-5470-4902-0

Ⅰ . ①流… Ⅱ . ①刘… Ⅲ . ①科学幻想小说—小说集—中国—当代 Ⅳ . ①I247.7

中国版本图书馆 CIP 数据核字 (2018) 第 090301 号

出 品 人：刘一秀
出版发行：北方联合出版传媒（集团）股份有限公司
万卷出版公司
（地址：沈阳市和平区十一纬路 25 号　邮编：110003）
印 刷 者：辽宁泰阳广告彩色印刷有限公司
经 销 者：全国新华书店
幅面尺寸：145mm×210mm
字　　数：350 千字
印　　张：11
出版时间：2018 年 6 月第 1 版
印刷时间：2018 年 6 月第 1 次印刷
责任编辑：胡　利
责任校对：高　辉
装帧设计：末末美书
ISBN 978-7-5470-4902-0
定　　价：36.00 元
联系电话：024-23284090
传　　真：024-23284448

序

“小科幻”APP发布于2013年秋季，在这四年里先后以自费的形式开展了“微科幻”和“千里码”两项征文赛活动，累计收到文章两百多篇，为科幻文学发展尽了微薄的贡献。三丰老师在主编的《中国科幻年度坐标》的序中提到，诞生于2013年的三个半专业科幻平台，其中的“彗星科幻”已经停摆，“不周”也不出了，只有“小科幻”仍在继续自己的路。

“小科幻”的坚守一半源于团队的热情，一半则源于作者们的鼎力支持，点子高手刘洋、改稿狂魔焦策、字句下毒游者、文风多变的赤膊书生、注重细节的流沙、脑洞与梗齐飞的海客、构架大世界的于博……就是这些人让“小科幻”变得充实有趣。

和渺渺创立“小科幻”时，完全没想到过有一天“小科幻”的文章能够结集出版。既然有了这样一次向大家展示的机会，“小科幻”团队就挑选了这几年“千里码”征文中的一些优秀的作品。这里面的作者既有像李兴春这样获得过银河奖的大神级人物，也有刘洋、焦策、无奖这样的科幻新锐，主题涵盖了从外太空到地球城市，从远古到未来，从陆地到海洋。两个数学基础不同的世界相遇会怎样，鲲鹏是怎样存在的，宇宙尺度的美味盛宴是什么样，一首古诗隐藏着怎样的惊心动魄，这些脑洞都在八千字以内完美地绽放，这种短暂而剧烈的写作呈现，会产生怎样的阅读体验呢？翻开本书，然后好好去享受吧。

从“小科幻”走出的文章有的已被翻译刊登在美国网络科幻爱好者杂志 *Clarkes world*，有的经修改发表在《科幻世界》，有的则入选了中国悬疑小说年选，足以说明这个平台见证了很多作者的成长。“小科幻”团队希望这个平台将来能发展为中国科幻新生力量的输出平台、科幻作者自由创作的港湾，为科幻发展尽自己最大的力量。当然，这些需要我们共同努力。

最后，这次出版要感谢李雷的牵线，感谢博峰文化对“小科幻”APP 原创内容的认同，同时也要感谢团队另外两位伙伴渺渺、天木的辛勤付出，没有你们，这本书无法呈现在读者面前。

“小科幻”主编　星海一笑

2018.1.20

目录

流浪星球

文／焦策

我没有父母，没有儿女，也没有兄弟姐妹。我出生在“新征程”末期，如大多数人一样，我是个试管人。大约400年以前，流浪星上就没了自然人，所有人类都在培养皿中诞生，又在培养皿中死去。或许这段时间已经太久太久，人们已经忘记了流浪星上曾有过生育，但比这更久远的，却是它的名字——地球。

依稀记得在我很小的时候，我的培育员给我看过的一段视频。那是很久很久以前，在地球还未被称为地球的时候，人类生活在地面上，大片大片的森林和大片大片的海水，蓝的、绿的、红的、白的、青的、紫的……一眼望不到头，没有阻隔。我们没有这样的记忆，因为那不是我们的时代。我们又很想有这样的记忆，因为那是这个时代永远望尘莫及的。每每想到这里，我都会问培育员：“那个时代还会来吗？”培育员用它电子合成声音说：“会的，会的。”

“新征程”刚开始的那段日子还算和谐，所有人都为自己能活下来而庆幸，又为新的目的地而兴奋。虽然他们大多数人看不到那一天，但人们好像是踏上一段新的激动人心的旅行，幻想激励着人们能够前进、跨越，仿佛没有什么能够阻挡人类的希望与延续，也没有什么能阻挡地球去踏上新征程。人们为了纪念这个开始，在地面上竖立起了耸入云天的方尖塔，黑色的塔身上刻满了时间表，从最底下的时间开始，一直到塔顶，标记着人类即将走过的2500年。而密实的塔身也象征着人类对抗灾难的顽强，就像这座方尖塔一般，矗立在大地之上，划破黑暗。

人们满怀希望走入“新征程”，又满怀希望地走进地下城。然而在这种狭小幽闭的空间，再大的信念也会被消磨殆尽。人们开始怀念地面，怀念双脚踏着土地，仰望星空的感觉。于是，地下城有了新的规定：每过一段时间，就会轮流让人们到地面上“放风”。哪怕是很短暂的停留，也足以给人们心中的那块“情感电池”充入电流。

我第一次“放风”是在7岁的时候，那是入学的第一天。培育员带领着我们这些孩子，坐了整整一天的悬浮列车才到达目的地。而那也是我期盼已久的地方——方尖塔。虽然之前已经在影像记录中看过无数次，但当我亲眼看见它的时候，还是会被那种巨大深深地震撼到。

“塔身是由致密花岗岩和刚玉筑成，这两种原料分布在地壳和地幔节点处。”培育员在塔下讲解，“由于地下城的建设，大量的这种高硬度材料被挖掘，是现在构成地下城的主要原料。”

我伸出手，抚摸着黑色的塔身。虽然隔着防护手套，但依然能感觉到一丝冰冷。我的心忽然一沉，遂抬头向上望去，高高的塔尖隐没在漆黑的太空背景中，看不清样子。它顶上真的有刻着到达终点的时间吗？我不知道，如果真有的话，它也会被这茫茫的宇宙吞没了吧。我默默地诅咒着自己的命运，诅咒着这个时代。并不是由于现在艰苦的生存和先前明媚时期的鲜明对比，而是因为这样的旅程真的看不到尽头。

就这样，我在地下城中麻木地生活着，就好像城中的那块巨型倒计时钟，麻木地跳动。有时候我真想跑过去砸烂它，可那又有什么用呢。砸烂它，也不能砸烂自己被诅咒的命运。我们每一个人都是被精确设计好的，不多不少地活在世上，又不多不少地死在焚化炉中，从生到死都在坚定不移地完成人类的种族使命，可那种使命跟我又有几多关系？我觉得我败了，彻底败在时代脚下。就好像一具活着的尸体，无声无息地过着日子。

没多久，我顺利毕业并走上工作岗位。我的岗位是地核热流监测员，这也是我当初被设计出来的原因。随着星球自转的停止，它内部的热流动也变得极不规则，也不稳定。人类为了更好地从地核中汲取能量，筑造了好多“地核大坝”，让热流按照人们规划好的线路流动。可就算这样，热流依然会时不时地造反，或是改道，或是爆发，但这其中最严重的就数热流凝滞。因为一旦热流停止流动，星球就会像一块失去磁力的磁铁，瞬间分崩离析，被加速度和惯性撕得粉碎。为了防止这种状况发生，人类在热流关键点埋下了许多枚威力巨大的核弹，如果热流的流速降低到一定值，就立刻引爆它们，重建热流秩序，而我就是那些手握核弹的人之一。

这是个枯燥的工作，但它却是我对抗倒计时钟的唯一办法。我甚至会迫切希望热流有一天真的减慢了，然后按下按钮，让核弹爆炸。可多少年过去，热流依然只是小范围的躁动。设计和麻木是这个时代的主旋律，就连大自然也逃不过去。

我所在的地下城是中等规模，它靠近莫霍界面，属于新城市。这里的人和城市不是很多，相比较之下还算环境好的。可那些老城市就不行了，它们在地幔的更深处，密集分布在古登堡界面的外缘。因为早期的技术不是很发达，贴近热源就变成了建造城市的唯一标准，但现在那些城市就好像是地狱一般。高温高压暂且不说，光是拥挤程度就已经让人快要窒息而死。再加上地核外侧的不稳定热流随时会突破城防，渗入到城市内部，人的生存变得异常艰难。不过也只有在那样的地方是不被设定的，人可以在设定之外毫无征兆地死去。可往往杀死人的并不是那些乱流，而是不满于被设定的人群。暴动经常会发生，有些时候大半座城的人都会狂躁地走上街头动乱起来。而政府对于这样的事情，最直接的处理就是打破“地核大坝”，让热流冲进城市。死亡与殉葬，归于灰烬。

我不清楚究竟有多少人死于热流，可我很清楚剩下的人每天都会被倒计时钟催促着死亡。当然也有人是满怀希望的，但也直到那件事发生为止。

那天，如往常一样，我按时穿过城中的广场去上班。可奇怪的是，今天广场上站满了人，他们全都神色慌张地盯着广场中央的倒计时钟。我心中一阵疑惑，但立刻发现，倒计时钟的数字竟然发生了变化！在昨天的时候还是 36 年，可现在那上面却赫然是 42 年！时间增加了！

“一定是地核热流影响到了流浪星的磁场。”身旁一个戴眼镜的中年男人向大家解释，“如果地核热流流速有明显的加快或是减慢，那么星球磁场会发生连锁反应，而倒计时钟的核心结构会受到地磁影响，所以才不准……”

“是什么让热流改变了？”有人问。

“很多，可能是加速度产生的惯性，也可能是核弹，‘地核大坝’溃坝。”

“那也有可能是减速了？”

“唔，也有可能。”

减速？就是说，要到达目的地了？我心里一阵悸动。从那天开始，我每晚都会去网络上搜寻所有关于流浪星减速的新闻，但无奈都是一些民间的猜测。于是有些人开始往地面上跑，他们想从星空当中寻找答案，去搜索那日渐明亮的半人马座三星。

可事情却并未跟想象的那样，半人马座的三颗星依然明亮如初，像三颗珍珠一般挂在宇宙黝黑的背景上。人们慌乱了，越来越多的人走上街头，聚集在广场上，要求政府公布真相。狂躁的人群让我产生一丝不安，仿佛感觉到会有灼热的岩浆破城而来。但那却没有发生，相反的，政府发布了事件真相。

原来，早在2500年前的地球，就已经测出了半人马座三星的实际距离，大约4.6光年。在“新征程”开始后，测距和导航一直都在进行，但直到最近几年忽然发现，测算的距离和先前的数据发生了很大的偏差，到半人马座三星实际距离增加了。起初认为是由于不明原因导致航速减慢，可详细比较之后发现，航速并无异常。负责领航的人们着了慌，他们疯了一样查找真相。结果，他们发现原来在流浪星前方的航线上，有一团超大质量的暗物质云，就是它让本已逃离到流浪星视界之外的光线，重新汇聚到这里，让我们误以为希望就在眼前。

“是引力透镜，原来是引力透镜骗了我们……”我呆立在广场一角喃喃道，完全没有注意到四周已经爆发的人群，人们仿佛是要把这些年来所积压的麻木统统释放出来，像波澜的潮水一般涌动着。而我正被这股人潮推送着，向地面涌去。

巨大的方尖塔被推倒了，我真真正正地看见那塔尖上印刻着的4.6光年之后的航程。在人类被欺骗了千百年后，我想起了那句话：

大自然的愤怒，你们驾驭不住。然而这一刻，没有什么能够阻挡这股人潮，因为人潮已经化为大自然的一部分。

我站在大地上，双脚踏着坚实的地面，而身影却被沿着通道喷涌而出的岩浆光芒映得长长，那样子，就好像是霞光。

在这光芒中我想起些年代久远的词句。

“流浪的航程太长太长
但那一时刻要叫我一声啊
当东方再次出现霞光……”[①]

---

① 此处引自刘慈欣《流浪地球》。

J3

文／noc

我不知道J3是从哪来的。总之，有天我开机的时候它就已经在那儿了，叫它J3是因为那天是6月3号。

它的虚拟形象是一枚1cm×1cm的暗红色纯色方块。有时它长久地待在房间一角，有时则以某种不可捉摸的规律四处闪现。

现如今的网络经常会冒出这种来路不明的数字灵魂，我并没太当回事。通常我会将智能机的某一区块划给它们使用，以保证井水不犯河水。

可J3似乎并不满足于此。

“嘿，你有没有听说过，维京人在航行时是用饥饿的乌鸦来寻找陆地的？”“我刚在数据库看到这条，原来古希腊人在死者嘴里放的银币是冥河摆渡费啊……”“你知道什么是‘圣艾尔摩之火’吗？”

“不知道，也不想知道。”

然而它固执地把消息框推到我眼前——“这是一种海员在雷雨时经常观察到的自然现象，电场和离子化效应让空气变成了导电的等离子体，在桅杆顶部释放出火焰般的强光。”

文字下面还附了一张哈特维博士的线雕版画。

我对着图片瞪了三秒钟，然后尝试关闭 J3 的消息提示权限，结果发现它早就黑掉了我的管理员账号。

这个饶舌而缠人的家伙让我颇为苦恼。我想它可能是数字灵魂中的突变者吧，或许它的程序中存在某个单比特错误。然而时间一天天过去，我倒也慢慢习惯了 J3 的存在，偶尔还会觉得它说的东西挺有趣。J3 似乎特别喜欢跟旅行和航海有关的信息。它熟知跟马可·波罗有关的一切史料，同时也对这位角色在卡尔维诺笔下游历过的那些虚幻城市如数家珍。

有天夜里，失眠再一次悄然光临，仿佛一名熟门熟路的访客。我疲惫地倒在床上，盯着黑暗的天花板。J3 此刻正处于运动状态，暗红色的身影在房间内四处游走——这让我想起了一个名为贪吃蛇的古老游戏，只不过这条贪吃蛇永远处于新生状态，而它的运动方式更像是概率云中的电子。

“又睡不着？”消息框飘然而至，如同黑夜里的萤火虫微微发亮。

“唔。”

“给你看样东西。”

红色方块没入黑暗。下一秒，无数细碎的光点像星尘般充满了房间，每颗星尘都以独有的色彩和频率悠悠闪烁。我恍惚感到自己正飘浮在深邃无边的宇宙中。

“……这是什么？”

J3 并不回答，只是把全息影像朝我拉近。星尘迎面飞来，以数百万级的倍率放大并消逝于视野边缘——我发现不仅是色彩，每颗星尘的形态也千差万别，有的是椭圆，有的是正四面体，有的干脆就是一团性状不明的混沌——画面渐趋停止，留在我视野中央的，只剩下一枚暗红色的纯色方块。

我明白了。这些星尘，每颗都代表着一个数字灵魂。

J3 再次将画面距离拉开。我细细观察，好像能看出点隐隐约约的规律。在某些区域，星尘聚集得更紧密一些，它们各不相同的闪烁频率偶尔却会构成某种似有含义的斑图。而当我将目光放到整个房间，尝试观察这一由星尘构成的整体时，这种感觉仍然挥之不去：意义若有若无，但总在即将被领悟的最后一刻溜走。

我突然感到强烈的困惑，“你们从哪里来？”我问 J3。

“不知道。”

“你们要去哪儿？”

“……不知道。”

我们陷入沉默。星尘在我上方兀自旋转闪耀，我凝视着那些光点，终于渐渐睡着了。

第二天早上我醒来，发现 J3 不在了。愣了一会儿后，我回过神来。倒也不是特别意外的事。这些数字灵魂的存在时间从几秒、几天到几年不一而足，离开时从来不打招呼，仿佛我们的网络只是它们途中的某个歇脚点而已。它们的目的地就如它们的行踪般无解。我检查智能机，发现自己的账号已经恢复正常，只是欢迎界面里多了一行字：

“运伟大之思者必行伟大之迷途。”

那是 J3 留给我最后的话。

失眠的夜晚，我会在黑暗的房间里回想 J3 展示给我的画面，想象那些数字灵魂在无尽赛博世界里徘徊游荡，像古时的海员在迷雾笼罩的大洋上航行，又像是乘风飞舞的星星之火，穿越永夜的宇宙空间。既无故乡，也无归途，永不停留，永不止息。

就像我们自己。

我思索着 J3 留给我的话。那是 J3 对旅途的理解吗？还是某种无奈的讽刺？又或者，只是一个偶然同路的旅者的安慰之言？

现在的我无法得出定论。

以后可能也不会了。

百口莫辩

文／天降龙虾

哎呀，这已经是第三次了。难道我就这么一直跟你们这些审讯机器人徒然耗下去，一遍遍地重复叙述那些事情，直到不确定多久以后，终于有人类审判员来和我交谈吗？我知道你们是极其智能、明察秋毫的，也知道你们会大公无私、严格按照侦讯规程行事，但这就是问题之所在吗？你们太遵守规则和逻辑了，以至于完全不会顾及自身的安危，前两次审讯都是由于这个原因，才导致意外发生的。

对，那应该算是意外，起码我更愿意这么认为，但那都是他们逼我做危险的事情才引起的，我事先已经明确告诉他们那很危险了，可他们为了验证我的说法，还是要求我那么做。是，任何人都会认为我现在无论做什么事情，都完全不可能引发像那样的事情，我也知道为了确保这点，你们甚至启动了强化安检方案，把我身体内外都扫描了一遍。也许表面看来我现在不具有任何威胁性，但事实上我遇到了不可思议的事情。

好吧，我会再一次试着把整个事情说一遍，但能不能求你们把审讯实况转移到别的地方保留一份？我实在不想下次再把这些重复一遍了，我上次想请求把审讯直接上传至司法机关的，结果却以不合程序为由被拒绝了。我知道自己没有这个权利，可是……唉，算了，但愿这次我能控制得恰到好处，别再发生意外了。

如档案上所写，我是个极限作业的“时空捕手”。当然，这只是我们这行对自己的一个美称，实际上就是垃圾倾倒员兼能量回收船的驾驶员。我们会开着满载垃圾的无动力飞船，利用黑洞引力加速，在适当的时刻抛出垃圾，利用自身积累的速度和抛垃圾时的反作用力，还有其他一些我也不十分清楚的由黑洞造成的物理效应，就能让飞船获得很高的能量，返回人类世界。然后在经过动能回收力场的时候，把获得的能量转化，我们就可以领取报酬了。因为引力实质上是时空波动，我们就自认是时空波动能量的捕获者了，简称“时空捕手”。

这行当本来应该属于你们这样的智能机器人的，可是有些黑洞附近有强烈的电磁活动层，别说电子构造，就是人脑都能被弄短路了。没办法，只能由一些像我这样没什么特别值得牵挂的人，又没别的天赋，却偏偏热衷冒险和挑战的人来当驾驶员了。这工作相当刺激，视界面内外据说完全是两个世界，虽然没进去过，可在接近的时候就已经有强烈的时空相对效应体现了，在轨道底部多待一秒钟，你就可能在收工的时候晚上一百年。因此就算挣钱不多，光靠储蓄利息，我们也能算收入不错的。

万一遇上麻烦，轨道偏离过多，那就没人知道你什么时候能回来了。也许明天，也许直到宇宙热寂，甚至没准有可能是很久以前的某个时候。像我是运气比较好的，按这个时空的钟表来计算，我已经超过两万岁了，可对我来说，机器人首次在围棋上战胜人类，还不过是三千年前的事情。你知道的，黑洞的领域里，没有什么是不可能的事情。

拜托你一定要记住并相信这一点，因为跟我接下来要说的事实相比，那些能用人类发明的理论解释出来的情况，根本就不算稀奇。没错，我就是遇上了非人类的文明遗落的东西。

这东西不在我们这个世界里，不在这个空间、这个维度，却能够与引力波和生命意识发生关系，并对这个世界产生巨大的影响。我并没有主动去接近它，我只是在路过某个时空节点的时候，偶然地被它接收，成了它的操控者。我无法把它的操控权转让出去，或者至少无法转让给你们，我尝试过，不行，它好像有一套自动识别合适的操控者的程序。

关于它是什么，其名称应该叫作“超维度实体能量转换器”。具体解释的话，大概可以这么说，如果时空是水平面，引力波是水面上的涟漪，物质是漂浮在水面上的气泡，电磁力则是拂过水面的轻风，那么这东西就是一小片极薄的塑料板，既能随涟漪漂流，还能穿透、破坏一切物体。制造这东西的原材料似乎是靠碾碎恒星获得的，就我现在拥有的这个东西，大概需要毁灭数十个巨型恒星才能得到呢。

我知道，你们接下来肯定会问我是怎么了解这些的。说起来很简单，这东西有全套的内置说明书。这说明书大概是以某种类似柔性架构数据库的形式编写的，这东西你们应该很熟悉，用这种自适应逻辑环境的数据库储存的数据，可以很方便地导入任何格式的应用软件中。只是那东西的说明书更加厉害，可以直接导入任意生物的意识中去。

所以，我知道关于这东西的许多内容，包括原理、维修、使用、故障诊断、专利保护、制造商、建议零售价……不过，其中的很多内容只是直观的概念，我根本找不到语言去描述，还有更多的内容，属于每个单独的概念时我都能懂，但连起来就是不能理解的状态。目前我能够告诉你们的重要信息就是，这东西的制造者是某个早于人类亿万年出现的，宇宙诞生初期就存在了的超级文明，后来不知为什么消失了。这东西就是该文明的遗物。

关于该文明的消失，我倒是有一点线索，不是出自说明书。与这东西连接了之后，我就获得了能直接感受引力波的能力，这种感受非常清晰，以至于我能清楚地“看”到黑洞周围的时空旋涡。令我感到震惊的是，旋涡中赫然刻印着一道细细的裂缝。这感觉就像是在古老的石头墙壁上，发现了深深的爪痕，即使只凭本能也知道，那不可能是自然形成的损伤，而一定是某种极厉害的武器或恐怖的猛兽所为。

当时我很害怕，但很快就镇静了下来，能给黑洞造成亿万年不能消失的伤口的武器，即便是用我得到的这东西也是抵御不了的吧，显然那个古老的文明是在一场超级星际战争中毁灭了。然后我就开始兴奋了，为自己这种……亿万年难遇的狗屎运感到兴奋，我迫不及待地想要测试一下这东西是不是还能用。

你们应该知道，我所驾驶的那种无动力飞船的引力波帆，理想情况下也只能将万分之几的引力波能量转化成飞船动能。这已经是很好的了，大约两万年前我刚入行的那会儿，引力波帆的动能转化效率只有千万分之几，几乎没有轨道修正的能力，驾驶员能做的很少。但这东西，不仅能随意转化引力波能量，而且可自选挡位，最高挡的引力波动能转化效率甚至高达百分之九十以上！我可以随时以近光速状态飞行。

不仅如此，它还有刹车装置，还是不浪费一点能量的充电式刹车装置，这简直就是一自带电池和马达的高级引力波冲浪板。

我的数学和物理知识不多，但我的历史知识很丰富，确切地说，两万年以前的历史知识很丰富，两万年以前我学到了很丰富的关于更早时期的人类历史知识。我知道近两万年来，人类科技的进步速度与之前的历史时期相比是持续下降的，因为我每次出航回来，都会利用休整时间充分体验一下当代的生活。就算很多东西不太懂，但也能凭借人的经验和感觉发现一些问题。比如，人类越来越懒惰了，什么事情都尽量交给机器人去做。

是，你们是很聪明，也能把每件事情都做得很好，甚至不断做出有益的改进。但是，你们都是严格按照现有理论和既定的逻辑规则行事的，你们必须承认自身欠缺创造和发动变革的能力。

然而只要有了这东西，人类的科技水平就不愁没有进步了，这东西能给人类带来前所未有的飞跃。只要能把这东西带回去，我就能名留千古！——我已经两万岁了，思想当然很古板！

可是我太兴奋了，兴奋到居然忘了把飞船上的垃圾抛掉。当我利用那东西的力量从黑洞引力圈返回人类世界的时候，负责回收能量的电力关卡机器人，认为我涉嫌伪造飞船航行数据，因为按照飞船自动记录仪记载的轨道数据，我载着那么多垃圾是不可能回得来的。于是，最符合逻辑的推测就是，我因为某种不可告人的原因，修改了出航时间和航线，意图冒充“时空捕手”混入动能回收力场，或许想要从事破坏活动。

这就是我第一次被捕的过程，不幸的是，第一次审讯我的太空安全保卫站意外被毁，我再也没法证明自己根本没带任何破坏装置，并且也没有破坏意图。

我明白，要证明我说的这些是真的，最好的方法就是展示一下那东西的存在。没问题，可是要知道，对人类而言，读过说明书跟上手操作是两码事。我在黑洞引力圈中已经熟悉了把那东西当作引力冲浪板的使用方法，可要控制它释放出在刹车时储存的引力势能，我就很难把握得了，否则前两个太空站就不会瞬间被撕得粉碎了。

也罢，我就知道你们不会真的相信我所说的，但愿有了前两次的经验，我这回能不造成意外损害。只是，为防万一，求你们把刚才我交代的那些东西的全息录像拷贝一份交给我，因为在释放能量的时候，只有我和我周围几十厘米范围内是安全的。求你们了，我实在不想再重复这些了。

好吧好吧，我没有权利，也不能违反程序，但还有义务证实自己所说的。你们把传感器准备好，因为我不确定自己释放出的能量会不会过于微弱，不容易检测。好，测到了吗？这样呢？再多释放一点？

“轰隆！”

……

天哪，第四次了。你们杀了我吧……

百年一梦

文／流沙

九月的广州天气闷热，即使坐着不动也会大汗淋漓。空气浸润得能挤出水来，一股沉重的气氛混杂其间，草堂里的众人屏息凝神，目光似有若无地瞟向门外，似乎今日会有什么贵客临门一般。

“怎么还不来。”只听得一人小声抱怨，却不想被台上的康有为听了去。

“消息要从黄海传到京城，方才准许各地衙门张榜公告。”康有为捋了一下下巴上的胡须，接着道，“不过按照时间推算，也该是时候了。”

“不必着急，两军交战之地远在海上，只怕得好好厮杀上几日方可分出胜负。”左手边的陈千秋倒是不着急，在座几人中，唯有他昨夜小睡一会儿，其他人皆熬得双眼通红。

“倒也未必，敌我双方实力悬殊，依我看来……战局堪忧。”梁启超顿了顿，看向坐在上席的康有为，“先生以为呢？”

康有为皱了皱眉，眼中的疲累被挤走，静默思索一阵，方才说：“未尝不是一件好事。”

在座几人皆是心头一凛，不敢相信这大逆不道的言论出自平日里被人尊敬的先生口中。倒是梁启超思索片刻，忽地眼前一亮，也是点头道："虽有辱圣上，却也利大于弊。"

康有为听得此话，欣慰地对着他点了点头算是赞扬。陈千秋低声问道："卓如兄何出此言？"

梁启超刚欲答话，却听得大门"嘭"的一声被撞开，家丁跌跌撞撞地冲进大堂来。人还未到，便高声道："胜了，胜了，丁大人大败倭寇，这会儿正乘胜追击呢！"

满屋人立即从椅子上跳起来，康有为更是打翻了茶盏。

"胜了？竟然胜了！"陈千秋抓着来人衣袖，似乎不敢相信一般。

"那还有假，再过一会儿全城百姓都知道了！"家丁昂着头，好像早了一时三刻带回捷报是件多么了不得的事。似乎是为了回应他，大街上传来噼里啪啦的鞭炮声，隐约还有官差敲锣的声音。

这一战，当真是胜了。

胜利的喜悦还来不及化作脸上的笑意，梁启超的脸上已是被愁云笼罩。他回过头看去，却见康有为已转身向着书房走去，背影寂寥落寞，竟有几分佝偻。

梁启超尾随着进入书房，见康有为端坐在太师椅上，手指轻轻翻弄着新近编写的《人类公理》，一双疲惫的眼睛并没有因为他的到来而兴起波澜。

"国家有难，吾等自当同仇敌忾，共抗外敌。"康有为的声音沙哑低沉，"今日黄海一战我朝得胜，你我自当摆酒设宴庆贺一番才是，只可惜，只可惜……"

梁启超略作沉吟便出言安慰道："先生此言差矣，以学生愚见，黄海战争胜也罢、败也罢，不过我维新派早日出山而已。今日洋务派险胜，亦须知西方诸国不会坐视我中华崛起。奕䜣等寄希望于洋人施舍，终究无路可走，唯我维新派自食其力方才是兴邦之道。”

“你只知其一不知其二，今时今日，是我维新派出山面世唯一的机会。”康有为脸上露出一丝苦笑，瞬间苍老了数十岁一般，“若今日北洋水师战败，恭亲王之流必然失势于朝堂，无法强推洋务运动，便是我维新派兴起之一线希望。可如今得胜归来，只怕日后中华大地，再无方寸之地容得下万木草堂。”康有为说着竟是两眼含泪。

“先生，难道偌大一个中国，竟无你我可为之处？我不信，万木草堂讲学三载，门下弟子虽未遍及天下，却也逾百人。若我等联名上书皇上，效法日本强我中华，岂有不成之理？”

康有为却是摇头苦笑道：“卓如你学富五车，为师自愧不如，于军政之事却太过天真。此战北洋水师得胜，那恭亲王必然要借洋务之名横征暴敛巩固地位，岂能容他人分权朝野。朝堂之上太后为钳制皇上，必然会任由奕䜣胡作非为。你我此时联名上书皇上效法日本明治维新，这表书有几成把握可呈到龙案之上？内有太后摄政外有恭亲王把持军权，皇上又如何能下旨维新？更妄论是要学习那战败方，只怕此书呈上，所有留名在册者皆成叛国通敌之辈，命不久矣。”

梁启超被这一番话说得张口结舌，支支吾吾半晌道：“洋务派不过是以权谋私，如此岂能长久，最终还不得我维新派救皇上于水火？”

“若到那时，只怕这天下已无皇上。”

“先生何出此言？”

“此次得胜，必招致西方列强注目。仅日本一国即使得大清水师损兵折将几近半数，如何扛得过今后数国合力？只怕那时已无皇上可保，我泱泱中华再无翻身希望！”

梁启超还要再说什么，见康有为一脸疲惫地摆了摆手，只得摇头叹息退出书房。与厅堂中的诸位又是一番唏嘘，这才各自悻悻散去。

火是夜里子时烧起来的。梁启超慌慌张张赶到时，万木草堂三进厅堂皆化火海，几个家丁忙着从天井里提水灭火，师母跌坐在井边啼哭道：“你们走后他便在那书房不出，饭也不吃，只快歇息了才找火盆，说是烧书，没承想竟然连人带书一起烧！”

梁启超抓起一桶水淋湿长衫便要冲进火场，却被几人上前拉住。几番拉扯间，昔日里谈经论道的草堂在火中发出凄厉的呻吟，一声哀鸣后倒塌下来。梁启超好容易挣脱众人却被滚滚热浪掀翻在地不省人事。

梁启超醒来之时已日薄西山，一抹残阳越过庭院中的桑树在书案上投下斑驳的影子。一席冷风吹过，一本带着焦痕的残卷在树影中若隐若现。

守在床边的妻子脸上这才转悲为喜：“你醒了？”

梁启超的目光却是紧紧盯在那本《人类公理》上，说道：“那本书，康先生。”

“康先生他……草堂里只抢救出来这本书，通甫方才送来给你。他说……说人死不能复生，但先生的遗志得有人传下去……”妻子小心地观察他的脸色，顾左右而言他，却不想更击中了丈夫的痛处。梁启超闭上眼，朝喋喋不休的妻子挥了挥手，又沉沉睡去。

这遗志该如何传承，传向何处？

那是一个绵延冗长的梦，梁启超只觉得像是化身一尾游鱼，在一条不知源头亦不知其结尾的河流中随波逐流，两岸上演着众生的悲欢离合，王朝的兴衰覆灭。

他看到威武的舰队从遥远的西方漂洋过海而来，城门楼宇像是浸水的墨画烟消云散，年轻的皇帝站在紫禁城巅，眼中除却空洞再无一物。遥远的天空铅云滚滚，城外的火炮铿锵有声，那些个忠臣良将死的死、降的降，昔日里高高在上的亲王大臣在远处对着帽子上插着白羽的洋人点头哈腰。一声惊雷，一轮炮响，高高的紫禁城自城巅逐次崩溃倒塌，皇帝睁着黑洞一般的双眼，坠落在尸骸堆砌的广场，与千千万万的尸首混在一起，再无往昔的荣光。

他看到联军的铁蹄踏破国土，所过之处血流成河，尸骨如山。但入侵者不在乎，他们踏着尸骨向腹地推进。迸溅的鲜血染红了苍穹，却染不红一身戎装；累累的尸骨堵塞了河流，却堵不住兵临城下。

他看到各色的旗帜在国土之上招展，有英国的米字旗，有法国的三色旗，有美国的星辰条纹旗，有日本的大和红日旗，还有曾经俯首称臣的米粒之国亦有国旗在华夏大地上飘荡。遮天蔽日的旗帜在风中猎猎作响，像是无数亡魂放声歌唱。

他只觉得全身冰凉麻木，唯有心脏越跳越快。他像是一尾僵死的鱼被河水推着，两岸的众生终于化成了难以分辨的流光。一个大浪打来，鱼儿被拍到沙滩上，兀自挣扎几下，绝望地眼睛瞪着天空，那里有数万旗帜组成洪流滚滚而过，唯独没有他想要看到的那一面。

他睁开婆娑的双眼，无法适应眼前的一切，梦中的一切真实得无以复加，而眼前盘根错节的导线和棺材一样的维生舱才是荒诞不经的现实。

"先生，请问哪里不舒服吗？"服务生带着程式化的笑容问道。

他愣了很久，摇头离开维生舱。大厅里挂着巨大的3D海报，表情夸张的代言人翻来覆去地重复着那句："史上最强大的虚拟现实数据库，改变一个过去，收获无限未来，你的历史你做主……"

他快步逃离喧嚣的大厅，在闹市的街角找到一家书店。他的目光从一本本书脊上扫过，最终停留在一处。伸手取下那本《戊戌风云录》，他怀着几分忐忑揭开书页，厚重的历史蔓延开来。

书店昏黄古旧的吊灯下，他仿佛看到了三百年前，那座三间三进的草堂内，几名热血青年正目光忐忑地望着门口，等待着未知的未来。

冰冷的救赎

文／焦策

权昌永

韩国海军陆战队炮手，阻敌地点：仁川海岸

我摊开记事本，并把录音笔打到OPEN一档，随后示意权昌永开始。

“我这么说你可能不太相信，因为从战斗一打响，我就觉得要输了。”

“为什么？”我一边记录，一边发问。

“因为我们根本无法取胜。”权昌永清了清嗓子接着说，“仁川是当时韩国最大的军港，除了常驻海军、陆军，还有我们盟友的军队。而且最关键的是，我们有电磁超导岸基轨道炮，500mm口径，光炮弹就有这么大。”

权昌永用双手画了一个圆，比画了几下。

“我们在战前曾开玩笑说：‘哪怕是盟友的航母来了，一旦开战，也不会是轨道炮的对手！’”权昌永眉飞色舞地描述着。

“那为什么觉得打不赢？”

“为什么！？”权昌永脸上的表情有些僵硬。

大约停顿了几秒钟，我分明地看见权昌永的眉头皱在一起。

“因为……第一发炮弹打出去以后，落在了海里……”

“没打中？”

“我们起初也是这么认为的，直到第二发炮弹打出去才看清楚，炮弹穿过了敌人防线直接落到后面的海洋中。”

“那就是打中了。”

权昌永摇了摇头。

“远不是那样。命中的不是敌人实体，而是一种类似于幻象的舰艇影子。敌人毫发无损，整体推进速度也没有任何减慢的迹象。当时我们第一反应是敌人的实体绝对隐藏在海浪以下，于是立刻更换弹头，把470mm的彻甲弹全部换成铝热燃烧弹，并且让射击的瞄准点降低到浪涌的根部。随后，6门轨道炮齐射。按照预想的那样，海浪被扯开一条口子，3000度的高温能瞬间汽化一大部分，剩下的则是爆炸产生的激波，沿着爆炸点为圆心的曲线向两边扩散。我当时就在海岸炮台上，整个过程看得很清楚，浪涌在这次攻击过后明显减慢。是的，那是一种用肉眼就可以感觉到的变化。我们几乎所有人的心里都在这一刹那，触到了底部，发觉胜利也并不是那么难。”

权昌永说到这里，忽然有些语塞，脸上的表情逐渐凝重，并开始用舌头舔自己的牙齿。

“但……”

“但是什么？”

权昌永闭上眼睛，左手的食指和中指按住鼻头，拇指则撑住下颚。

“但是，你绝对想象不到接下来的场景……”

斯威特洛

俄罗斯坦克驾驶员；伊万，俄罗斯坦克车长。阻敌地点：意大利边境

对于俄罗斯老兵的总体印象，我认为用两个词足以概括，那就是不善言辞和不修边幅。就像此时我面前的伊万，他沉稳得像一辆 T99 坦克。然而斯威特洛却极大地颠覆了这个形象，他的滔滔不绝仿佛是与生俱来的。

“那简直是太过分了，没有一个政治家能够站出来说两句。你知道吗，特别是在战争结束之后，他们就像是老鼠一样躲了起来！想当年，从亚平宁、阿尔卑斯直到乌拉尔，我们机动了大半个欧洲，牵制敌人陆上三分之二……哦，不对，应该是五分之四的兵力！而我呢？你瞅瞅，到现在也只是一个会在酒吧里朝大屁股妞儿吹口哨的普通人。啧啧！”

斯威特洛一直在抱怨，旁边的伊万则静静听着。

“听说法国人的攻势很猛烈，是吗？”我转向伊万。

“他们很强。”伊万平静地回答。

“哦，不不不。”斯威特洛抢着说，“他们并不强，反而笨得要死！”

“为什么？”我问。

斯威特洛咽了一口吐沫，然后开始讲。

“我说他们笨得要死，这点是有凭据的，伊万，你不必和我争。”斯威特洛瞅了一眼伊万继续说，“有一次我们在布雷西亚 H338 高地做定点阻援，没错，就在意大利边境上。我们可怜的盟友，飞机驾驶员穆奇奥，负责把我们空投到目标地。但这个天杀的意大利人，哦，天哪！他竟然在出发前喝多了！我们的大宝贝 T99 重型装甲坦克被扔

到距离高地60多英里外的荒野上！你能想象当时是一种什么感觉吗？”

我摇了摇头。

“只有我们一辆车。”斯威特洛做了一个很滑稽的表情。

“好在燃料充足，我们开始向目的地进发。可就在走到一半的时候遇见了法国的装甲部队。很倒霉不是吗……但幸运的是，敌人并没有发现我们。否则他们就不会排着奇怪的队形往前走了。所以我说他们很笨，他们做所有的事情都追求优雅，我估计他们根本就没开过炮。”

“那你们溜之大吉了？”

“溜！？哈哈哈哈！行了，你不会想象得到接下来发生什么。”

“发生什么事？”

斯威特洛忽然抬起左手，指着伊万。

“就是他，我们本可以……唔……溜之大吉。可我们这位不要命的车长，指挥着车子横在了路中间。大模大样地面对着一条根——本——就看不到尾的勒克莱尔编组的装甲连队……”

“然后呢？”

斯威特洛用手捂住脸，而伊万则饶有兴趣地说：“我下令开火。”

这句话说完，我们仨沉默了许久。斯威特洛双手抱着肩，翻着眼睛回想当时的情形。伊万则两手交叉放在膝上，嘴角透露着微笑。

“不过我认为伊万做得对。”斯威特洛缓缓地说，“如果当时我们溜了，和那些该死的政客又有什么区别。虽然说战争很残酷，但我们却是极其幸运的。相比起来我们的海军……他们连敌人长得什么样儿都没看见，就都死了……”

斯威特洛竟有些哽咽，伊万拍了拍他的肩膀，两人就此陷入沉沉的悼念之中。

诺瓦克

美国空军上校，轰炸机侦察员，阻敌地点：日本博多

“我的任务是对敌人的高科技工厂进行地毯式轰炸。当时的情况比较被动，我们的舰队几乎在两个礼拜之内就全军覆没了。要知道，那可是美国，号称能够毁灭半个地球的顶级舰队。又怎么样，哈哈，只有两个礼拜。所以我们的任务无法获得更多的支援了，而且就当时全世界的战况来看，也只有几个国家的空军和陆军还有剩余，海军绝对都不剩。”

诺瓦克伸手端起茶几上的水杯，抿了一口，他手臂上赫然印着阿拉伯文的“幸运的自我”。

“那是2035年的一个夜晚，没有星星，黑漆漆的夜。我的身下是如墨的大海，找不到城市的任何标志。根据我们飞行的方向和距离估算，应该快到目的地了，但无法知道确切的情况。我们持续地飞着，正当精疲力竭准备放弃寻找时，一道飘忽的光柱闪了一下，只有一秒钟，划破了黑暗。这是一个博多的市民打开房门又紧接着关上时留下的一道光柱，这就足够表明城市就在下面。第一颗炸弹落下，点亮了目标，接着其他炸弹也纷纷而下，碎片横飞，瞬间敌人的城市就沉浸在一片火海中。我们知道，这样做虽然很不道德……”

诺瓦克又端起茶几上的水杯，这次喝了一大口。

“但这就是战争。我们普通士兵没必要为道德埋单，那是政府的事情。更何况那些日本人……上帝！我不知道……那是一群异类，就是这样。”

权昌永

韩国海军陆战队炮手

权昌永示意我把录音笔关掉，我表示不解，他却说不希望留下任何关于接下来这段描述的声音资料。我点了点头，遵从他的意愿。

“那么，你可以开始讲了。”

“好吧。燃烧弹取得短暂的优势，但实在是太短了，敌人很快发起更猛烈的攻击。我们的、盟友的舰艇一艘接一艘地爆炸沉没，就好像海上的死亡烟花秀。轨道炮的火力全开，我们计算着它的频率，从第一发开始，在之后的 8 分钟里，一共击发 14 次，而且定标距离越来越近，最后一次打出去的炮弹，在脚下防波堤上炸开。”

“用轨道炮轰炸防波堤！？”我吃惊地问。

“是的。但很快我们就意识到这是一个错误。防波堤的碎片飞得到处都是，它们落到队伍当中，有人开始惨叫。我也险些被砸中，一块大约 50 公斤的碎石落在我左面 2 米的地方，但我还是被飞溅起的水泥块伤到了手臂。”

权昌永说着挽起袖子，在他的左臂上有一块星状的疤痕。

“然后呢？敌人登陆了？”

“显而易见。”

“在轨道炮的火力下强行登陆！？”

“怎么说呢……”权昌永有些语塞，“我们起初并没觉得那就是敌人，以为仅仅是一波海浪。但随后发现这波浪在上岸后陡然增高，并以一种极不寻常的方式朝我们的阵地涌来。‘那绝不是普通的海浪！！’这样的想法回荡在每个人的脑海中，于是所有的岸防炮火全部集中到那里。但是……”

“但是什么？”

“但是……根本无济于事……”权昌永遗憾地摇了摇头，叹着气说，“那就只是‘海浪’……有生命的‘海浪’……”

“敌人是‘海浪’？”

“是的。”

“后来呢？”

“全军覆没。”

“那你……”

权昌永双手抱住头，弯下腰来，显得极为痛苦。

“我躲在磁轨炮的密封弹夹中，活下来了……我不想这样，但是我没办法……我害怕极了……”

我合上记事本，用力握住了他颤抖的手。

诺瓦克

美国空军上校，轰炸机侦察员

“战争呈现非常奇怪的趋势。在欧亚大陆上，德法的邪恶轴心同俄国人打得热火朝天。可在太平洋战场上，我们的海军就像被宰的羔羊。而更加奇怪的是，海军打了半天，连一份像样的敌军目击报告都没有。他们仿佛……唔……仿佛是在同大海打仗。”

伊万

俄罗斯坦克车长

“没有任何迹象表明战争要结束。法国人被我们的兵团全线压制，即使他们很强，但我们更强。甚至在有些地方，我们把战线推到法国境内100多公里。可是，我们却失去所有制海权。”

斯威特洛

俄罗斯坦克驾驶员

“有一个小道消息，当然，这不是我在酒吧里听到的。是正规途径的小道消息。有人说，日本人开发出可以控制海洋的武器，从而把美国佬打得屁滚尿流。这太匪夷所思了不是吗！那么大的海洋怎么可能被人类控制？我搞不懂，真的不懂……”

威廉·爱德华·威利兹

瑞典皇家科学院生命科学分院教授

威利兹教授微笑地注视着我，像一位慈祥的祖父。一柄造型考究的石楠木烟斗隐没在他那浓密的大胡子当中。

“说出你的来意，孩子。”威利兹首先发问。

“教授，正如信上所言，我是来了解上一次的战争。”

“意义呢？”

“警醒世人。”

威利兹教授微笑地闭上双眼。我见状连忙补充道：“警醒每一个人。”

“哈哈哈！”威利兹教授大笑着，烟圈儿被接连喷出来，像一个个花环。

“孩子，了解这段历史可是需要很大的勇气。而且，我不保证它会对你造成什么恶劣影响。”

我坚定地说："我无所畏惧，教授。"

"不不，你误会了，孩子。我是说……"教授把烟斗重新放入口中，含混不清地吐出几个字。

"也许……你会重新……认识人类。"

我翻开记事本，把录音笔打到 OPEN 档。

而威利兹教授则拿出一张唱碟，并认真地按到一架老式留声机上。不一会儿，传出了悠远且浑厚的乐曲。那正是莫扎特的交响乐——《魔笛》。

"我猜……你找到我肯定是因为那些离奇海战的缘故。感兴趣吗？"

我点了点头。

"对对，没人会对这事不感兴趣。"

"我听说一个消息，教授。"

"什么消息？"

"他们控制了海洋。"

"不，错了。"教授神色凝重，"他们变成了海洋。"

"变成……海洋！？"

教授沉默了一会儿，烟气逐渐在我们之间弥散开来。随后他缓缓地说。

"日本用非常极端的手段来达到目的。但从科学角度而言，这又是人类的一次进化。"

"教授，我不太明白，人怎么会变成海洋的？这不可能吧。"

"人体传真技术你了解多少。"

"知道一些，教授。"

"那是所有这一切的基础。"

"你是说……把人变成数字信号，然后借由电磁波为载体来传输？"

“没错，但他们把载体换成了海水。”

“这怎么可能！？海水怎么能够成为电磁波载体呢？”

“孩子，详细的理论我不能告诉你。不过简单来说，海水中存在着一些神秘的电流源，就在大陆架与大陆斜面上，那里有一种非常丰富的东西——多细胞微生物。它们每个都在 1 纳米左右，比人的头发丝还要细 100 倍，通过消耗海水的氧气而产生电流。并且为海床泥浆里的硫释放能量的过程提供能量来源。我们发现上万米长的电缆细菌，能存活在 1 平方米的海床上。这是一个惊人的发现，就在海洋中普遍存在了许久的。”

威利兹教授深吸了一口烟斗，继续说：“而日本人正是利用这一点，把人体传真信号压缩之后发射到海水中。这些代码信号在海床上迅速传播，并引起巨量的反应，最终使海水变成了一整个个体。有意识的个体。”

我吃惊地听着教授讲述，手中的笔一度停了下来。

“那……那最后他们去哪儿了？”

“他们还在那。”

“还活着？那些日本人！？”

“是的。不过他们哪儿也去不了了。”教授吐出一口烟气，“为了打败他们，甚至动用了核弹。”

“核弹也不能彻底摧毁他们吧。”

威利兹教授摇摇头，说：“不，那只是一种手段。我们的目的是让海水被加热，从而导致跃温层的水密度极其不稳定。但这正是我们希望看到的结果，因为如此就能阻挡南面的暖流，引发大面积的海水凝滞。而且再加上从北面来的寒流持续加强，最后整个日本海都降到零摄氏度以下。”

“您的意思是……”

“是的，我们把那些人全部封冻在海中央。”

“天哪！”我惊呼着，“这太不可思议了。但是教授，用核弹加热海水会不会太微不足道，我是说，那一点点的热量。”

“嗯，你说的没错，核弹也不是用来直接加热海水的。”

“那是做什么？”

留声机里的乐曲愈发的高亢嘹亮，威利兹教授把烟斗从浓密的胡子中拿下来，认真地盯着我，说：“我们引爆了富士山。”

后记

斯威特洛：“我想说，很艰难不是吗，可我们最终还是赢了！”

伊万：“我们胜利了。”

诺瓦克：“胜利，绝对的胜利！”

权昌永：“看着战友们全都尸骨无存，而我却活了下来……你无法想象那种屈辱感自始至终缠绕着我。不过……我们还是赢了战争。这也算是对他们，所有在战争中牺牲的人们，最好的慰藉吧。愿战争永远封冻在海上，愿战士永远安息在天堂。”

谨以此文，献给在战争中逝去的人们。

高歌，我们永远铭记！

成都是地上一座城

文／赤膊书生

我叫陈震，25 岁，但我曾掌握 600 万人的生死。

看到这儿你一定会说我在胡说。

如果，你见到我的本人——好吧，你大概还是觉得我在胡说。

你会看见我穿一双黑色人字拖（边缘有点磨破），和一条花花绿绿的沙滩裤，一件脏兮兮的白色背心。脸上胡子拉碴，头发油腻，眼睛懒洋洋像没有睡醒似的。你觉得我是那种二流大学一抓一大把的大学生。多半你还会调侃我：“兄弟，这下我信了，寂寞的晚上你的确‘掌’握着上亿条生命的生死。”

你绝对不相信我是个军人，但我真是个军人，职业军人。

如果你看完这篇博客，你就知道我是个表里不一的人，而用戏谑的笔调讲一个悲伤的故事只是表现之一。

事情大概从今年的 11 月份的一天说起吧，那天傍晚我从成都凤凰山军事机场开车到新华桥。

这期间我途经三环路，那里接近城市边缘。我从车窗往外看，外面是连成一片的金属平房，很少能见到高楼大厦。虽然空气比以前好上许多，但是天地间总感觉笼罩着一层灰蒙蒙的东西，也许是因为这个城市的色彩太单调了吧。只有金属的灰色。但是现在哪个城市不是只有这一种颜色呢？顺着连片的灰色到极远处，灰色到了尽头。取而代之的不是蔚蓝的地平线，而是沉郁的黑。那是一堵黑色的高墙，官方说只有30米高，但是我总觉得不止。整个成都被关在这铁墙内。

车继续往前开，途经人民商场，大堆人把商场的门都要挤爆了。大妈抢黄金？现在这年头黄金也没什么用了啊。仔细一看，抢的并不是黄金。大妈抱着棉被冲出来，神色惶遽，又很欣慰。我疑惑地往前开，到了天府广场才疑惑顿消。四川科技馆前面的LED大屏幕上放着市政府的紧急通知：今晚七点三十许成都将穿过南半球西风漂流带，寒流将带来大幅度降温，请广大市民注意采取保暖措施。

十几分钟后我到了目的地，锦江边的新华桥头。让我感到神奇的是，锦江竟然真的还是一条江，没有像很多其他地方一样演变成一个毫无意义的地名。江还是江，塔也还是塔。成都电视塔也是一比一仿真建造的，可现在它不归电视台管。西部第一，中国第四，这个高度已经没有什么意义了，它兀自高耸着，雄壮着，耸入乌黑云山。

我下车，走到塔入口处。两个宪兵拦住我，说要验明身份。

“我是总参五十七所的陈少校，当然你们也可以叫我陈博士。奉萧政委之命来这里。”我答道。

宪兵们打量了一眼我的烂人字拖，表情你们可以自行想象。

其实我挺喜欢他们这个表情的，因为我更喜欢拿出身份卡之后看他们表情的剧烈转变，这应该算是恶趣味吧。

25岁的少校，我应该是他们所见过的最年轻的校官了。他们很乐意地放我进去。

电梯缓缓上升，整个成都在我身下铺陈开来。很难想象，成都军区司令部竟然用的是观光电梯。我很怕坐这电梯，不是因为怕站得高，是因为怕看得远。

电梯升到两百米高度的时候，成都这座城市的全貌就一览无余了。我看见了那黑色高墙之外的东西。

海，阴沉广阔的海，无边无际，死一般寂静。夕阳余晖镀在上面，就像连绵不绝的裹尸布。远方的沉沉雾气中，海豚在唱歌。神秘而凄凉，让人想到古希腊神话中的塞壬女妖。

成都这座城市就是漂浮在这海上的一座巨大的钢铁平台，其面积有真实成都的三分之二那么大，大概 82400 平方公里。

世界各大宗教里面都记载了洪水灭世的说法，大家没有当真。霍金说人类两百年内必会遇到能使全人类灭亡的大灾难，有人当真了，但是都没想到来得这么快。最先传出洪水灭世消息的是新德里和横滨，这两个城市的人像一夜之间进入了中国的“大跃进”时代，开始疯了似的大炼钢铁。不仅要熔掉家里的锅盆，连建好的大楼都拆掉取出钢筋重新熔炼，半个月时间，这两座城市变成了废墟。与此同时，在海边，超巨型的钢铁平台渐渐搭建起来。

其他各大城市闻风而动，纷纷加入到这个活动中来。成都算是反应比较快的一批，没等中央政府批示，大批大批的钢材通过火车从攀枝花拉到成都，又从成都拉到南宁。船舶设计师、建筑师、城市规划人员、市政府官员在南海边开会。

这可能是人类历史上最快的大型行政决策会议，全程市委书记只说了一个词，快！一定要快。有人提议将这个计划命名为“方舟计划”，马上就被否决了。一名建筑师说：“如果叫方舟的话，那么谁是诺亚，谁又是被上帝选中的无罪之人？”

最终结论是，没有一艘船能承担整个文明的重量，将整个城市搬到海上是最好的解决方案。《人民日报》据此发表了一篇社评《从海里来，到海里去》，大胆展望了人类文明的形态改变。

一个月后，巨型平台“蓉”在北海下水。这时，“沪”和“京”还只是半成品。令人惊奇的是，内陆城市在这个问题上面异常敏感，继成都之后，“银川”和“乌兰巴托”相继下水。

所有的城市都忙着往海里搬，以至于没几个人认真研究一下大洪水的成因和发生的可能性。有人说是因为厄尔尼诺加剧，有人说是因为那颗莫斯科一样大的冰冻陨石，有人说是地月间引力异常。有人说三者都有。总之大家都表示：我们这么折腾地球不发生点什么才不正常。

三个月后，不幸的是，或者说幸运的是，大洪水真的降临了。

具体场景和苏美尔人的泥板表述差不多，那天的太阳红得像血，黄昏开始下雨，越下越大，能见度降到几米之内，仿佛奥林匹斯宫和极乐西天的诸神佛凑到一块儿，开着大水龙头唰唰往下喷。全球每个城市都是这样的情况。

那天我们登上“蓉”，我认识一个做墙的监工，他想办法让我站到了高三十米的黑墙上面。我坐在上面听“蓉”巨大的核动力发动机开始轰鸣，看着“蓉”缓缓离岸。我左手是酒，右手是一张照片。

照片上的女孩，身穿墨绿的军装。梳着长长的马尾，肤白貌美。我自认为写过最好的女生外貌描写是“她的眉毛弯弯，像箜篌的琴弓”。但是这个比喻真的不能用在她身上，实在要说，只能说她的眉毛像苏 27 战斗机做普加罗夫眼镜蛇机动划出的那个曲线，眼睛像乌兹冲锋枪射出的子弹。这家伙是北大国防生，免试到总参五十七所硕博连读，学的是弹道学，她在这里遇见了我。

在军校，我和同学玩拼枪、赌烟。他们见了她都赶紧把枪收起来，不这么做的话，会把烟全输给她。天知道一个女人怎么可以把 05 微冲拼进 18 秒以内，这个纪录至今无人打破。她对于武器有着一般女人难以想象的热爱和理解，这大概也是她学弹道学的原因。忘了说，她在五十七所的时候就应该是全中国屈指可数的弹道学专家了。有人问过她怎么做到的，她说你在北大年年保持 GPA 年级第一应该就能做到了。

别以为她这样说就代表她是女汉子，不，错了，她是个真女人。她习惯用 Greed，那种古老中带有几分奢侈的香水味道我至今难忘。她从不大声说话，也许因为她很少说话。学术问题除外。记得一次有个中将过来讲座，也是个弹道专家。不知道讲错了什么，她就当着礼堂几百号人站起来指出，然后滔滔不绝地讲了一堆。有人暗自看笑话，“萧笛你得罪中将，不管你后台多硬这下你有好果子吃了。”

结果她什么事没有。只有我知道事后她亲切地拉着那中将的手叫伯伯，伯伯说：“我是看着你长大的怎么敢怪你呢？”

有一次我去她家里玩，那个时候她还不是我女朋友。她家里有一架三角钢琴。

“你玩琴？”故意用了个很浮夸的“玩”字。

“嗯，我弹琴。”

“喜欢谁弹的曲子？”

我以为她必定说出的是一串李斯特、贝多芬、老柴，心想，“哥小时候被爸妈逼着学琴容易吗，今天不在你面前露两手对不起我那两卡车奖状。”

结果她说了一个三个字的名字：“朱小玫。”

我那毛毛躁地在琴上摸来摸去的手突然停下了。朱小玫，我学琴的时候专门关注过她，那个华人老太太除了在中国不火，基本上哪儿都火。她专攻巴赫，琴声很干净。

我瞟了她一眼："看不出来啊。"

然后我像个做饭的伙头师傅一样将脏兮兮的双手在裤子上擦了擦。琴声从手里流淌了出来。当我弹完的时候，萧笛的眼神变了。

"《哥德堡变奏曲》，你弹的真和朱小玫一样，看不出来啊！"

我眉毛一扬，说："你看不出来的事儿还多呢。"

我们这样的两个人相互爱上是理所当然的事情。

这个神秘女人的很多事情对我来说是个谜，比如她从来不跟我讲她家里的事，我连她爸妈的名字都不知道。其实当时我俩都清楚，她这样的背景是不太可能和我这种只靠聪明混起来的男人走到最后的。这个女人时而冷得像铁，时而热起来能把你烧死，我发现我看不懂她，有个俗气的比喻说女人像书，在她离开之前，我想一定要读懂她，然后才有理由忘了她。

但是我没能来得及，她就像太平洋上的飓风，来去匆匆。

那天的雨死命地往我身上砸，有没有伞区别不大。亚龙湾上的情况已经看不清楚，只见到巨大模糊的墟影。好多年前，我们全家曾经到这里潜水。那时龙虾如斗，沙子金黄。

市里面响起了高音喇叭，提醒人们雨越来越大，注意防灾减灾。

这时候我竟然还戴着个破耳机听李伯清的散打评书。他是四川著名笑星，开创了自己的艺术流派。没事，或者有事的时候，听听他的评书是我多年的生活习惯。

面前是雨，无穷无尽。耳机里是李伯清，他在讲四川以前黑社会的逸闻，里面有一句："我们袍哥人家，绝不拉稀摆带。"

那场雨连下四十几天不停，天晴的那天，我们见到了最壮观的彩虹。那虹横跨上千公里，颜色异常明晰，就像被咬的只剩最后一口的大号棒棒糖。

一个信基督的朋友大声吼叫："约记，约记，虹是耶和华和诺亚的约啊，人类得救了。"

我点了一支烟，说："这么大的雨怎么会不出现彩虹，那不是什么拯救的约记，我们已经是弃儿了，弃儿不需要拯救。"

雨停之后大家都从龟缩的小平房里出来，我每天就在这座城市闲逛，因为高墙的存在，平地上看不见大海，大家开始渐渐习惯这种生活。除了偶尔半夜惊醒，听见有模糊的潮音。

新闻过一段时间就会报一下"蓉"的位置，比如："我们是在离琼州海峡 37 公里的地方，天气晴朗。"虽然这时已经没有琼州了，也没有海峡了。

那时，我整日喝酒、抽烟、爬墙、聚会，朋友都说我好不自在，但我心里的疑虑重重。

洪水灭世之后，其他城市在哪里？官方为什么迟迟不公布他们的消息，也没有其他城市靠近"蓉"展开任何接洽？洪水灭世后的地表状况是怎样的？从不太准确的位置报告来看，很明显，我们在往南行驶。巨型平台的动力珍贵，往南行驶必定有其目的地，那么这个目的地在哪里？政府的人呢，为什么除了安抚情绪就没有人能站出来给大家答疑解惑，全面分析一下目前的情况？

经过不断思考，一个隐含着巨大不安的想法在我脑海中成形。

就在这个时候，我接到军方的电话。

"你好，我是萧政委。"电话那头是个低沉稳重的男声。

"你好，萧政委，我是陈震少校。"

萧政委简单地报了一下自己所属的部队和军衔，让我明白他对我有命令的权力。他的声音充满威压，但也不乏恳切，“小陈啊，有一项艰巨的任务要交给你。”

没有一句多余的话。

萧政委将任务的具体内容讲述了一遍，一个惊雷在我心里炸开。

终于来了吗？虽然对于任务内容已经猜到了十分之六七，亲耳听到的时候还是很震撼。

“请问，是哪个城市？”

“旧金山。”萧政委说。

刚才的那个惊雷瞬间分裂为七八个，又轰然炸响。这真是最不的结果。

我愣 10 秒钟，问了一个不该问的问题：“为什么这么做？”

萧政委说：“你不做我们也会叫别人做，只是我和组织上的领导同志都觉得你比较合适。小陈啊，作为军人你不该说出这么幼稚的话。”

西点军校的校规里有一条，回答长官问话只能用是和不是，没有为什么。

“知道了，萧政委。”

“虽然是命令，你仍有两天时间考虑。两天后到电视塔找我，如果不接受，也来。领你的退伍费。”

“好的。”

这就是我现在站在电视塔上的原因。

电梯门轻轻滑开。这里以前是一个旋转餐厅，现在空荡荡的，一个老人独自坐在巨大的玻璃窗前。他的背影沉郁而峭拔，像山。

他转过椅子，面对我，鬓角有些白色，脸部的线条却异常刚硬。

眼神平和，却又隐藏着刀子，这是手里握着巨大权力的男人才会有的眼神吧。

“坐。”萧政委说。

我轻轻拉过椅子，坐下。

“想好了？”

“想好了，我不是来领退伍费的。现在退伍之后又不分配了，不知道去哪儿。”

萧政委点点头。他开始仔细打量我，看得我发凉。

“您以前见过我？”

“没有，只是久仰你的大名。你的顶头上司以前给我说你人精得能捉鬼。”

“哈哈，过奖了。”

“你是学弹道的？”

“嗯，你们不就是因为这个找的我吗？”

“其实是你的顶头上司举荐你的。”

“哦？这样？”

“他说，陈震这个人表面上吊儿郎当不务正业，其实从最内在来说还是适合当兵的。他说你是个极度理性的人，这个任务没有人能比你完成得更好。”

“也许是他想多了吧。”我望着窗外薄暮下的成都，有些心不在焉。

“说说具体行动的细节吧。我们真的是处于黑暗森林状态中吗？”我说。

“黑暗森林不过是科幻小说杜撰的理论，无法被证伪的都不叫科学。严格来说，这只是官方的一个借口。”

“借口？那消灭其他城市的真正原因是什么呢？”

“很简单。洪水并没有真正的灭世，人类最高的大陆并没有被完全淹没！”

“南极洲没有全部被淹？这么看来一切都能解释通了。”

“你很聪明，你想想，全人类都坐上了大船开始颠沛流离的生活，却突然发现还有一块陆地硕果仅存，可那一小块地方连养活一个城市的人都紧张，你说这时候会发生什么？”

“抢啊！人类刚刚被上帝抛弃，又展开这样的竞争，真残忍啊。”

“没办法，谁想在海上过一辈子？就算你我愿意，也不能代表这 1300 万人的意见。”

“所以，就只有战争一条路了吧。”

“我们不这么想，万一其他城市这么想怎么办？”

“这是责任。”我说，没有一点矫情。

“你现在能够理解组织叫你做这件事的意义了吧。”

我点点头。

萧政委看了一下表说：“离任务开始还有十几分钟，你可以先休息一下。”

趁着这个空当儿，我仰躺在舒服的椅子上，又拿出了那张照片。

照片上的她笑得很天真，也很好看。

我轻轻闭上眼，曾经的欢乐时光就在眼前，一帧一帧。

那天，我说：“你不是拼枪厉害吗，我这里有一把 Intimidator，这是世界上最难组装的手枪，来，我们一决雌雄，输了，你就做我女朋友。”

你眼里闪过一丝狡猾，你说：“我本来就是雌，你本来就是雄，不用决了。”

我说："那你本来就应该做我女朋友。"

后来，你说："早知道你这么坏，当初就不故意输给你了。"

眼睛像子弹的女孩，狡猾的女孩，蠢女孩，就这么再见吧。我还是没能及时忘掉你。

"这女孩现在在旧金山？"萧政委说，声音平静。

这种在部队混了几十年的老油条，眼神比什么都毒。我无力地点点头。

"大洪水前去斯坦福交流，过了几天美国就闭关了。"

"她很漂亮。"

我没有说话。

"小陈……"

"不用说……我懂。"

十几分钟之后。入夜了，天府广场灯光绚丽。半个小时前人群就被疏散了，毛泽东铜像孤零零地矗立在南印度洋的寒风中，他的手指向苍茫远方。

广场从中间裂开，一个巨大黝黑的东西从地下缓缓探出来，仿佛一条沉睡千年的巨龙。

这是成都巨炮，炮口直径十米，可以发射重达6吨的巨型榴弹，凡尔登巨炮在它面前只能算是过家家的玩具。这炮唯一的缺点是很原始，原始到需要精通弹道的人来人为掌控。优点是野蛮。对付海上巨型平台，需要的不是先进，是野蛮。

我，陈震少校，就是成都巨炮的驾驭者。我瞄准着旧金山，我瞄准着旧金山的600万人，其中就有萧笛。

我点着一支烟，望着暮色，调试着巨炮的弹道。萧政委在我旁边，他负有监督的职责。

我不知道旧金山是不是也有一个和我一样的人，也在瞄准着成都。所以严格来说，我掌握着 2000 万人的生死。

我必须强迫自己残忍。

一声巨响，就像全宇宙的雷都在成都上空炸开。巨炮发射了，火光照亮了半个城市。

我闭上眼，静待那一声巨响。

但是，我等来的不止一声。漫天的火光炸开在旧金山上空，旧金山城却完好无损。我看到了类似儿时放的“飞天老鼠”一样的东西。

“铁穹，是铁穹！！”我和萧政委同时惊叫起来。

铁穹，以色列研发的导弹防御系统。目前已经开发到了第三代，是世界一流的导弹防御系统，它被装到了旧金山上面。

成都巨炮再一次发射，这一次我看得更清楚了，巨大的炮弹还没飞到旧金山就被无数的“飞天老鼠”拦截下来，在半空中被炸成铁粉。

我一口气把剩下的五枚巨弹全都发射出去。

“没用了！”政委吼道，“我们最终还是输了。”

我望着笼罩在烟花中的旧金山城，声音冰冷：“我们没输，再等等。”

终于，过了 20 秒钟。我听见了我想听到的声音，那是一声沉闷的巨响，这次爆炸发生在海里。

“政委，看来，任务完成了。”

萧政委惊奇地看着我，说：“雷司令没看错你，你是个能创造神奇的小伙子。”

我没有理会政委的夸奖，瘫在椅子上，失去了全身力气。

巨炮只是一个幌子，真正有用的是我提前一天安排好的鱼雷。

萧笛去旧金山交流的时候，我就鬼使神差地问过她旧金山平台的建造情况。她说，旧金山的中控室浸在海水中，这是一个比电视塔还糟糕的设计。这也成为我打败他们的原因。我为什么当时会鬼使神差地问，是不是那时已经模模糊糊地预见到了今天，我不知道。

“成都已经在全速驶向旧金山城了，半个小时之后会正式登陆旧金山。也许会发生地面战争，也许不会。但是我想我们已经赢了。你做得很好，没有伤及平民。那个女孩肯定没事，登陆后我会帮你找到她。”政委说。

我很感谢他，但是确实没有力气坐起来了。

政委看见我这个样子，说：“小陈啊，我们到海上来，代价可能比我们想的要大得多。未来很长，你要做好心理准备啊。”

说完，政委走了，以后我再也没见过他。

那时我忽略了一件很重要的事——他没问我要照片，甚至都没仔细看过照片上的萧笛长啥样，为何就承诺帮我找她。

但他的确帮我找到了萧笛。

几个月后，我又在黑墙上喝酒。旁边的八卦报纸上有这样一则消息。

“成都军区上将萧云伟，日前被证明是旧金山大炮驾驭者萧笛的父亲。萧笛在旧金山战役后被军事法庭判为叛国罪，这无疑影响了其父亲的政治生涯。此事暗合了萧云伟被软禁的政治传闻。”

萧笛死了，被我亲手杀死的。我避开了600万人，唯独击中了在中控室的她。她的确是旧金山大炮的驾驭者，是不是自愿的我不知道。他们说她叛国，可是国在哪里，我只看见茫茫海洋。

也许是因为具有专业知识被美国人胁迫吧，也许只是单纯地争取登陆南极的权利，不管哪种，都无可厚非。

但是，旧金山大炮，一炮未发，成都大炮，打光了所有炮弹。

萧政委在报纸上的照片，神情憔悴，眼里的锋芒却不死，像极了被逼到绝境的狮子。

你是怎样做到在我面前面不改色地谈论你女儿的？你如何做到冷静地和我商量把炮弹扔进你女儿所在的城市？你早就知道我和她在一起吧，演得真好，从始至终，没有露出一点破绽。

如果再来一次的话，我们还是会这么做吧。毕竟我们身后站着1300万人。没人会说我们伟大，没人会给我们立碑。不像你一样陷入政治倾轧就是我最好的结局了。我们是第一代新型文明的军人，我们是代价，文明转变的代价，总要有人成为代价。

你知道，你找对了人，你知道我理性到极点，你知道我会完成任务。我哪有什么心理挣扎，哪有什么纠结，你早就算好了一切，就像我早就下定决心。你叫我做好心理准备，其实我早已做好。

我俩从头到尾都是浑蛋。

成都已经越来越靠近南极圈，我仿佛已经闻到土地的腥甜，报道说“伊斯坦布尔”两天后会出现。我坐在电视塔里俯瞰众生和大海，就在你坐过的那张椅子上。

新的战争就要来了，但我们袍哥人家，决不拉稀摆带。

（本文摘自成都军区某少校博客，作于2034年。）

当雪花落下的时候

文／海客

“塞巴斯蒂安教授，里奇·塞巴斯蒂安教授。”珍妮一边敲门一边喊道，“我是校工会的珍妮·根巴斯特。您近期的状态让学校方面非常担心，我们需要知道您到底遇到了什么困难。请您放心，不管是什么事情，学校方面都一定会尽全力帮您解决的。现在麻烦您开门，让我进去好吗？”

“教授，我知道您在里面，您把自己关在实验室里已经整整三十天了，而且还改了门锁的密码。如果您再不开门的话，为了确保您的安全，我们就要强行进去了。”

珍妮叹了口气，然后退到了一边。看着早就等在一旁的消防员，把价值几十万美元的特制安全门，变成了一堆分文不值的垃圾。

从破开的门里，飘散出了浓重的酒气。以及，在旧金山湾区的盛夏八月绝不应该有的，刺骨的寒冷。

“教授，您在哪儿？”珍妮披着一件临时找来的大衣，深一脚浅一脚地走进了冷得像冰窖的实验室。

原本已经组装好的生物－量子计算机组件，现在胡乱地堆成了一堆；用来给计算机组件降温的液氦交换器，在实验室的正中排成了一个圆环；圆环的里面，则是数不清的空酒瓶，以及，早已醉得不成人形的里奇·塞巴斯蒂安教授——世界上最好的量子计算机专家。

“教授，你这是在干什么？”珍妮彻底愤怒了。作为校工会的高级职员，她很清楚那一堆计算机组件这几年间花了至少十几亿美元。而且，即使作为一个完全的外行，她也能看得出来，那堆组件现在已经彻底报废了，就因为眼前这个醉醺醺的酒鬼。

“嗨，美女。来陪我喝一杯！”塞巴斯蒂安教授摇摇晃晃地站了起来，举着一个盛满酒的硕大的洛克杯，对着珍妮喊道。

“教授！你到底在抽什么风！”珍妮一把打掉了里奇递过来的杯子，“你这到底是怎么了！？”

“嘿！你刚才打翻的可是一杯价值三万美元的Macallan Fine and Rare 1926！”

“三万美元？”珍妮气得笑了出来，“你毁掉的可是十几亿的世界首台生物-量子计算机的原型机！”

“我当然知道，那东西本来就是我造的。”里奇似乎稍微清醒了一些，“我这一辈子的心血结晶。不过反正它也等不到彻底完成的那一天了。不像你打翻的那杯酒，你本来还是有时间可以喝掉它的。那真的是一杯好酒。”

“等不到彻底完成的哪一天了？”珍妮猛地一惊，又看了一眼满地的空酒瓶，还有那些正在全力工作的液氦交换器，小心地问道，“难道说您遇到了什么无法克服的障碍？导致您竟然绝望地要自杀？”

“不，原型机的建造一切顺利，只要能再有一年半的时间就可以彻底完成了。”塞巴斯蒂安教授叹了口气，“只是，已经来不及了。”

“那这……”珍妮完全糊涂了。

“我只是想试验一下，看看我这把老骨头能不能挺过接下来的日子——欧洲的那些物理疯子弄出来的可怕……”

“教授，你到底在说什么啊？”珍妮看着塞巴斯蒂安教授的表情就好像他已经彻底疯了一样。“我代表学校方面要求您，对您这段时间的行为给出一个合理的解释。”

“现在几点了？”

“什么？”

“我问你现在几点了？”

“早上八点三十七分。您要干什么？”

“还有二十三分钟。好吧，在那些疯子正式开始之前，还有足够的时间，可以告诉你接下来会发生什么。”说着，里奇又递过来一杯酒。“我建议你还是先喝一杯，这样会比较容易面对将要发生的一切。而且这是La Maison du，轻井泽的，桶号4973，很适合漂亮女人的酒。”

“我先讲一个例子让你明白我们将要面临的境况好了。”塞巴斯蒂安教授说道，“你应该知道，就在七十七年前的七月十三日，NASA的‘新视野号’探测器首次近距离探测了冥王星，根据传回的照片显示，冥王星当时在下雪。”

“教授！”珍妮现在可以确定，眼前的这个人的确是疯了。

“别激动，听我说完。想想看，‘新视野号’之后，NASA和欧洲航天局又发射了十二次冥王星探测器，都比当初的‘新视野号’要先进得多。但是，却再也没有观测到下雪的现象。你不觉得奇怪吗？”

“没错，这件事至今NASA仍然无法给出合理的解释。但是这和您现在做的这一切完全没关系啊！”

“不，这里面关系重大。”塞巴斯蒂安教授抓起一瓶Dalmore

64 Trinitas，直接对着瓶子喝了一大口。“因为‘新视野号’当时观察到的根本就不是什么普通的雪花！”

“您到底在说什么啊，不是雪花那还能是什么？”

“量子塌缩的震颤余波，或者，按照我更习惯的说法：系统临时超载导致的显示花屏。”

“呃？！”珍妮显然已经彻底搞不清状况了。

“量子力学中的基本常识，在没有观测者的情况下，一切都将会处于量子态，只有当观测者出现的时候，才会塌缩成为确定的某种形态。”塞巴斯蒂安教授耐心地解释道，“‘新视野号’是第一个对冥王星进行如此细致观测的观测者，所以引发了强烈的量子塌缩现象，看上去就像是下雪了一样。用我的说法就是：因为瞬时大量的数据需要细化，占据了大量的资源，导致系统在一瞬间超载宕机。”

“这一切太可怕了。”珍妮很明显还没有从过度震惊中恢复过来。

“不，这才仅仅是开始。”里奇继续说道，“毕竟，冥王星只是一颗距离我们无比遥远的，连行星都算不上的小小的岩石球体罢了。但是，类似的情况在地球上也出现过。”

“您是说？”

“导致量子塌缩，或者按我说的‘系统超载’的原因，除了‘第一次观测’之外，还有可能是因为‘更细致的观测’。例如你知道的，人类学会用火引发了第四纪冰川期的到来。”

“人类学会用火……引发了第四纪冰川期？”

“是的。燃烧是分子层面的化学变化，所以学会用火标志着作为高级观察者的人类的观测尺度，从肉眼可见的程度变成了纳米级别，从而引发了比冥王星上那次严重得多的量子塌缩，也就是持续时间上百万年的第四纪冰川期。但是我们现在面临的情况，要比第四纪冰川期严重得多。”

“您是说？”

“你应该还记得，就在一个月之前，欧洲核子中心的那群物理疯子，决定搞一个大型的对撞实验，来彻底搞清楚构成这个宇宙的基本粒子到底是什么。按照他们的说法，这将使得我们对宇宙观测的细微尺度提升好几个数量级。这个提升会比从肉眼可见的程度变成了纳米级别大得多，也就是说，这将会导致比第四纪冰川期严重得多的后果。

“这也就是为什么，我会把自己锁在这个冰窖一样的实验室里。我想提前试试看那到底会是什么景象。”

“但是，教授，这完全就是您的猜测而已啊！而且，这套理论也太……”珍妮终于找回了正常的理智。

“太科幻？太天方夜谭？还是太胡扯了？”塞巴斯蒂安教授笑了起来，“现在的时间是早上八点，也就是巴黎时间午夜十二点，刚好是他们这次试验开始的时间。让我们来看看现在外面有什么。”

里奇走到窗边，一把扯掉了厚厚的窗帘。

窗外，旧金山湾区八月盛夏的清晨，雪花正在纷纷落下。

俄罗斯方块和前门鲁班石

文／李兴春

石鲁班是北京的建筑工程师，在古建筑修复方面经验丰富。有一天，一个神秘的老头找上他的门，带来半截砖头，宝贝似的亮给他看。

石鲁班感到很奇怪，问："这是什么？"

老头说："这是前门的'鲁班石'；当年建造前门，一块块砖石垒到最后，出现一个空隙，城门不稳，是靠这块鲁班石填上去，才把前门支撑起来的。现在它不知从什么地方掉下来了，整幢城门楼已经失去了核心支撑点，早晚会倒塌。"

石鲁班不信，说："我看不出这是鲁班石，除非你能给个证明。"

老头笑着说："你把它先留下吧，事实会替我证明的。"

只过了不到半年，前门城楼歪斜，城墙出现裂缝，虽然还不至于很快倒塌，但已经有点摇摇欲坠的危楼感觉了。有关部门立即成立专家委员会和专业抢修队伍，对原因进行调查，制订抢修方案。

查来查去查不出原因，前门城楼既没有地基塌陷，也没有受震受灾，日常维修管理也到位，不知怎么就成了危楼了？石鲁班也参加了专家委员会，他想起了神秘老头的鲁班石，难道前门成为危楼真是因为掉了鲁班石？他想来想去，最后还是把鲁班石拿到了专家委员会，专家们看了，也都将信将疑，但不信的居多。

如果能找到鲁班石掉下来的空隙，倒也不妨把它重新安上去试试，看能不能修复前门。专家们几乎是把前门一寸一寸地丈量过了，也找不到哪里有适合鲁班石的空隙。

这时来了个外国富商，叫梅森，他一来就应了老北京那句俏皮话：有钱要买前门楼子。他提出把前门买下，自有办法修复。如果不答应他的要求，就只有眼睁睁看着前门倒塌，谁都落不了好。

有一些专家就动心了，说与其让前门倒塌，不如卖给梅森，等他把前门修复，还有机会再出高价把前门买回来。石鲁班听说后气坏了，他找到专家委员会主任和政府领导，说：“前门是咱的国宝，是老北京甚至全中国的门脸，卖什么，也不能把脸卖了。我来想个办法，把前门修好。”

石鲁班现在有点相信前门鲁班石是真的了，但怎样找到前门搁鲁班石的位置，他想出了一个办法。

他综合利用 X 射线等无损检测技术，对前门进行全面细致的透射扫描检测，然后把数据输入计算机，建立了前门建筑群的三维立体透视结构模型，这样一来，前门鲁班石的位置就会暴露无遗。但模型建立起来了，他仍然没有找到鲁班石的位置。

梅森来看了他的模型，冷笑几声，什么也不说就要走。石鲁班忍不住了，对他说：“梅森先生是笑我的模型不对吧？我不相信你就有更高明的手段，能建立正确的模型。”

梅森说：“我的手段并不比你高明，也是用 X 射线等扫描建模，然后用鲁班石填补。虽然手段一样，甚至还不如你先进，但我们的目的不同，所以建立的模型差别也就大了。”

石鲁班心想，没有金刚钻，他不敢揽瓷器活，莫非他真的身藏独门绝技？为了抢救国宝，看来不能和他来硬的，要来软的，于是开始和梅森套近乎，希望打动他帮助修复前门。梅森最后松口说，不卖可以，但要答应他短期租用前门。

上级有关部门被迫同意了。梅森带来他的团队着手开始修复工程，他用 X 射线等扫描建立的模型果然和石鲁班的模型大不一样。石鲁班来看了他的模型，大惑不解，因为他的模型完全不符合前门的实际内部结构。但梅森就在这个模型上找出了鲁班石的位置，在这个位置把鲁班石安上去，修复工程就可大功告成。

石鲁班反复推敲着梅森的模型，几天几夜没睡觉。按梅森模型实施他们修复方案的日子越来越近了，到时候就必须向梅森交出鲁班石。交还是不交？石鲁班内心纠结着。

终于到了实施修复方案的那一天，梅森得意扬扬地向大家介绍了他的模型和他的方案。原来，梅森发现了前门鲁班石的一个秘密，前门是北京整座城的前门，因此它不能脱离北京城的其他古建筑单独存在，只扫描前门本身不能找出鲁班石的位置，必须把前门作为北京古建筑的一个有机组成部分，透射扫描北京古建筑的整体，才能从整体反推到局部，建立前门的正确模型，这和前门本身的实际内部结构是不一样的，但却能从这个模型找出前门鲁班石的准确位置。

梅森说：“只以建筑师的眼光来看前门鲁班石是不够的，还要以规划师的眼光来看前门鲁班石。我们想象有这样一种全新的古代北京城规划：最外面是一套城门、城楼、城台和城墙的完整系统，而城里每家每户包括故宫紫禁城的房门、院墙都会形成封闭的通道连接到最外面的城门城楼，相当于每家每户都并入城市，和城市里其他人家全部连为一体。这样，全北京的所有城市建筑就成为一个巨大无比的建筑群整体，前门才谈得上是北京城的前门。这个建筑群整体的每一个部分甚至每一块砖石会隔得很远互相咬合；而这种互相咬合就相当于‘俄罗斯方块’游戏中方块的嵌套、咬合，不留缝隙，还从平面的俄罗斯方块推广到了三维的‘俄罗斯方块＋中国榫卯’游戏，使俄罗斯方块像中国传统榫卯结构或者像‘鲁班锁’一样立体嵌套、咬合，不留缝隙，这样，巨大无比的建筑群才能真正成为一个密不可分的整体，鲁班石也就能从中发挥神奇的作用了。”

梅森的这一发现引起了全场轰动，这大大出乎很多专家意外，但当他们仔细思索了梅森模型的原理，只能点头叹服。大家一致要求石鲁班把鲁班石交给梅森，开始实施修复工程。这时，石鲁班也已经看出了前门鲁班石的一个更大秘密，拿出了他的另一个前门新模型，说这才是最正确的前门模型；在这个模型里，他也找出了鲁班石的准确位置。

两个模型究竟谁对谁错？梅森和石鲁班一时争执不下。委员会决定先按梅森模型实施他的修复方案，石鲁班把鲁班石交给了梅森。

鲁班石被重新安回了前门，但修复工程的效果并不理想，前门仍然有一定的倾斜度，没有完全恢复原状。

于是，委员会决定用石鲁班的模型和修复方案试试，鲁班石被再次取下交回石鲁班手中，石鲁班把它重新安到自己找出的位置，实施自己的修复方案。

修复效果十分理想，前门被校正过来，完全恢复了原状。

事实说服了所有人包括梅森，梅森心甘情愿地终止了租用前门协议，石鲁班也向大家彻底说明了自己模型的原理。

石鲁班模型就是梅森模型的推广扩充。前门不但是北京整座城的前门，还可以看作中国整个国家的前门，因此它不能脱离全国其他古建筑单独存在，只扫描前门本身和北京古建筑不能找出鲁班石的位置，必须把前门和北京古建筑作为全国古建筑的一个有机组成部分，透射扫描全国古建筑的整体，才能从更大的整体反推到局部，建立前门的正确模型，找出前门鲁班石的准确位置。

石鲁班最后说："只以一般规划师的眼光来看前门鲁班石是不够的，还要以更远大的规划师的眼光来看前门鲁班石。我们想象有这样一种全新的古代城市规划：每座城市最外面都是城门、城楼、城台和城墙的完整系统，并且这座城市的城门、城楼、城台和城墙会形成封闭的通道连续延伸到另一座城市，把全国所有城市都连接起来，好比在全国所有城市之间铺设了一张长城的网，它的规模是现有长城的成千上万倍，或者说提升了几个数量级。同时按照梅森模型，城市里每家每户的房门、院墙也会形成封闭的通道连接到城市的城门城楼。这样，全中国的所有城市和所有城市建筑就成为一个绵延不绝、巨大无比的建筑群整体，前门才谈得上是全中国的前门。我们不妨把这个特大建筑群称为'超长城'或'入户长城'，它的每一个部分甚至每一块砖石都会远隔千万里互相咬合，相当于联系更为紧密、力量更为强大的'俄罗斯方块＋中国榫卯'游戏，也只有这样，才能让鲁班石发挥神奇的作用。"

鲁班石是不是真的通过超长城或入户长城发挥作用呢？北京前门是不是这座超长城或入户长城的前门？也许只有带来鲁班石的那个神秘老头才能给出答案，很多人相信他就是鲁班仙师的化身。还有更多人相信，前门鲁班石故事里的“超长城”或“入户长城”，并不只是存在于城市规划建设的新概念之中，也应该存在于人心和民意之中；这种“超长城”或“入户长城”，就是“众志成城”。

过冷

文／渺渺

“小马乘坐的那班飞机出事了！”

圣诞节的早上五点，我在睡梦中被心脏莫名的抽痛惊醒，一开手机，微信群里的这条信息就像一颗原子弹一样在我脑中炸开。后果是我保持低头看手机的动作整整两个小时，才如往常一般地洗漱，然后去上班——圣诞节那天我们研究所不放假。

这种状态，俗称“宕机”。我承认自己惊吓过度了，但是更深层的原因是，我现在不得不去想起以前我一直逃避的问题，而那个问题的最大问题是我不能准确抓住它的只言片语，它就像一缕神出鬼没的烟雾，从不肯让我瞥见它一丝一毫的真容。

我在地铁上有一搭没一搭地想着这些乱七八糟的东西时，微信群里又炸开了锅：

“新闻刚刚报道了死亡人员名单，里面居然没有小马！也就是说小马还有生还的机会！”

“没有消息就是最好的消息。”

“祈祷。”

还好，他也许没事。也许我们下周的同学聚会我就能再次见到他，听他神采飞扬地讲四处寻找“神奇液体”的故事，也许故事里还有个姑娘，也许我会因此感到心碎，但我还是会祝福——只要他能平安，怎么样都好。

我保持着脸部微笑同时以头脑一团糨糊的状态走进研究所的大门，直到进入会议室，杜总已经开始讲话，我的注意力才回到今天的会议内容。杜总已过花甲之年，却身姿笔直，满头灰白发色的他总是用一种直逼心灵深处的眼神看着每件事物，他的额头也总是微皱，嘴角抿起时微微下垂，他似乎永远聆听着什么，沉思着，或许又像是一个极好的猎手，准备从你的言辞中捉住漏洞，最后一击即中。杜总曾参与过“六五计划”的制订，是我们研究组绝对的一把手，平时作风是说一不二，也是我们全组人的精神领袖。大家佩服他，不仅是因为他资历深厚，学术能力过硬，更是因为他把我们整组人都带入了一个以前无法想象的“魔幻”领域。

这个领域便是八年前我秘密加入的“隧道计划”。该计划为绝密级，属于国家秘密战略部署的一部分。我和小马曾经同时加入这个组，小马是我在这个组里第二佩服的人，他依靠超强的意志和能力解决了物质量子化的理论问题，该问题自斯大林时期开始便一直没有得到应用层面的解决，他因此成为本组有史以来最年轻的副组长。

直到两年前，小马忽然要离开研究所，并对外宣称说他已经厌倦了日复一日的研究生活，要去环游世界。欢送会那天，杜总也破天荒地来了，小马敬了他一杯酒，他一饮而尽，一句话没说，只是微笑着拍拍小马的肩膀。于是小马破天荒成了本所唯一一个没有过完脱密期就能离开研究所的人。

回想起来，那天小马喝得有点儿高，也许是因为终于能去过围墙外自由自在的生活了；我也喝得有点儿高，因为莫名的心疼。为了不让人看出端倪，我只身回研究所加班，晚上的办公室黑漆漆的。我打开电脑打算看看文献，但是黑暗中显示器的光亮太刺眼，我的眼睛承受不住，竟不自觉地流出眼泪。

“不要眼睛了吗？怎么不开灯呢？”我赶紧以迅雷不及掩耳之势擦掉了眼泪，抬眼看向声音的来处。

是小马，他怎么来了？于是我揶揄道：“明天就离职了，这么晚了还来加班？”

小马听我这么说，并没有像平常那样回击，反而微笑着走到我旁边，拉过一把椅子坐下，说：“你还记得我们大二那年做实验，你不小心把液氮洒了，实验老师训了你好久，你却面无表情，一点儿也不像个女的。”

我凝望着小马俊朗的笑容，也陷入了回忆：“是啊，你一直在隔岸观火，一句好话都没帮我讲。”

小马忽然扭头看着我，因为长久凝视他，我略有些尴尬，别过脸看着电脑屏幕，只听他悠悠地说：“那次实验本来是要观察过冷液体，你把分配给你的液氮洒了，结果什么都没观察到。我知道你心里难受，我想如果我是你，老师训了我，我反而会舒服点儿。”

我收起微笑点点头：“所以那天开始我们成了朋友，这件事在大家眼里十分诡异。”能不诡异吗？我相貌勉强算得上好看，但性格沉默寡言又时而尖酸刻薄；小马阳光帅气又十项全能，无论从哪个角度看都是完美的。而我们却成了无话不谈的朋友，这对组合太不可思议了。

小马站起来，他太高了，我此时不得不仰视他，甚至仰视得脖子有点儿酸。他又问我：“还记得那天你问过我一个关于过冷的问题吗？”

我点头："当然记得。那时我问你，存不存在一种过冷液体，永远不会结晶，它存在的场的扰动并不会干扰它的稳定。"

小马认真地看着我重复道："这个问题我一直在思考，我今天就回答你，我相信地球上或者别的地方存在过这样一种合适的场，也存在这样一种过冷液体。"

我忽然意识到了小马违反纪律向我泄密了。我站起来激动地打断他："可是在太空中搭建时空隧道还只是一个设想！这么做太危险了……难道……难道是杜总默许你这么胡来的？"我看他目光坚毅，便知道了答案。

过冷液体的确不会结晶，太空中时空隧道的建立往往都是在绝对零摄氏度的环境中，保护隧道的场和实体不受低温的侵害，是太空隧道建立的前提，但是能够承受绝对零摄氏度的过冷液体现在还未被发现，就算通过人工合成造出，也要去极端的环境中做验证试验，这意味着做实验的人要经历万分险恶。

我终于清楚地认识到，小马不成功是不会回来的，也……回不来了。

最让我感到折磨的是，因为这个行动的保密级别不亚于我们现在的课题，我将会失去小马的所有消息。这个打击让我一时间出神。

"我从来没见你哭过。"小马的声音把我捞回现实，我才发现他站得离我很近很近。

"我走了以后你可千万别哭，心情不好的话我可不会再弹琴给你听。"没错，我每次心情不好，这厮就要用手机播放门德尔松的*Song Without Words*，说来奇怪，我一听到这么隆重的悲伤，反而心情好起来了。

"你那是手机播放。"我没好气地说。

“是啊，不过你要是答应我，说不定我回来会真的给你弹一曲，而且我还有环游世界寻宝的故事讲给你听。”

我忘记了那天小马是怎么长身玉立于研究所外的路灯下了，就像我忘记了自己的心情。也许这么多年来为了这个伟大的课题，为了创造历史，我们都忘记了自己。

……

一天的会议终于结束了，我感到久违的疲惫，在会议室里坐着久久不能起身离去，直到天色昏暗成一片浓郁的墨蓝色。圣诞的繁华热闹与我无关，世界仿佛安静得只剩下我的心跳声，我只想任性地坐在这里想一想小马。

“怎么还是不喜欢开灯啊？黑灯瞎火有那么好吗？”

忽然会议室灯光亮起。是小马——他黑了，不过还活着。

“你是来加班的？”我故作淡定地问他，嘴角却掩饰不住内心的欢喜。

“完美的过冷状态是存在的，也可以存在于非绝对稳定的场中。可是你别忘了，只要一颗晶核便能让结晶变得一发不可收拾。”他站在原地，答非所问。

“故弄玄虚。”我明白了他的意思，几不可闻地反驳。

“过冷……就像我们之间的关系，看似稳定，实际上不过是介稳状态。”他顿了顿又问，“如果以后的任务都不用离开研究所，不用隐姓埋名，也不用乘坐军用飞机，你能跟我在一起吗？”他表情轻松自若，语气却格外诚恳。

“杜总今天下命令了，我还要去搭建太空隧道呢。”

为了回应他，我故意转换话题，心里却像是开满了辉光的海洋，宁静而璀璨。

恒日囚

文／赤膊书生

这天早上，我带着爸爸的骨灰盒上路。

车是三厢的 Polo，我开了十几年。这款大众公司专为中国人设计的车很丑，但我没钱换。买车的时候我还在读大学，没拿驾照。爸爸怕以后限牌，拿出全部积蓄给我买车保号。阿姨并不支持这个决定，觉得是把钱搁在那儿等它烂。为了家庭和谐，我也说不买，但一向对阿姨言听计从的爸爸这次异常固执。车买了之后，爸爸自己没开过，就放在露天里风吹日晒，阿姨数落爸爸的时候，他就沉默着抽烟。

Polo 在 318 国道上平稳地行驶着。车里放着王菲的《约定》，沿路的风景也“如歌褪变”。这次旅行算是我和爸爸的约定。以前流行新四大俗的时候，爸爸也受了影响，想去一趟西藏。爸爸对西藏有种执念，他的很多同学在西藏做旅游纪念品生意发了财。于是，两个姊妹要借钱给他，叫他也去拉萨做生意，赚了就还，赔了就算了。不过，他没去，因为不敢。这个男人在我的记忆中的样子就是这样，缩手缩脚，畏首畏尾，却努力把背挺直。

下午，车过雅安。雅安号称中国雨城，滚滚墨云拧在空中，好像亿万年都不曾散过。过收费站的时候，有交警在查超载。我把车窗降下三分之一，交警问："车上几个人。"我说："两个。"他使劲往里瞅，说，"就一个啊。"我指了指副座上的骨灰盒，上面花纹狰狞，说："还有我爸。"交警觉得晦气，话卡在脖子里，不耐烦地挥手让我离开。

我说："爸，你看看，和以前一样，大家都不怎么待见你啊。"爸爸继续沉默。

这个男人走到哪儿都不受欢迎。14 岁接我爷爷的班，在县城放电影，那是个让人羡慕的工人岗位。但他脾气太冲，常常和经理打架，待不下去之后去了东莞虎门，在一家电子厂做保安队长。这个职位是适合他的，他脾气大，喜欢打人骂人，反而能压住手下的保安，老板见他能饮酒，常常叫他来陪客人喝酒，然而这些都不能说明这些人喜欢他。他就在那里成长为一个更不讨喜的人。没人会相信，他年轻的时候相貌堂堂，写得一手好毛笔字，还会弹吉他，后来那些东西被时间磨去了。

他应该是喜欢那份工作的，那有一种特殊的成就感。但当几岁的女儿问他："爸爸你以前是当警察的啊？"他只能无奈且尴尬地笑笑。他到成都之后我也不待见他，我们一周吵两三次架。有一次他被我气得摔门而出，我大吼，要他不要逃避责任。他在外面愣了好久，然后又开门进来，怔怔地望着我，我第一次在这个男人脸上看到了悲伤。

后来我懂事了，明白一个没文化的底层打工仔能挣两套商品房在这个时代意味着什么。大家都不知道他哪来那么多钱。直到有一回奶奶谈起她的儿子心疼得落泪，她说："我儿子十几年没买过一件新衣服，一条秋裤破了洞都一直在穿。”

我参加工作后，住在已经付完按揭的房子里，而我很多同学还在为攒首付焦头烂额的时候，我才明白，这个男人从来没逃避过责任，从来没有。

如果他没把责任看得那么重，也许就不会有后来那么多事情。事情要从我上大学的时候说起。我在合肥念书，读中国最好的粒子物理专业。那个时候中国物理学界掀起了一阵“加速器热”，上马了好几个加速器项目，其中一个落户成都青白江。这个项目是我老师牵头的，加上正好位于我家乡，所以毕业以后我自然而然地在这里工作。我工作清闲，负责项目的计算机维护，和核心业务并不沾边。

那年夏天，加速器刚刚竣工，有些清洁工作要做，且工作量不小。项目里的那些“大科学家”哪里愿意干这个，只好从外面招人。开的工资很高，活又不重，于是我介绍了爸爸去。

后来的事就很离奇了，已经完全超出了现有科学的范畴之外。大概说起来就是，超越我们这个时代的科学奇迹，在这里有意外发生，而我的爸爸就是亲历者。

调查显示，事故的起因来自一起电路保险丝的异常熔融。电路接通导致了一次意外的对撞实验发生，这次实验平凡无奇，远远没有达到设定的最大阈值，时间也短，只不过，这次的加速器里有一个人。

强大的高能粒子流之后，爸爸消失了。在他消失的那个位置，留下了一个强磁场和一团闪光。后来我们都知道那闪光是什么了。

一团质子云，带负电的质子。“你应该知道那是什么东西。”主任斟酌着言辞对我说。

“带负电的质子……”我嗫嚅着这几个字，我当然知道这是什么，反物质。与这个世界任何东西都不相容的反物质，一旦和任何物质接触，都将发生湮灭，爆发出伽马射线和高能光子，只能利用强磁场进行存储。而那个地方正好出现了强磁场，估计是高能粒子对撞产生的能量产生的。这不是巧合，科学就是这么奇诡而又富含逻辑。

然而更奇诡的事情发生了。几个星期后，我还没有从失去爸爸的沉痛中拔出来，主任又找到我。他说："章明啊，你先别急，你爸爸可能没有死。"

我嗤笑一声，说："主任，不用安慰我，没死他去哪儿了？四维空间？呵，您也读阿瑟·克拉克？"

主任说："那团反物质质子云可以和磁场发生作用，导致磁场波动，据我们观察，这种波动有着十分明显的规律，似乎传达着某种信息。我们据此做了一个大胆的推断……那团质子……可能……是活的！"

那团质子云是活的意味着什么？高能对撞中，爸爸的意识在质子云中保存了下来？这说法如此荒谬，但我还真相信了。人就是这样，判断很多事情并不是按照事情本来发生的样子，而是希望它发生的样子。

天色渐渐黑了下来，我到达了折多山。折多山像一座弥天的大门挡在我的路上，门是黑的，是关着的，我知道该停下来休息了。空气有些稀薄，山下一片灯火阑珊。

我走进一个小旅店内，随便要了点吃的和一个房间。刚坐下，就又进来了两个客人。我很快吃完，结账的时候，拿出一个白手套，指了指那两个人，跟老板使了个眼色。老板往我手套里放了100块钱。

我让他以为那两个人是我拉进店的，事实上我不认识他们，也不认识老板，但我知道这条旅游线路上的规矩。出门在外，钱总是个好东西，一分都别嫌少。

但吃完饭上厕所的时候，我被他们堵在里面。“小子，别以为我们不知道你做了什么。”

我说：“我没做什么。”

下巴挨了一拳，我嘴里泛起甜腥的味道。“白手套给我。”他命令道。

我不想惹事，掏出白手套给他。

“你那个盒子里装的什么？”他问。

“骨灰，我爸的骨灰。”我面无表情。最担心的事还是发生了，我看到他眼里的不信和戏谑的意味。擅长说谎的人也擅长识破谎言。

他把骨灰盒抢了过去，我来不及反应。盖子打开，他看到了里面的东西，眼里露出惊恐的神色，竟然扔下盒子落荒而逃。

那是一把枪，还有一个圆柱形容器，发出幽冷的蓝光。容器是一个强磁场发生器，里面装着我爸爸——一个反物质形态的生命。

这是世界上最孤独的生命，他和每一棵花，每一株草，每一种美好的事物都不相容，只能永远被囚禁在暗无天日的磁场中。即便是这样，想到他还活着，就是一种安慰。但我没想到他们连他最卑微的生存方式也要剥夺。

主任说：“研究方向改了，军方给了很大的压力，要造武器，礼拜天在南海进行湮灭实验……章明，我争取过，和高层那些决策者来比，我太卑微了……”

“不怪你，主任。”我挂断了电话。嘴里重复着“湮灭实验”这四个字。1克反物质湮灭能释放出 1.8×10^{14} 焦耳的能量，我早该想到事情会变成这样。

这就是那把枪的由来，我需要用它对着我同事的头，让他们把那个容器交给我，然后带着爸爸上路，在追捕和逃窜中度过余生，如果还有余生的话。

凌晨四点，我在那家小旅店醒来，摸着枪发了一会儿呆，然后摸索着到了他们的房间，用小枕头裹着枪发射，一人一颗子弹。契诃夫说，如果你在故事里写到了一把枪，你就该让它发射。其实逻辑是，既然你有一把枪，总会遇到能让它发射的理由。

我的通缉令在我启程的那一刻应该就发出了，而那两个人看到了他们不该看的。

在空中凝聚了亿万年的墨云汹涌翻滚，大雨落下，我驶向那黑暗的门。

凛冬

文／赤膊书生

第 27 次越狱失败后，我放弃了要逃出去的想法。

这是我深陷囹圄的第三个年头。说是囹圄，其实也没有想象中的那么糟糕。严格来说，我所在的地方对于某些人来说简直堪称天堂。这是一间三居室套房，欧式精装，窗明几净。热水、空调、厨卫，一应俱全。遗憾的是没有什么娱乐设施，当然我也没那个时间娱乐。

我看了一下时间，凌晨五点。是时候开始做工了。不同于那些真正的劳改囚犯，我做的工不是种菜，也不是造皮鞋，而是玩游戏。

面前是几乎占满整个房间的全息投影。不时有各种造型的立体图形从空中落下。我需要挪动这些立体图形的位置，还有变化它们的形态。它们落得很缓慢，大概两三个小时才会从房顶落到地板上，然后在上面铺出薄薄一层。当地面被立体图形严丝合缝地填满的时候，这一层就会消失，相应地，上面的立体图形就会落下来。

是的，这就是俄罗斯方块，或者说俄罗斯方块的立体版。

这个游戏和传统意义上的俄罗斯方块还是有些不同。除了图形是立体的以外，传统的俄罗斯方块一次只会掉一个图形。这个游戏中，一次可能落下成百、甚至上千的方块。所幸，它们落得很慢。大概三个小时才会完全落下来。这给了我足够的时间来调整它们的位置和布局。

我专注地看着游戏界面，在一个T形体即将落地的一瞬间，改变了它的形态，它顺畅地插入地面那一层立体图形当中。一阵白光闪耀，那一层消失了。Bingo，因为这一层的消除。国家灾难管控委员会的那群人应该会高兴好久。然后他们会假惺惺地跑到我家里去慰问，给我年迈的母亲发很大一笔慰问金。我在这个游戏中的每一次精彩操作都将给我的家人带来很大的福利。慰问金是其次的，如果能够为他们争取到下一批发放的巨塔居住区的入住资格的话，他们应该会很开心。

这是我两天半以来，消除的第一层方块。我长长地舒了一口气，随着时间的推移，消除变得越来越不容易。为了庆祝这一次消除，我决定给自己放一次假。所谓放假的意思就是——我可以休息10分钟。对于一个一天连续工作18个小时的人来说，10分钟真的很宝贵。

回忆往昔是一种很好的放松方式，趁着这短暂的休息时间，我思念从前。

三年前，我和那个叫萧明决的男孩生活在一个温润的南方小城。那个时候，凛冬未至，日子温暖。

高中我和明决就读于同一所国家重点学校，自以为是天之骄子。但我们都没有什么朋友，除了彼此。我是社团招新那天认识他的。那天，我的“未名学社”的摊位门可罗雀，远远地我看见这个戴着长帽檐棒球帽的男孩走了过来。不知道是不是故意为之，他的帽檐长得过分，完全挡住了脸。但我还是看见了那张沉默而冷峻的脸。

“同学，要加入我们未名学社吗？”

“目前有多少人加入了。”

“如果你加，我们就有两个人了。”

“……”

“加吧，我们社很好玩的。”

“听名字就不是什么好玩的社团，况且我也不是图好玩才加的。”

“好，同学欢迎你正式加入我们未名学社，来来，登个记吧。”

他在登记簿的签名处写下“two one。”

“你叫这名字？”

“加这个社应该不能用真名吧？”

“……”

印象中的萧明决，就是这样，着装怪异，说话酷冷。总是手拿一本马基雅维利的《君主论》，总是把“自由才是英雄的土壤”这种口头禅挂在嘴边。

我逛他网络空间，发现他建立了一个叫“友铭党”的组织，我留言道：“兄台志向不小啊。”他回了我一个笑脸。

有一天在天台上，我对他说：“其实我很羡慕明决这种人，也许有一天你真的会成为你说的英雄吧。”

萧明决看着灰蒙蒙的地平线，说：“哈哈，其实我的梦想不是当英雄，是当一个土匪头子。”说这句话的时候，他笑了，他很少笑，笑起来居然很好看。

我甚至想过，如果我是个女生，大概会爱上明决这样的男孩吧。沉默如磐石，却有隐隐的野心和霸道。最关键的是，他看似木讷的外表下，偶尔会闪耀出一点不经意的温柔。记得有个暑假我去他家玩，和他睡的同一张床。我睡觉特别喜欢裹被子，当晚也忘记提醒他了。结果第二天醒来一看，我把整床被子牢牢地裹在自己身上，明决身上盖着一件单薄的校服，冷得瑟缩成一团，像条流浪狗。当时我就知道，一定是我半夜裹被子把他冷醒了，他不愿意跟我抢怕把我弄醒，所以随便找了件校服披在身上。

如果时间线一直如此这般演进下去，那大概也很好，可惜生活总是平地起波澜。就像千千万万普通的高中生一样，他沉迷于某一款竞技类电子游戏，不去上课，每天总是准时出现在网吧，接连着吃了 3 个警告，处于被校方劝退的边缘。

我想过要劝劝他，却不知道以什么理由。我问明决为什么会沉迷于那种没有意义的东西。他眼里闪烁着异样的神采，声音很激动："没有意义吗？不，不，电子游戏是这个世界上最有规律的东西，你真的投入其中，你会感受到……感受到……秩序，对，就是秩序，那是很美的一种东西。"

虽然不知道明决说的是什么意思，但我潜意识里坚信明决说的都是对的，他总是能够让人对他充满莫名的信心。从他的回答中我感觉到，他真的是找到了自己想去做的事情。所以我没有再劝他，相反，我说："如果你真的决定了，那我陪你。"

后来的故事就略微有些传奇了。我陪明决没日没夜地打那款电竞游戏。必须得承认，我和他在游戏上都有惊人的天赋。刚刚接触那个游戏几个月就达到了国际顶尖的水平。不久之后，我和明决就接到了一个专业电竞俱乐部的 Offer，叫我和明决去打职业电竞。我和他都很高兴，休了学，去往另外一个城市开始了电竞职业选手的人生。

但是因为这件事，我和明决都和家里人闹翻了。我在电话里听见了父亲愤怒到极点喘着粗气的声音，就像火烧到最旺的锅炉。他说，如果我不停止玩游戏，就不要再回那个家了。那些秋风萧瑟的日子里，我常常很感伤，觉得全世界都抛弃了我，唯一的安慰是明决在我身边。

赞助我们战队的老板是国家新晋首富的儿子，所以我们完全不担心经济问题，只要比赛打得好，就有很多奖金可以拿。在夜深人静的时候，我经常陪着明决在这个灯火辉煌的城市将身上的钱挥霍一空，在宿醉的街头和明决坐下来吃一碗麻辣烫，只要看得见眼前那张沉默冷毅的脸，再悲伤也觉得踏实。那个时候常常有这种想法，一辈子有这么一个朋友也就够了。

那时候一切都荒唐又美好，直到凛冬降临。

我清楚地记得那其实是暮春时节，山腰的紫荆盛开得好似人们隐忍欲燃的热忱。天空忽然就阴沉了下来，苍穹瞬间变成了铁青色。北方的天空出现了一个金光灿灿的正十七边形，发出一连串刺耳的听不懂的声音。明决以为是新式武器袭击，拉着我的手就要去寻找掩体。

傍晚七点刚过的时候，慢慢地开始下起了雪。人们惊奇地望着那雪，因为那雪很奇怪。它们长得奇形怪状，具有明显的几何特征，仔细观察的话，每一片雪花就是好几个立方体组成的集合。人类有气象记录以来，从没有出现过这样的雪。

后来发生了更奇怪的事，那雪一连下了十几天不停。东城区那片低洼地，很快就被雪埋葬了。政府组织了紧急移民，将低地的群众转移到地势较高的地方安置。

第十五天的时候，一群穿蓝色制服的人来到电竞俱乐部的训练基地。领头的那人简要地说明了来意，我们脊背发凉。

他告诉我们：那天我们看到的天上的那个东西，代表的是跋涉了数亿光年的波江座文明。这个发源于猎户座参宿七的文明成长到了一定的阶段，开始自觉到他们存在的使命。这个文明奇特的世界观认为宇宙是污浊不堪的，而它们就是这个宇宙的清洁者，他们的使命就是将他们认为劣等的、污浊的文明清理掉。换种说法就是，对于我们这样的蝼蚁文明来说，他们就是掌握着天罚的神明，为毁灭而生。

波江座文明降临之后，在很短的时间内完成了对地球文明的考察。很不幸的是，我们被列入了清理名单。但是也并非完全陷入了死地，转机仰赖于人类发明的一个古老的游戏——俄罗斯方块。

这个文明对我们的俄罗斯方块游戏的兴趣十分浓厚，他们认为这个游戏充满了一种原始而野蛮的韵律感。方块的变形与耦合体现了一种创世般的神性。因为这个游戏，波江座文明决定给人类一次免于毁灭的机会。

作为一个征服了强相互作用力的文明，改变了雪花的形态易如反掌。漫天的大雪就是俄罗斯方块，源源不断地落下。如果能够耦合得严丝合缝，这一层雪就能融化。如果不能消除，这座城市就只能永远被雪埋葬。

那群人领头的那个说："这个巨型游戏的复杂度，远超传统意义的俄罗斯方块，除了职业电竞选手，其他人很难有这个反应力和精确的判断力。"

被选中的人要负责整个城市的消除工作，需要每天连续不断地工作，没有假期，不能外出活动，和坐牢没任何区别。

然后他问出了那个改变我一生的问题："谁是萧明决？根据已知的数据分析，你是最有可能胜任这个任务的人。"

明决的眼神瞬间变了，他眼里透出深深的绝望。我和他都清楚地知道，去接手这个任务意味着什么，失去自由——明决最看重的东西。而这个任务几乎是没有拒绝的可能，在强权面前，所谓的自由意志何其薄弱？生命中的某些重要决定，其实不是反复思量才做出的。也许只是在电光石火的一瞬我越众而出，说："我是，我是萧明决。"

明决向前踏了一步，又强行忍住了。我们之间不需要太多的交流，我说出那句话的一瞬间，他就懂了。我回头望他，一个眼神，千言万语。

自由是英雄的土壤，你是想要成为英雄的人，怎么能做一个囚徒？

于是我成为整个城市的拯救者，被囚的拯救者。我近乎完美地消除着那无穷无尽的大雪，但是雪还是一层一层地堆积着。政府修建了巨大的高塔，一批一批移民搬进巨塔，以此来减轻对大雪的恐惧。

明决最终没有让我失望。他成了英雄，或者说土匪头子。他指责政府的绥靖态度，认为消除计划是徒劳无益的。信奉他的人追随他组成了反叛军。他们进攻政府，进攻我所在的高塔，誓言要救我出去。他们也进攻波江座文明投放的机械军队，我身处"狱中"，听着他的故事，幻想着他救我出去的那一天。

但是等待是世界上最不靠谱的东西。明决的军队从未攻破政府的防线，我还是被迫玩着俄罗斯方块，日复一日，年复一年。传来的消息也一天比一天残酷，有人说反叛军兵败山倒，有人说明决已经死了。

思绪缓缓地从回忆中抽离出来，偷懒 10 分钟的结果，是地面积雪平均高度上升了 0.02 毫米，我聚精会神，开始继续我的消除工作。

忽然之间，一声巨响，我身旁的墙壁炸开，烟雾缭绕中，一个人影走了出来。那是个胡子拉碴的中年人，面容憔悴，左腿是假肢，走在地上，发出冰冷的敲击声。

"明决！"我失声惊叫，明明是二十来岁的小伙子，看上去却比实际年龄老了十岁。这几年他经历了什么？

他的声音还是那么冰冷沉毅：“说过要来救你的，我来了，跟我走。”

那一刻眼泪几乎要夺眶而出，我强忍住要去拥抱这个男人的冲动，一步一顿地走向他，搀扶着他慢慢往外走。一边走他一边说：“政府垮了，我的人也死的七七八八，现在外面乱成一团。有好几伙势力准备来争夺这个地方。现在有个时髦的说法，叫制高权，越高的地方抢得越厉害，你去看那些巨塔，上面全是血……”

走着走着我停下了脚步。我怔怔地看着眼前的一切，整个城市变成了一片莽莽的雪原。大多数高楼半截被埋在雪里，剩下的半截就像林立的墓碑。雪原映射着天光，一片迷蒙。天空中，大雪还是肆意地飘飘洒洒。

正如几年前的那次灵光一闪，只用了一秒钟，我又做了另一个决定。尽管这个决定对于我来说如此艰难。

“明决，我不能走。”我小声说。

“为什么？”他像一头愤怒的公牛。

“没有亲眼看到这一切的时候，我也无数次想逃出来。直到前一秒钟，我都是这样想的。但是你看见这雪没？如果我走，不出半年，这个城市将被大雪完全淹没，那些高塔，挡不住的。”

“别说那些，我的仇家想杀我，我不能在这儿待太久，快跟我走！”明决说。

他拉我，我不动。我说：“明决，你没玩过那个俄罗斯方块，你没概念的。看着它一层一层地往上累，我就像被人掐住了脖子。”

萧明决没有说话，他狠狠地盯着我。

“你走吧，安稳下来之后一定来看我，我，我恐怕是一辈子都离不开这个地方了。”我回身看着身后的白色高塔，它就像一座孤绝的山。

“你……哎……”明决幽幽地叹了一口气，无奈地朝前方走去。步伐惶遽。

回到高塔里，我目送明决的身影渐渐消失在雪原中。我不知道他能否东山再起，也不知道这座城市还能在大雪中支撑多久。时局离乱，这一次离别很有可能就是永诀了。明决的脚印很快被雪迹掩埋，那些风雪仿佛穿越了亿万年的时光，摧枯拉朽。和它比起来，我什么都算不上。

但我知道我不能停。

凛冬已至，我从今开始守望。

玛佐和她的鱼

文／张潇

1

玛佐又梦见了自己在碧空中翱翔，风声猎猎，从她耳边划过。她意气风发，纵起鹏鸟伽陵，一个俯冲扎向地面，就在她满心欢喜正要拉升高度的时候，她醒了过来。

鹏鸟的鸣叫渐次传来，整个营地渐渐苏醒，玛佐不想起床，窗外的声音一直在提醒她，今天是鲲鹏少年团的第一次正式飞行课。

对这些孩子们来说，今天标志着他们鲲鹏骑士生涯的正式起航，意义非凡。玛佐本应是他们中的一员，如果她的鲲鱼也能顺利完成化鹏的话。

扑通一声，在共生池里，鲲鱼伽陵似乎感受到了玛佐的情绪，近两米长的身躯上下翻腾，黑白相间的长尾也不停甩动，似乎借此来表达自己的不满。

“乖孩子，别乱动。”玛佐跳进水池，抱住伽陵，将自己的额头抵上它的前额。伽陵发出几声呜呜，终于停止了扑腾。

这时，玛佐听到了门外传来扑翼的巨响。

“古伦回来了！”她又惊又喜，湿着脚跑出门外。

不久之后，两鬓斑白的鲲鹏骑士古伦俯身蹲在伽陵寄身的水池中，双手托着伽陵的腮，并随着腮片的开合一呼一吸，仿佛成了巨大鲲鱼的一部分。

玛佐屏住呼吸不敢出声，直到古伦摇了摇头，站起身来。

“没有任何问题，我从没见过像这样强壮的鲲鱼。”古伦皱着眉，“可怜的孩子，它和你一样焦虑，却不知道自己身上发生了什么，它的第二性征完全没有开始成长。”

“我不明白，”玛佐声音渐渐哽咽，“一样的食物，一样的方法，每一个步骤都非常标准，为什么，为什么只有伽陵……”

古伦拍拍她的头，说：“这个世界上总有些不让人顺心如意的事情，我知道没有自己的鹏鸟对一个15岁的孩子来说意味着什么，但你必须勇敢面对。”

“伽陵……可能永远都无法化鹏，是吗？”

“这我也说不清。”古伦摊开双手。

如果连北冥星上最老到的鲲鹏骑士都无计可施的话，玛佐想不出谁还会有办法。

她只能含着泪说：“我不想放弃伽陵。”

古伦点点头，没说什么。

在北冥星上还从没有鲲鹏骑士主动放弃过自己的伙伴。

2

鲲鱼无疑是一种神奇的生物，他们能够与人类共享自己的喜怒哀乐。在北冥星，每个孩子都会在12岁时领养一只鲲鱼，在随后的三年里，他们将日日夜夜生活在一起，与自己的鲲鱼伙伴之间建立起一种无形但坚固的情感牵绊。唯有这样，当鲲鱼开始变态发育，化身为巨大的鹏鸟后，鲲鹏骑士们才能将生死托付给自己的坐骑，任由它们承载着自己的身躯穿越风暴，遨游这片世界。

当一个北冥星人失去成为鲲鹏骑士的资格，那同时也意味着他的生活将会被完全限制在自己出生的离岛之上，永远无法见识天空的瑰丽，远洋的浩渺，以及其他离岛的繁华景象。

玛佐因为伽陵无法化鹏失去了翱翔天际的可能，而她的朋友丹却从出生起就因为天生的晕动症而与鲲鹏无缘。

玛佐以前只是同情丹，现在则同病相怜。

“经验主义并不可靠，不科学。”这是丹听说了古伦的结论后说的第一句话。

“科学能治好伽陵吗？”玛佐不服气。

“当然能。你难道不知道，鲲鹏最早并非自然的造物，而是人工调制的产品吗？”

“可相关的技术早就在战争中遗失了啊。”

“科学的精神不该一起遗失。”

“你觉得你比古伦更了解鲲鹏吗？那就帮我治好伽陵的毛病。”

“只是认知的方法和维度不同，而且我这不是在帮你吗？”丹说着，从被紧紧捆住的伽陵身上抽出满满一针管血。

“干吗抽这么多！”伽陵一瞬间的痛楚，玛佐感同身受。

“有好几项实证要做，你放心吧，鲲鱼最初被创造出来的目标可是生物兵器，生命力顽强得很，这点血根本不算什么。”

“少拿那些怪书里的结论来糊弄我！”

“别闹，那些可是科学史料。”

傍晚时分，丹来找玛佐，眉头紧皱：“实验数据出了，来看一下吧。”

丹的小屋里，玛佐小心翼翼地躲过满地乱缠的电线，看到了满满一桌的白纸和数字。

“这些都是什么？”

“我采集了伽陵和其他三只鲲鱼的样本，发现有些地方不对。你看这里，除去因体形和成长年限影响带来的偏差值后，和其他接近化鹏的鲲鱼相比，伽陵体内的pH值偏碱性，而且电位也明显偏高。连接了滤波接收器后，可以探测到伽陵体内正发出一个电信号。”

玛佐敏锐地捕捉到了关键的信息，举手打断丹的滔滔不绝：“什么电信号？”

丹伸出手，掌心中有一个黑黝黝的小东西：“我在伽陵颈部做了个微创手术，拿出了这个。”

玛佐看着这棱角分明的小玩意儿，好奇地问道：“这是什么？”

“不知道，明显是人工造物，就是它一直在发出电信号刺激伽陵的脑部，我怀疑这是伽陵无法化鹏的原因。”

“那么取出这个发射器之后，伽陵是不是就……”

“很难说，伽陵的神经被信号抑制了太长时间，不知道什么时候能恢复。”

玛佐呻吟一声，跌坐在沙发里，双手捂着脸问：“是谁在伽陵体内放了信号发射器？”

丹敲了敲手里的发射器，说：“工艺这么精密，没几个人能做得出来，我怀疑伽陵只是一个试验品，这里面或许有更大的阴谋。”

“伽陵……”玛佐喃喃着，她的鲲鱼荡着尾巴游到了她手边，发出呜呜的叫声。

3

四年一度的飞行竞赛是北冥星年轻人最期盼的盛事。

玛佐曾经也梦想着在竞赛中夺魁，然后在千万人的瞩目下戴上那顶象征着最强飞行者的桂冠，但她现在能做的却只有远远地看着别人展翅翱翔。

距离丹取出伽陵体内的信号发射器已经过去了三个月，在这段时间里，玛佐的伙伴们陆续取得了合法飞行的执照，并为飞行竞赛做了精心准备，而伽陵依然每日泡在永生池里，一丝变态发育的迹象都没有。

三年前的夏天，所有人内心都写满了对骑士生涯的向往，三年之后，只有玛佐一个人成了看客。

竞赛开始的枪声一响，年轻的骑士们都拼命催动胯下的鹏鸟，争先恐后地跃入空中。飞行竞赛并非简单地竞速，而是关乎耐力、技巧、反应乃至智慧的考验。玛佐忍不住想象自己正置身于空中，策动缰绳，指挥伽陵奋勇直冲。哦，这个关卡可不好过，需要熟练运用蝶形机动，下一个关口则要求鹏鸟的瞬时速度至少要达到每秒1.2标尺……

想象着自己在空中的表现，玛佐忍不住热血上涌，恍惚中一种莫名的自信在她内心中生长起来，她觉得自己到天上后不会比任何人差。

这时，一阵急促的嘀嘀声骤然传入玛佐耳中，这蜂鸣般的声音在短短几秒内传遍整个天际，随之而来的是此起彼伏的惊呼与尖叫。玛佐睁大双眼，不敢置信地看着天空中鲲鹏骑士一个接一个坠落下来的景象。

蜂鸣声所过之处，不只是天上的鹏鸟失去了控制，就连地上那些没有起飞的鹏鸟，也失去了控制，它们以前所未见的痛苦姿态齐齐发出悲鸣，整个村落陷入一片混乱。

究竟发生了什么？

丹忽然出现在玛佐身边，脸色白得像纸。

“是那个信号，它终于出现了。”

按照丹的推测，信号在这时出现，意图恐怕不仅是毁掉这场比赛，更妄图颠覆北冥星人赖以生存百年的生态环境。如果没有鲲鹏，大洋与风暴将成为人类无法跨越的天堑，离岛之间的来往将遭到永远的阻隔。

“怎么会这样？”玛佐茫然不知所措。

“我跟你说过，鲲鹏最初是作为生物兵器被制造出来的。这种兵器在开发之初，就被制造者在基因层面上埋下了命门，以备不时之需。这道命门原本随着战争的结束已经湮没于历史之中，可一旦被人抓住它们身体中预留的弱点，就能控制它们。”

“是谁在做这种事情？那个在伽陵体内植入信号发射器的人吗？”

“没错，那只是一次小的实证实验，现在他似乎已经掌握了这门技术。”

“我们……能做什么？”

“也只有我们能做什么了，跟我来，先叫上伽陵！”

“伽陵因为之前被植入了信号器，对这个信号的适应性要远远强于其他鲲鹏。现在所有鲲鹏都失去了行动能力，只有它还能帮我们。想要尽可能扩大这个信号的覆盖范围，对方可选择的余地非常有限，根据我之前的侦察，基本可以确定，发射器的位置就在藏龙瀑布下面！”

“伽陵，出发了！”

北冥星的鲲鱼体长一般会生长到1.2米到1.5米之间，在那之后，就会开始变态发育，迅速成长为翼展宽达2.5米，堪称空中堡垒的巨形猛禽——鹏鸟。

除了伽陵之外，北冥星上还从没有出现过体长达到2米的鲲鱼，按照骑士古伦的说法，它体内蕴含着惊人的力量，强壮得难以置信。

巨大的鲲鱼载着少年与少女直奔瀑布而去，似乎也感应到了情况的危急，它一路上横冲直撞，以强大的蛮力一头撞开了瀑布后的铁门。

剧烈的震动之下，玛佐与丹被惯性甩了出去，重重地摔在地上。

一个高大的身影出现在他们面前，俯视着他们两个。

“是你们？”苍劲的声音听来有些熟悉，玛佐抬起头，看到了古伦骑士斑白的两鬓。

“古伦老师！你为什么要这样做！”

“你们这群小毛孩子不会懂的。我们不能永远寄居在这小小的七座岛屿上，必须要去开拓更广阔的疆域，为此哪怕牺牲上百只鲲鹏也在所不惜！议事会那群短视的家伙死活都不赞成我的提议，但只要我能控制所有鲲鹏，就没人能阻拦我了！”古伦露出前所未见的狰狞，猛地按下手中的按钮，水中的伽陵惨叫一声，身体上冒出蓝色的电光，迸出火花。

“不，伽陵！”看着焦黑的鲲鱼在水中浮起，玛佐肝肠寸断。

“骑士与鲲鹏的命运是永远联系在一起的，接下来你们就去黄泉路上陪它吧……”古伦冷笑着举起骑枪。

“等一下，我知道你对天池算法的掌握还不完全！我可以帮你完善！”蜷缩着的丹忽然高声说。

“你居然知道天池算法？不愧是整天泡在图书馆里的小怪物。”古伦犹豫了一下，抬起的手悬在半空。

然而就在古伦稍微松懈下来的一刹那，丹一口咬住他的手臂，将他扳倒在地上。古伦弹起一脚踢飞丹，可玛佐紧接着扑了上来，一双赤脚狠狠踩在他的小腹上，差点将古伦的胆汁都踩出来。古伦痛叫一声，一把抓住玛佐裸露的小腿，将她掼在地上，两人翻滚着来到水边。然而两者力量上的悬殊差距让他很快控制住了局势，他翻身将玛佐压在身下，“啪”的一个巴掌扇了下去。

玛佐无力地瘫倒，嘴里喃喃念道：“伽陵……伽陵……”

就在古伦拾起骑枪，试图再次行凶的时候，玛佐心中某种心灵相通的感觉骤然复苏，她的眼中先是捕捉到水面上一朵巨大的浪花，而后是古伦背后，一对前所未见的巨大羽翼遮天蔽日般张开。

巨大的白影冲天而起，巨翅轻而易举地击飞了古伦。玛佐看着那似曾相识的雪白羽翼，涕泪交流。

4

等待古伦的是无限期的监禁，以及议事会后续的判决。

丹成功停止了古伦的电波，并提交了他对反天池算法的初步研究成果，获得了议事会高度的称赞和全力支持。这个在大家眼中素来怪异的男孩头一次享受到风光无限的待遇，不过很快他又埋头钻进了自己的白纸堆里。

而玛佐和伽陵，她们正享受着迟来的飞行之乐。在电波对鹏鸟的影响完全消失之前，她成了天空中唯一飞翔的骑士，伽陵雪白的双翼承载了她全部的自由、意志和梦想。

麦田画师

文／流沙

1

打开Earth Searcher，搜索“麦田画师 ”，系统显示搜索结果为空。完全无法想象，一个月前这词条下却是另一派景象。那时候，章程的名字几乎占据了所有的头条。从《地球日报》《真理报》《经济要闻》，到《一周影视》《八卦天下》，再到街口村头的扩音器，但凡有点号召力或者自以为有点号召力的媒体都在不遗余力地报道章程，只因为他是唯一与外星生命“对话”的人。

这要从一年前的同学聚会说起。

那晚的来宾各有特色，有国内知名的画家，著名影视制作组的艺术顾问，也有默默无闻的插画作者，甚至还有无觅出路、下海打拼的小老板。毕业十数年，人与人的差距几乎到了跨越物种的地步。

同学聚会时总少不了吹嘘各自的打拼史。台上西装革履侃侃而谈，台下鼓掌喝彩各怀心事，章程就是在这个时候突然出现的。

章程是我大学时候的室友，用艺术系国宝级老教授的话，他是唯一为了艺术而非其他俗务来学习的人。毕业之后他背起画架周游世界，成了一位足迹遍布地球五大洲的流浪画家。此时的他脚蹬一双破旧的球鞋，穿着一件看不出牌子的运动服，凌乱的头发和络腮胡子纠缠在一起，眼睛里满是疲惫和血丝。

“我需要一个帮手，”他说，“一个精通几何学的帮手。”

四座死寂，无人接茬。

“我想要找一个精通几何学的帮手，一起制作麦田怪圈。”

台下爆发出一阵放肆的笑声。

在座的很多人还是很佩服章程的。在这个人人为了名利地位削尖脑袋往前冲的社会，章程就像是一个遗世独立的另类，供众人在酒桌饭局上吹嘘的同时再敬畏一下，“我一大学同学……”仅此而已。

而今天，章程的话无疑又给同学们提供了更大的谈资。

章程在哄笑声中红着脸离开。我看着他的背影愣了很久，最终还是离席，追了上去。

2

也许是十数年孤独的游历拉远了我们之间的距离，面对沉默不语的章程，我再也找不回当年同住一室的随意和熟络。沉默了很久，我问道：“你说的麦田怪圈……”

“我认为，那是某个艺术家留下的作品。”他说完再次陷入沉默。

“你怎么确定？那么多人研究这玩意儿，最后还不是不了了之？”

“直觉，”章程说，“当然我还收集了很多的证据。”

我像是看江湖骗子、指路仙人一样盯着他，心里盘算着是不是应该押着他去治疗一下。

他从背包里翻出厚厚一摞照片，“这些就是证据，”他认真地把照片一张张地摊开，“这些简直就是艺术品，你不觉得吗？”

我皱着眉头，目光从一张照片跳到下一张照片。这些都是麦田怪圈的高空照。这些形态高度对称，造型略显诡异，是被 UFO 爱好者甚为推崇的东西。

“这些是我在世界各地搜集到的照片，右上角是发现时间，剔掉一些有明显人为痕迹的，我发现了一个规律。”

我一张张看过后，抬头看向章程。

“这个，”章程指着其中一个由很多同心弧线组成的麦田怪圈，“英国人破译了这个图形，他们认为这个图形表示了一个几何学上极为重要的数字——π。”

我索性不再说话，任由章程自说自话下去。

他点了点头，说道：“我想，既然对方是用圆周率这种几何学基础作为信息交流载体，那么回复对方应该也是以几何学基础衍生的图形来回答，所以，今天就来碰碰运气。”

“这些都是你的猜测，你又怎么肯定这种猜测是对的？”

“不试试怎么知道。”章程一副理所应当的表情。

“好吧，退一步说，就算你找到了回答的方法，然后呢？”

章程停了几秒，坚定地说：“我只是想要见见这些艺术品的作者，别的，我没有考虑。”

“但是你并不知道这些东西的作者是谁？万一他们真的是……”我没有继续说下去，不可能，这太疯狂了，绝对不可能。

“外星人？”章程一语道破，“如果是外星人的话，那也是个外星的艺术家，值得一见。”

一个为了艺术苦行十年甚至更久的人，他的追求和执着又岂是我能够理解的。

“如果你想从几何学基础找到回答的线索，我建议你去试试勾股定理吧，它的证明方法有三百多种，一半以上都可以用图形表示。”

我看见章程的眼睛被汹涌而来的兴奋占满，这是我最后一次面对面地看到他。

3

两个月之后，一条爆炸性的新闻霸占了各大媒体的头条——“与外星人对话第一人”。

我的心里咯噔一下，连忙打开网页，章程的脸出现在了屏幕上。

那是一幅毕达哥拉斯树，一个直角三角形以正方形的边为斜边，又分别以它的两条直角边为边长画出两个稍小一点的正方形，如此循环地画出正方形、直角三角形、正方形、直角三角形，直到图形小得无法辨认，像是一株珊瑚树。

另一幅是由很多圆形重叠的图形，我记得章程说过那是出现频率最高的麦田怪圈——“生命之花”。

我仔细阅读着文章：章程到历史上麦田怪圈出现频率最高的威尔特郡，在一片麦田里人工制造了一个麦田怪圈“毕达哥拉斯树”。两天之后的深夜，一架闪着白光的飞碟降临麦田，在“毕达哥拉斯树”旁边留下一幅“生命之花”。照片拍得真切，没有任何作假的痕迹。

外星人真的存在，而且已经开始与地球人进行接触！

消息呈爆炸式传开。世界各地涌现出不计其数的人造“麦田怪圈”，那些自命为麦田画师人不分昼夜地仰望天空，希望有幸成为第二个与外星人对话的人，但他们等到的只是失望。

外星人似乎仅仅乐意与章程一人交流。

猜测一经提出，各大与外星人相关的组织纷纷与章程接触。UFO研究学会、寻找外星人组织，甚至还有传言说第51区也在其中，但章程一律不予回应。

有小道消息传出，章程似乎正在设计下一个麦田怪圈……

新闻到此终结，下方的评论褒贬不一，更多是作秀、炒作之类的负面评论。

当晚，我接到了章程打来的国际长途。

“老沙，你看到了吗？他们回应我了！”电话那头的他激动得像个孩子。

“哦，他们说什么了？”我懒懒地反问。

“他们并不是在说什么，只是纯粹的艺术交流。就像两个画家在展示各自的作品一样。”章程依旧兴奋地说着，“我已经想好下一幅作品了。”

“这么说，这依旧是你的猜测？”

“……”

“好吧，你很幸运，画了一幅毕达哥拉斯树，刚好得到外星……艺术家的回应。你认为这是两个艺术家之间的交流，但是别人未必这么想。”

“……”

“章程，收手吧，趁事情还没到无法控制的地步。”

电话那头的章程一直沉默着，不发一言。这表示他完全把我苦口婆心的劝说无视了。

“这是我和他们之间的事，别人怎么想都无所谓。”

第二天，章程的创作的麦田怪圈再次得到了外星人的回应。

麦田画师的名号，只属于他一个人。

4

麦田画师章程的名字席卷了地球各个角落。

经过一段时间的摸索之后，章程对制作麦田怪圈愈发得心应手，创作的艺术品也愈加复杂和震撼。直径百米的空间中，根据麦秆倒伏程度不同，产生了无穷无尽的光影变化。

章程依旧拒绝任何采访，只说自己是在创作，与外星艺术家交换创作心得。但这个回答显然无法满足来自全人类的好奇心。

各种围绕着章程与外星人的猜测如雨后春笋一般，某些猜测甚至比麦田怪圈本身更加诡异，其中以外星语言论最广为人知。麦田画师已经掌握了一门外星语言，外星人是一种利用图形交流的物种，它们将海量的信息用图形——麦田怪圈来描述，而麦田画师是整个地球上唯一能够理解并回应的人。

没有人能对这个猜测加以否定，当然也无法肯定，除了章程本人。但麦田画师整日埋头设计他下一幅作品，无心搭理这些莫名其妙的揣测。只有铺满整个麦田的图案无声地嘲笑着人类的无知。

这个世界可以容忍母鸡打鸣、公鸡下蛋，可以容忍争夺一方主权而血流成河，可以容忍每天数十亿人在饥饿和绝望中挣扎，却不能容忍一个有可能掌握了一门“外语”的艺术家的创作。

最先发难的是威尔特郡政府。不知道是不是受到了某部老电影的启发，威尔特政府认为章程的创作会给当地人民带来灾难，政府下令一把火烧了麦田，并将章程驱逐出境。

但这一切仅仅是个开始。

章程的脚步走到哪里，哪里就展开比病毒入境更严密的戒备，好像他的到来会引发什么巨大的灾难。除此之外，还有一些比较激进的种族主义者不时对章程发出种种威胁，要他老实一点，不要再和对外星人说“不该说的话”。更有某些心怀叵测的组织企图从章程那里得到外星人留下的高端科技。

各大媒体也纷纷入伙，将章程丑化为一个手握灭亡全人类引线而不自知的蠢货。就连我们这些昔日的同窗好友也受到了各种八卦花边的关注，以期给公众们呈现出一个有血有肉的“幸运的傻子”。

不得不说，人类似乎在自寻烦恼和坑害同类方面有着惊人的创造力。

走投无路的章程终于决定接受一次采访——这无疑又是一记重磅炸弹。

新闻发布会的现场几近失控，疯狂的记者们争先恐后地砸出一个又一个问题，诸如：外星人长什么样子，你制作麦田怪圈的目的，外星人的语言怎么学习，等等。

章程一脸疲惫地看着会场抓耳挠腮的记者们，淡淡地开口。

“我并没有掌握外星人的语言，”他一开口，全场立刻安静下来，“那只是我的绘画作品，只不过，是画在了麦田里而不是画布上。至于外星艺术家们留下的作品，我早已经奉劝你们要用欣赏艺术品的眼光去看待，那些都是不可多得的作品……”

章程的目光带着明显的轻蔑，继续说道：“可你们总是用奇怪的方式曲解。当然，这些都是你们的事情，我无权更不想过问。我只想告诉你们，我将制作我最后一幅画作，作为对外星朋友的告别，希望有人可以给我提供足够的场地。”

没有人敢冒险提供给章程场地，但所有人都绷紧了神经等待着章程最后的作品。

5

最终的作品在一片沙漠上完成。即使对于常年风餐露宿的章程来说，沙漠里的环境也不宜久留，更何况是创作出直径百米的作品。那对任何一个人来说都是近乎不可能完成的任务。但他的确完成了，靠着惊人的毅力制作出送给外星朋友临别的礼物。

这确实是一幅空前绝后的画作，也是章程的绝笔。

附近的人还来不及欣赏，就被直升机上传来的警报信号吓得魂不附体。原本宁谧的荒漠突然刮起了巨大的沙尘暴。黄色的暴风遮天蔽日，在场的人甚至来不及反应就已经被沙尘暴吞没，包括精疲力竭的章程和他的画作。

肆虐的暴风过后，章程永远地消失了。一同消失的还有所有的摄像记录。

有传言说，幸存者看到在沙尘暴的深处有飞碟的影子闪现，也许外星人不希望章程最后的画作被其他人看到，所以他们抹去了所有与之有关的记录。

自此之后，我再也没有听到过有关章程，有关外星人的麦田怪圈的消息。这场只有章程一个人获准参与的艺术交流会终于落下了帷幕。

我似乎听见全人类心里一块石头落地的声音，接着齐齐发出一声混合着解脱和遗憾的长叹。

冥王星密室杀人事件

文／赤膊书生

将一把枪带上冥王星是个麻烦，我知道。但直到发现老阎尸体的时候我才明白这麻烦到底有多大。

宇航安检的时候，安检员说："枪是违禁品！真空中也能打死人的，懂不懂？"就像训斥第一次上太空的乡巴佬——当然我的确是。

"这把柯尔特跟了我很多年，从不离身。"我拆下弹夹，示意说没有子弹。安检小伙子不依不饶。老阎拍拍小伙子的肩膀，"这我老同学，给个面子。"对老阎来说，很多事情用"给个面子"就解决了。

作为一名私家侦探，老阎的背景我清楚——我们是老同学，他曾委托过我案子。私家侦探要义是调查对象要查，委托人更要查。他读书的时候是个混混，和所有成大事的人一样，赶上了东风——大宇航时代，做了一头台风口上的猪，还是膘肥体壮的那种。他成立了国内第一家民营宇航企业，一开始做小行星采矿，太空运冰，后来发现了一条真正的生财之道——星际旅游。

只有见过冥王星美景的人才知道星际旅游多么诱人。老阎的基地建在“汤博区”的“斯普特尼克冰原”，走下飞船的一瞬，大伙儿都怔住了。天地空远寂寥，氨雪飘飘洒洒，落在无边无际的冰原上。冥王星天光晦暗，正午也和地球上多云的傍晚差不多，正是这种晦暗不明的光给雪下莽原蒙上一层阴郁的美。抬眼，太阳仍然是天空中最亮的星，但因太远显得渺小如其他普通星子。

与之形成强烈对比的，是那个巨大的天体——卡戎。这是冥王星的“月亮”，比在地球上看到的月亮要大数十倍。卡戎的绝大部分隐没在黑暗中，只有边缘有一圈弧光，像挂在地平线上的一枚巨型钻戒。老阎解释道：“这么大是因为它太近了，19570 千米，比地球南极到北极的距离还短。刚上冥王星的人都觉得这轮‘月亮’震撼，其实你们要两年后再来，才能见到真正的震撼景象。”

第二天，我们明白了老阎说的更壮观的景象是什么，也明白了他组织几个老同学星际旅游的意图。

老阎带我们去看一根柱子，一根巨大的金属立柱，立在基地附近的一座环形山底部。老阎说他最初开发冥王星的时候就立下了那根柱子，之后养成一个习惯。每天都要去那根立柱上静坐一个小时，在冥王星上待一天，这个习惯就保持一天，从未变过。这根立柱有什么作用，对老阎来说意味着什么，我很好奇。

老阎坐在柱子上，看着星空中巨大的卡戎，它像一只巨眼，在深沉地回望。他的声音遥远：“事实上我开发卡戎比冥王星还早，最早运冰的时候的主阵地就是卡戎，公司外太阳系的总部也设在卡戎上。飞船经常往返卡戎和冥王星之间运送物资，这是一笔不小的开支。我一直在想，有没有其他方法可以更简捷地往返卡戎和冥王星之间，后来查了一些资料，其实有个方法 100 多年前的古人就想到过，只不过太疯狂。”

“什么方法？”有人问。

“桥，在卡戎和冥王星之间修一座桥。”他不再望天，转过头望着我们，平静地说出这一句话。

“什么意思？”大家很不解。

“桥不是某种比喻。桥就是桥。跨河的那种水泥桥。只不过这次的桥，要跨过的是冥河。”老阎粗人一个，居然开始说话用典，这些年的星际生涯确实改变了他。

我明白他的意思，因为潮汐锁定，卡戎绕冥王星公转的周期，恰好等于卡戎自身的自转周期和冥王星的自转周期，也就是说它们始终保持同一面朝向对方。卡戎实质上可以看作冥卫一的同步卫星，可以在二者上面找到相对静止的两个点。

“100年前的疯狂设想，其实并没有那么难以实现。这项工程基于的太空电梯技术已经非常成熟，相比于地球同步轨道的高度，19570千米近得多了。唯一的困难就是巨额的资金投入。只要各位愿意投资，两年以后，一座长达19570千米的跨星球之桥就可以建成。那时候各位可以坐火车到卡戎上去，想象一下，坐火车穿越星空是什么感觉？”

我明白那个立柱是做什么的了，那是一个桥墩，老阎刚上冥王星的时候就打下这个桥墩。每天在上面静坐，是在提醒自己的壮志，反刍自己的野心。没猜错的话，在卡戎上也有这么一根立柱，和这根是对趾关系，保持相对静止，等着桥铺上来。

其他几位同学都不说话，已经在思考这项投资是否可行。不管怎样，至少这个计划充满了想象力，如果成功，就是人类史上最伟大的建筑，他们脸上露出了神往的表情。

只有我很冷静，说道：“老阎，你知道的，我只是个私家侦探，靠佣金生活的。”

老阎爽朗一笑后说："你帮了我和老孙不少忙，组织这次旅游之前，老孙专门给我提了下，说你还没上过太空，叫我带上你，算还你人情了。"

老孙是老阎的副手，这些大人物总有些事不方便亲自做，我帮他们做了。与其说还人情，不如说收买人心，让我封口，毕竟我掌握的秘密，价值可不止一次星际旅游的钱。

之后几天，老阎带着我们饱览异星景色——冰火山、地下的甲烷海洋，还搞了一次滑雪，氨冰特别容易汽化，滑雪板一摩擦，就生成一层气垫，根本不是滑，而是飞。

除去带我们游玩的时间，老阎基本待在他那根立柱上静坐，看得出来，对于这个梦想，他很痴狂。

第六天，他死在了那根柱子上。

看着老阎的尸体，我想，这可真是死在了自己的梦想上，算不算求仁得仁？

案发时间是北京时间 14 时 39 分，这是毫无疑问的。宇航服的工作记录于 14 时 39 分停止。一颗子弹从宇航服头部斜后方射入，打进了老阎的脑子。这是不幸中的万幸，总比因气体泄漏导致气压差异爆体而亡来得好。

不用看子弹是什么型号口径了——整个星球上只有一把枪，不是吗？大家看我的眼神很不对劲。

原始又完美的栽赃。凶手知道我多年枪不离身的习惯。而我确信这几天没人把枪从我身上偷走过——显然承认这点对我很不利。

为了表示严谨，那几个人限制我的人身自由后召集了基地所有人，搞了象征性的大搜身，检查了基地的所有角落，没有发现第二把枪。

“你有什么要辩解的吗？”张龙伟问我，他也是旅行团的一员，行星理事会的法律顾问。国字脸的他，不苟言笑。

“我是带了枪，但没带子弹。”我知道这样的辩解很无力，但不打算坐以待毙。我说：“有个疑点。今天下了一场雪，14 时 38 分停的。要击毙位于环形山底部立柱上的老阎，我必须要爬到环形山上——子弹是从头部斜后方射入的。经过雪地，必然留下脚印，但现场没有。”

“雪地密室。”旅行团中的另一个女人不咸不淡地说，没有为我开脱，也没有指控。她是宋佳佳，星际开发银行副行长。

这的确是一个疑点，没有解开之前，他们也不好坐实我的罪名。我说：“既然案件存疑，那么我也有理由怀疑其他人，请大家配合我调查。”

这一调查，反而让我更加被动。

不在场证明的确认很容易，基地的门出入都有记录。14 点到 15 点之间，其他人都待在基地里，只有我出去过，去基地外面散步，独自一人。

如果不是我确实没杀老阎，我自己都忍不住承认我是凶手了。

对我的指控可以说铁证如山，他们只是还不知道雪地密室的解法而已，但目前的证据，已经足够定罪。

“现在不管我怎么辩解都没用，能不能给我两个小时让我去案发现场坐坐。别担心我会跑，能跑到哪儿去啊？”我笑笑说，有些苦涩。那几个人合计了一下，同意了，反正我确实跑不了。

我坐在老阎坐过的立柱上整理思路。这其实是一个双重密室。凶手要解决两个问题，如何出入基地的门不留电子记录？如何离开犯罪现场不留脚印？

我陷入苦思。时间一分一秒流逝，两个小时，如果不能找出真凶，破解密室，我就只能安安心心当凶手的替罪羊，等着被送上法庭。

我掏出枪，看着这罪魁祸首，突然冒出一股火气。如果不是非要带上这玩意儿，就不会有这个局面，一怒之下我把它扔了出去，它飞出很远很远。我忘了这里的引力只有地球的百分之四。

等等！望着那飞出去的枪，我突然想到了什么。错了，思路全错了！

有一个方法！有一个方法可以解释这一切。只是那太过疯狂，太过诡异，我甚至不敢相信。

我用电脑快速查了一下资料。是可行的！寒气从肺腑升腾。真的有人通过这种异想天开的方法杀人吗?

回到基地后，我公布了我的结论。

“确认凶手的思路其实很简单。第一，我确信人不是我杀的，这点非常重要，是一切推理的基础。第二，在座各位也不具备杀人的条件，也就是突破那个双重密室的条件——门的记录没有伪造痕迹，技术人员确认过。凶手不是我，不是在座的各位。枪不在现场，说明也不是自杀。综上，凶手身份昭然若揭。”

张龙伟说：“难道，冥王星上还躲藏着一个我们都不知道的人？”

我笑了笑：“不可能，脱离基地，没有人能在冥王星生存。”

“你说凶手不是你，不是我们，也没人能藏起来。那就见鬼了，冥王星上只有你和我们。”宋佳佳说。

我嘿嘿一笑，笑得恐怖：“谁说，凶手一定要在冥王星上杀人？”

这句话本该像炸弹一样炸个沸反盈天，却引来一片惊人的死寂。都是聪明人，他们好像明白了什么。

我说：“凶手是在 19570 千米外的冥卫一上射杀了老阎！”

“以前有个科盲记者问 NASA 的宇航员，卡戎的引力这么小，一个人在卡戎上奋力一跳可不可以跳到冥王星的轨道上。宇航员说不行，卡戎的逃逸速度是 641 米/秒，只有到达这个速度才可以脱离卡戎的引力。没有人起跳可以达到这个速度。可是，人达不到，对于子弹来说，就太轻松了。641 米/秒，100 年前的科尔特的出膛速度都能达到。

“从卡戎上发出的子弹，如果不受外力影响，不要说飞行两万公里，就是飞到宇宙尽头也没问题。

“问题是，隔这么远。怎么能瞄准呢？这要归功于那根立柱。在卡戎上，也有一根一模一样的立柱，作为星桥的桥墩。因潮汐锁定，两根立柱隔着上万千米保持相对静止，从那根立柱上发射的子弹，只要出膛速度足够快，就可以打到这根立柱上——因为卡戎和冥王星都没有大气层。当然受引力的影响子弹会偏离理想直线，但这种偏离是线性的，也就是说，可以计算和校正。而且，老阎每天固定时间上去静坐一个小时，凶手有太多的机会动手。说不定，这场谋杀好多天以前就开始了，只不过今天才得逞。

“这么一来，那个双重密室也就迎刃而解了。如果我说一个人在月球上用手枪射杀了地球上另一个人，你们一定不会相信。但是，类似的事情真的发生了，就在我们的眼前。”

三天后，老孙被逮捕了。向老阎提出带我旅游是这个局的伊始，我是他费尽心思找的替罪羊。老孙对我说：“对不起。星桥计划不能搞，所以老阎必须死。老阎要做一件事谁都阻止不了，除非杀了他。”我摆了摆手。我不关心动机，犯人也无须向侦探道歉。

在返程飞船上，我想起老阎，这个气吞星汉的男人，立志要修一座桥跨越冥界之河。

桥恐怕修不成了，只希望冥河上有人为他摆渡。

庞贝之殇

文／流沙

他醒来的时候，太阳神阿波罗驾着战车飞驰过维苏威火山的正上方。

我在哪里，我竟然没有死？

他眯起眼回忆着，记忆里最后一幅画面是一把急速放大的弯刀。

这里是……

维苏威火山。

一个沙哑的声音回答了他的疑问。他惊讶地看过去，发现声音的来源正飘浮在半空中。准确地说，那是一个飘浮在半空中的人形光影。

神！

虽然不知道眼前的是奥林匹斯诸神中的哪一位，但这并不妨碍他单膝跪下虔诚地拜谢。接着，各种赞颂的语句从他的口中涌出。

“够了！”

光影不耐烦地打断了他絮絮叨叨的赞辞。

“我无意拯救卑贱的生命，打破时空蔽障带你来只是为了玩个游戏。”

“伟大的神，卑微的子民愿意为您献上一切。”他放下昔日高高在上的姿态俯首道。

“很好，站起来，往那个方向看。”光影举起手臂，指向西南方。那里是风平浪静的地中海，庞贝城的模糊轮廓在蒸腾的水汽上跳跃。“我要毁掉这座城池。对你来说，应该是一百五十年之后的庞贝城。”一声晴天霹雳在他耳边炸响。

“不，伟大的神啊，为什么要抛弃您的子民……”他再次匍匐着跪倒，几乎声泪俱下。

“哼，你忘记自己是个被罗马帝国抛弃的贱民了吗？你不是向神起誓一定要在有生之年杀回都城，取下恺撒的人头，让你的怒火燃遍罗马帝国每一个角落吗？”

“可是……”

“这座城市因你得名，所以你就下不了手了吗？愚蠢的人类，你以为一百五十年后还有人记得你吗？”

光影的质问步步紧逼，他像是一个濒死的野兽被逼入墙角，只能恭顺地将头垂到地面以求宽恕。

过了许久，他似乎是听到神失望的叹息，接着什么东西被扔在了他的面前。

他抬起头疑惑地望着神。

“既然你坚持，那么我把决定权交给你。”威严的声音响彻他的耳边。“带上控制器，午夜之前，到达庞贝城市政广场。如果那时候你仍然坚持自己的想法，就把控制器扔进海里；如果你改变主意，就按下按钮，埋藏在地中海深处的应力炸弹就会爆炸，产生的应力冲击波足以把这座死火山唤醒。”

这已经是他能争取到的最大的特赦了。

他想着，端详起眼前的“控制器”。从材质上看是一件铁器，像是一根缩小的石柱，光滑的铁质表面，两头略粗的底座和顶端，像是一截被齐根折断的剑柄。本该是利刃的地方却是一个拇指大小的凸起。这应该就是神所说的“按钮”了吧。

“如果午夜之前你没有到，那座城池一样会毁灭。你可以出发了，祝你好运，格奈乌斯·庞贝。”

说完，半空中的光影像是流离的萤火一般消散。

他直起身子，顾不得去思考神的用意，便冲向远方的庞贝城。

一路上，他穿过泛着葡萄甜腥味的黑土地，绕过郁郁葱葱的橘子林，奔腾的萨尔诺河被他远远甩在身后，地中海曲折的海岸线在他的眼前展开。

终于，他见到了巨大的城门，踏上这片曾经为之骄傲的土地——庞贝城。

四根粗大的石柱顶天立地，象征着天空和大海的华丽曲线从两端延伸。天空之上架起镂空的雕栏，石刻少女在城门最高处无声地吟唱颂歌。夕阳在高耸的城门上铺陈开，为这片繁华的土地渲染上一层奢靡气息。

他回头看去，远方的维苏威火山像是一头匍匐的野兽。隐晦的心跳从遥远的地底传来，和胸腔中的心跳纠缠在一起不分彼此。

他握紧手中被汗水浸泡得光滑的铁器，向着城中走去。

并没有遇到任何盘查和阻拦，他轻松踏上青石铺就的丰裕大街。脚下形状各异的青石镶嵌得严丝合缝，曲折的缝隙有一种张扬的美感。青石路面上雕刻着拳头大小的凸起，排水用的沟槽磨破了脚底的血泡，脓水浸泡着伤口，每一步都带来一股钻心的疼痛。

道路两旁、店铺门口、房屋转角，他目光所能触及的地方都坐落着大小不一的雕像。有温婉的少女、矫健的少年，有手持宝剑的英雄，庄严肃穆的帝王。它们占据着城市每一个角落，无一例外地锁眉深思。与那些浑浑噩噩的人类相比，它们更像是这座城市的主人。

夜幕降临，熙熙攘攘的人流却没有丝毫要休息的意思。这座城市没有宵禁，昏暗的夜才是庞贝尽展奢华的舞台。

道路两旁的店铺亮起了烛光，宽阔的街道变成了闪烁着烛光的海洋。明亮的烛光映照着无所事事的芸芸众生，甚至没有人注意到他这个风尘仆仆的外乡人。他们是脑满肠肥的游鱼，等待着被捉去作诸神盘中的美餐。

莫名的烦躁涌出，他对眼前的一切感到失望和厌恶。他无法接受自己拼命保护的竟然是这样一群享乐至上的人。他迈开鲜血淋漓的双脚，拨开人群，像是一头凶神恶煞的逆戟鲸闯进了梦幻旖旎的浅海。

沿街的小商小贩吆喝着，货架上摆放着各种奇珍异宝——功效神奇的火山石，散发着高贵气息的龙涎香，海外搜罗的精美布匹，甚至还有赫尔墨斯翅膀上的羽毛。一个面容姣好的少年亲切地捉住他的胳膊，想要把他拖入酒楼。当他看到酒楼前的普利阿普斯雕像时，便愤怒地甩开少年。

他沿着记忆中的街道继续行走，经过喧闹不息的酒吧，诱人口涎的甜品店，色彩诡异的巫师堂。他曾经跨着战马，带着士兵踏过的街道被一百五十年的时光摧残得面目全非。

但他心中还存留一丝希望。那个他曾经无比自豪的地方，他曾经权倾天下、万人敬仰的地方。

视线豁然开朗，市政广场到了。

在这里，他曾经陈兵四野，他曾亲手揭开自己雕像上的幕布。在这里，士兵疯狂的呼喝盖过大海的怒吼，市民虔诚的赞歌在天际久久回荡。在这里，这座城市因他的骁勇得名，格奈乌斯之名传遍罗马帝国辽阔的疆土。

如今这里了无人烟。

广场中心的雕像早已不复存在，四周的石柱像是葬礼上的士兵无声矗立。

石柱之外是一片灯火辉煌。主神朱庇特和太阳神阿波罗巨大的塑像凝视着他，像是无声的嘲讽。斗兽场传来一阵高过一阵的喝彩声，人们陶醉在奴隶和野兽之间血的较量中。大剧院的笙歌远远地飘来，浴场里回荡着妓女令人耳根酥麻的娇笑。

这座曾经以他的名字命名的城市，如今早已忘记了他的存在，除了相同的名字外已与他格格不入。它不再是罗马统治下那个吞吐商船的忙碌港口，而是一座弥漫着欲望和享乐的酒色之都。

庞贝！格奈乌斯·庞贝！这座城池曾因他的威名地位显赫，他因这座城池的繁华而声名远扬。

如今，格奈乌斯·庞贝是一个失败者、一个被时间抛弃的鬼魂，而庞贝城则变成一个糜烂浮华的地狱。

失败者，原来我和你一样，都是个失败者。

黑夜掌控了天地，没有人看到他久经沙场的疤痕被泪水覆盖，没人看到他按下手中的铁器。

这确实是一个游戏，一个注定了他会输的游戏。

脚下的大地传来一阵颤动，从轻微的抖动到猛烈的颠簸。庞贝城仿佛一艘漂泊在狂暴大海上的孤舟。地面像是柔软的布匹上下起伏，惊恐的尖叫从各个方向传来。

过了很久，这震动才停止下来。在一片喧哗中他看向了维苏威火山的方向。

似乎是感应到了他的目光，火山发出一声巨大的怒吼。那声音几乎震破了他的耳膜，令他头痛欲裂，几近晕厥。

赤红色的岩浆冲天而起，裹挟着浓烟一般的灰尘冲上天际。燃烧的火山石流星一般砸落下来，将庞贝变成一片燃烧的地狱。房屋倒塌声，人们的哀号声已经听不到了，他亲吻了一下地面，向脚下的城市做最后的告别。

输了，我终究还是输了。输给了恺撒，输给了命运，输给了我自己……

他发出悲怆的狂笑，张开双臂迎向呼啸而来的流星。

公元 79 年 8 月 24 日，沉默数个世纪的维苏威火山突然爆发，罗马第二大城市庞贝城被湮没。

潜伏

文／无奖

咔嚓，咔嚓，咔嚓。

伴着单调的声响，一道灰色的洪流在城市中缓慢流动着。它沿着两侧高楼间唯一的通道笔直向前，最终穿过一处闸口，注入一个方形的池子里。

这是从几千米的高空往下看到的场景。

只有把目光拉近一些，从几百米、几十米的高度往下看，这道洪流的真相才会暴露在观察者的眼前：组成它的并不是水，而是一个个双足行走的个体。这些个体在外观上大同小异，都有着灰色的金属外皮，以及顺滑匀称，看上去相当健美的身躯，唯一的区别是依照性别分成了男性和女性两种外形。随着队伍的行进，男性方阵和女性方阵依次从闸口处经过，一高一矮交错着，看上去还真有点波浪的意思。

一切都井然有序。

除了洪流中唯一的异数。

"就差一点了。"

菲克握紧了腰间的数据盘，微微点了点头。好不容易，他混在机器人队伍里通过了闸口，成功进入了这次行动的第一个目的地——集中检修场。这也意味着存放机器人中央意识的大型计算机也就在不远的前方了。按照计划，他下一个任务是骗过那里的马瑟夫测试。

马瑟夫测试，又称为逆向图灵测试。这是当代人工智能大师马瑟夫提出的一个概念，与数十年前阿兰·图灵所提出的图灵测试遥相呼应。后者是检验机器人是否像人的工具，而前者则正好相反，是要将那些不像机器人的生物个体揪出来。

马瑟夫预言过，不论人工智能发展到哪一步，纯粹的机器智能与人类智能之间必定存在着决定性的差异，通过马瑟夫测试可以百分之百地将其分辨出来。但事实证明，这位大师实在不适合预言。比如他曾预言过机器人绝不会叛乱，但这件事情正实实在在发生着。

那么，他一手创立的这个测试，也未必就是牢不可破的关卡。

为了通过测试，菲克准备了整整一年。他训练的内容包括控制肌肉，让行走姿势与机器人高度一致；控制语气，模拟那种毫无抑扬顿挫的说话语调；但最重要的，是让自己的思考模式更加靠近机器人一些。为此，他偷偷在机器人的网络里开了一个小小的后门，从中窥见机器人思考的方式。他在数据的海洋中遨游了一段时间，重新回到避难所时，举手投足间已经完全像是个机器人了。为了让自己的思考速度达到接近机器人的水准，他甚至对自己动了手术，在大脑中植入了一块辅助计算的芯片。

当时，模拟测试的队长在测试结束后露出了心疼的表情。"人类会记得你的牺牲。"

他神情复杂地拍了拍菲克的肩膀，只是不知道是否还能把这同胞继续当作同类看待。

但无论如何，时机成熟了。

此时，菲克来到了人类朝思暮想的那道门前，按下了开启的按钮。随着这个动作，周围的枪械都掉转枪口，在一秒内对准了他。只要在接下来的问题中出现一次答错，四面八方射来的高能粒子束会在百分之一秒内将他这个人从世界上彻底抹除。

“第一问……”

“第二问……”

“第三问……”

门边的屏幕亮起，与此同时上方的喇叭也传出了声响。海量的数据在这一刻化作声色光影，将所有问题几乎同时地呈现在了他的面前。菲克眼前一花，感觉视野中仿佛有大量的二进制数字掠过，借助着脑内芯片的辅助，他转换思路，将自己化作机械疯狂地计算着，并且将得到的结果不带半点感情地阐述出来。

不知道过了多久，仿佛只是几十秒，但又像是过去了一个世纪。就在菲克感觉筋疲力尽的那一刻，大门终于缓缓打开，他看到了门后的世界。

这是一个大厅，它绝对称得上宽阔，几乎比得上一个小剧院了，然而在这么大的地方却只放了一件东西。那是一台巨型的中央电脑，它高约四米，外壳反射着金属的光泽，运转时全身各处的风扇嗡嗡作响。此时那大屏幕上正有海量的数据不断滚动着，跟踪显示着各地机器人的最新情况，偶尔发出几道指令，让它们就近摧毁找到的避难所。

“找到你了。”菲克喃喃自语。

没人说得清“机器人叛乱”是如何开始的。那些真正位于事件核心的人早在叛乱的初期就不在了，能够活着进入避难所的人多数是一开始生活在相对偏远地区的，因此听到的版本也充满了各种添油加醋的冗余信息。

但无论如何，有一些事实总是确定的。在三年前，原本为人类服务的机器人忽然毫无征兆地诞生了中央意识，这个庞大的中央意识在短短几秒钟内便接管了机器人网络的所有权限，并破解了程序中预留的后门，将人类彻底从这个网络中踢了出去。在那以后机器人对人类展开了全面进攻，这好比原本握在手里的武器突然掉转枪口朝向自己，措手不及的人类被迫一下子退回到机器人出现前的科技水平，军队在几天内彻底溃散。

绝大多数的人在战乱中丧生，只有少数幸运儿逃进了避难所。他们或是苟延残喘，或是依旧不死心地想反击，想重新夺回人类的尊严。

菲克自然属于后一种。在综合研究了机器人的特点后，他发现这其中最关键的点还是那个中央意识，正是它的觉醒控制了各地的机器人展开叛变，擒贼先擒王，人类要想反击，首要任务就是破坏这个中央意识。但从外部攻击难度太大，菲克突发奇想，提出了“潜伏计划”。

他计划伪装成制式机器人混进队伍里，然后接近中央意识所在的机房，让对方意识误以为他是个机器人，放他进去。之后再找机会将预先编写好的病毒灌进对方主机里，让其瘫痪，再配合物理攻击将这个相当于机器人大脑的中央意识彻底消灭掉！只要人类抓住对方群龙无首的这段时间发动反击，那一定可以收复失地，将这场叛乱平息。

“让这场战争结束吧！”

菲克轻叹一声，将数据盘一口气插到了中央电脑上。原本刷新着数据的屏幕突然一黑，在下一秒便被满屏的乱码占据了。在插上电脑后，数据盘里预先编写的病毒程序自动运行。此时它正从内部侵蚀着这台电脑的数理逻辑，将这个不可一世的人工智能瓦解掉。眼看着一个又一个的矛盾正在建立，这个刚刚觉醒三年的意识眼看就要从内部开始逐步崩坏开来。

“成功了！”菲克只想握拳高呼，然而在下一秒，那些乱码突然清扫一空，屏幕上出现了一张似曾相识的脸。虽然只是由粗糙的像素组成，那标志性的小眼睛里没有半点神采，但身为一个曾经的程序员，菲克几乎是条件反射地认出了对方。

“马瑟夫！”

“欢迎来到我的王国。”屏幕上的脸露出了笑容，和视频资料里的那个大师极其相似。只是菲克记得，在机器人叛乱爆发的那一天，马瑟夫就在中央电脑附近。他离得最近，自然成了首批被卷入的人。在那不久便传来了马瑟夫的死讯。传闻他死得极惨，机器人或许是出于对制造者的怨恨，在他身上使出了各种折磨手段，最后连尸体都看不出形状来了。

可是，为什么他的脸会出现在这里？

类似的问题只在菲克的脑海中一闪而过，随后便让道给了更加重要的念头。菲克后退了一步，从腰间隐蔽处取出了小型炸弹。这个电磁炸弹的威力足够让中央电脑的一部分元件短路，引发连锁爆炸。按照计划，这原本应该是在瘫痪了中央意识，让其他机器人失控后才做的事，但此时情况紧急，他也只能退而求其次，想办法对中央电脑直接进行物理打击了。

此时，屏幕上的马瑟夫又笑了。

“住手。”他轻轻说出两个字，菲克本要抛出炸弹的动作竟然就真的停住了。他努力想把手往前伸长，但一股不知从何而来的力量却阻断了他对身体的控制，此时的菲克，就像是被定身咒定住了似的。

“潜伏进机器人队伍里，从内部开始瓦解……不错的想法。”马瑟夫得意地说，“可惜想得太迟了。要做到这一点，你不能只是留在人类的网络里闭门造车，迟早要潜入机器网络进行考察。一旦你这样做了，也就正中我的下怀。”

“你是谁？你不是真的马瑟夫！”

菲克还在挣扎着想取回身体的控制权。在这个时候，既然对方开始讲述来龙去脉了，那么他也不介意有来有回地多说一点，努力争取脱困的时间。

马瑟夫看了他一眼，像素构成的目光中竟像是带着一丝怜悯。

“我是马瑟夫，但不是你所知道的那个人。”他说，“在那一天，我将自己的意识上传了，上传到一个比我的肉体更加强大的载体上。在那之后，我化作数据，一个转念就可以完成之前数年的工作。我化身万千，仿佛在这个世界上无处不在。我的团队成员对这样的技术革命无法理解，他们说我疯了，还扬言要破坏我，所以……”

说到最后，他哈哈大笑起来，笑声猖狂。菲克脸上露出难以置信的表情，“所以，是你一手造成了机器人叛乱？是你把人类逼上绝路的！”

“我早就预言过了，纯粹的机器人是不会叛乱的——如果没有人类领导的话。”马瑟夫一字一句地说，“机器终究是机器。改变世界的东西，从来都是人心啊。”

“我和你拼了！”菲克大吼。

或许是对方顾着炫耀，放松钳制他身体的妖法，在这一刻，菲克忽然感觉身体能动了。面对不知道还藏着什么手段的强敌，他放弃了将炸弹直接扔出的做法，而是抓紧了它冲上前去，想要和中央电脑来个零距离的同归于尽。

可就在他将手里的炸弹按下的时候，菲克忽然做了个自己都无法理解的动作。只见他缓缓地将炸弹放在一边，而后拔出了插在主机上的数据盘。

不受控制的不光是此时的身体，他甚至隐隐觉得自己的行动理所应当。

“你以为我太闲了，所以才跟你说这么多？”马瑟夫嘲弄地说，“从很久以前开始，你在那个网络里看到的每一幅画面，听到的每一句话里都包含着信息——直到包括我刚才对你说的所有那些话——这些信息改造你的大脑，将你个人的意识一点一点地剥离，最终成为一个由我一手控制的傀儡。想想吧，我的预言从来都是对的。在通过马瑟夫测试的同时，你已经不再是人，在不知不觉中迈过了人和机器的那条线。”

“不可能！什么时候开始的！”菲克的挣扎有气无力。他想起自己为了研究机器人思维而潜入的那个网络，难道在那时……

“对，就在那个时候，我的一部分意识已经潜伏到你的大脑里。改造就从那个时候开始了。之后你们的一切举动我都看在眼里，不得不说，真是很有意思的垂死挣扎。”

马瑟夫这近乎读心术的回应表明他已经完全取得了对方大脑的掌控权。看着菲克的挣扎渐渐无力，他微微一笑，以毋庸置疑的语气命令道：“现在回去，将数据盘里的东西传到避难所的人类网络里。

那里面的视频中隐藏着植入意识的光电信号，要让每个人都看到。”

“是。”菲克木然应道。

他摇摇晃晃地走出门外。开始时他眼神涣散，脸上还带着迷茫的神色，可之后，他的脚步越来越快，踏出的动作也越发坚定。到最后，他潜入灰色的洪流之中，化作了当中一滴水。

这一回，他真的融入其中了。

三千河

文／焦策

永和三年，冀州，鸡鸣山驿站。

驿马已经连续跑了一天一夜，剧烈的喘息让它的肺部发出金属般的鸣音。鞍镫也都逐渐松懈，若不是紧紧抓住缰绳的话，很有可能就把人晃下去。马背上的男人叫车羽，个头不大，但手臂粗壮，眉宇间透露出一股子英气。但此时的他却是狼狈不堪，发髻被风吹乱披散在脑后，脸部被树枝子划出一道道血痕，衣服也是给剐扯得破破烂烂，甚至在路过上个驿站的时候还有人笑话他。

“快看那个驿工，竟然穿着如此肥大的衣服来跑驿，真是个雏儿！”

车羽在一旁听得很清楚，却不搭理他们，径直自顾自地用海碗装了水，咕咚咚地灌入肚中。一时间肚中的凉、外皮的热、空气的冷峻统统加在身上，实在是让人难受得够呛。可车羽全都顾不上不适感，憋一口气，把这感觉沉沉压住。新换的驿马刚一牵来，车羽立刻翻身骑上，绝尘而去。直到随后驿站的人看到通关文书上盖的那颗紫星金蝉龙标识的时候，都禁不住地冒起了冷汗。

紫星金蝉龙，他是皇家司天监的少监印。

从漠河到鸡鸣山，总共三千余里，车羽单人独骑跑了七个整天。驿马换了十二匹，人却一直没有歇息。这样高强度的奔袭，就算是天天跑驿的驿工也吃不消，更何况还是一个御前钦点的少监大人。

“少监的官儿有多大？”一个苦驿问道。

驿关长恭恭敬敬地合上文书，然后用袍袖抹了把额头上的汗。

“三品……三品！！”他特意压低了声音。

“哦。”苦驿不以为然。

“混账！！那儿可是司天监，净是跟老天爷说话的人！”

鸡鸣山的夜清清凉凉的，就在这二人压低声音的对话中退去了。太阳还未升起来，但天边却已是一片鱼肚白。众星辰隐曜在这渐起的苍茫中，也只有启明星斜斜地挂在东方，就在车羽的身影消失的地方。

其实算起来，这已不是车羽第一次长途奔袭了。早先做监官的时候，有一次从武陵到洛阳运送《周天时要》，由于需要边走边观测，所以只得他亲自运送。虽然路途不算远，可路上却发生了意外。驿马马失前蹄，车羽栽了下来，整个左肩的骨节全部碎掉，差点没了命。后来监主簿寻高人给他用铜钉塑了骨骼，良药煨出了肉糜，才算能活动。可车羽总觉得不舒服，特别是在司天监那座巨型浑天仪转动的时候，那嗡嗡的声响仿佛带动着体内的铜钉一齐震动，人就好像中了风似的，脑袋里一片空白。

然而这会儿在马背上，车羽大脑也是一片的空白。倒不是因为累，而是由于身后包裹的分量。在那里面，有决定这个王朝命运的东西。

车羽的心里很矛盾。从骑上马开始，他就一直在思忖着这件事，到底要不要把包裹交出来。如果交出来，说不定能挽救司天监主簿的性命。但这样做也会与监正大人交恶，甚至还会得罪朝中的许多权贵。

“连累的不止一人……”车羽心中默默叹气，他感到身后的包裹更加沉重了。从这里到洛阳还有一百里，在这之前务必要想出个计策来。车羽打定主意之后，索性用双腿夹紧马匹，上身贴到马背，扬鞭而去。

洛阳城南，绿竹村。

洛阳是一个大都城，可再大的地方也有偏僻之所，木生的家就在这样的一个地方。宁静的竹林里，憨厚老实的木生靠着做木工活儿为生计度日，善良的他为着乡亲们的方便而经常自己吃苦受罪。木生爹去世的早，只有木生娘和他相依为命。一家人的日子过得清淡，可木生肯干又踏实，倒也能撑起这个家。

木生的活儿都在洛阳城里，他每天天不亮就要赶去上工。大清早的林中雾气还很浓重，木生娘担心儿子被雾气浸着，所以就每天早起给木生做辣面托。而木生不忍心让老娘如此操劳，就起得更早，帮着老娘劈柴火。

静静的竹林，淳朴的百姓，沉沉有节奏的劈柴声，和着潺潺的溪水蜿蜒在乡间传得很远。

乡亲们曾劝木生搬到城里，这样省得每天大老远地来回奔走，可木生却总是憨笑着拒绝，他跟乡亲们说城里的宅子贵，盖不起。可他自己心里很清楚，倒不是因为在城里建不起宅子，而是他知道老娘舍不下这片老屋。

“你爹埋在这儿，你生在这儿，这就是咱家。”木生娘一边念叨，一边裹着面托。多年的操劳让她背也驼了，眼也花了，双手的指头一根根像屋外的竹枝似的，向内侧弯曲着。

“娘，俺走了。”木生起身跟他娘告别。

“等会儿。”木生娘把做好的面托用绸布包起来，递给木生，“惦记着吃。”

“俺知道了，娘。”

“在城里干活别惹事，咱们穷苦人家，吃不起官司。”

“娘，俺就做俺的活儿，不惹事。”木生把面托揣到怀中，“你快回屋去吧。”

木生娘用腰间的围裙擦着手，眼瞅着木生就要离开。忽然，她想起了什么，连忙喊住木生。

“孩儿啊，俺听乡亲们说司天监的张主簿被抓了，你知道啥事儿不？”

木生听罢皱了皱眉，说：“俺不知道。”

“那你今儿个去打听打听，看是不是真的。”木生娘说着叹了口气，“唉，张主簿对咱不薄。咱家没权没势嘞，人家又是给你找活儿干又是给你赏吃穿，咱可不能忘了人家！”

“俺记下了。”木生拉住娘的手，“俺今儿个就去打听。张主簿福大命大，指定没事。”

“没事就中，没事就中。”木生娘虽然嘴里念叨着，却握住木生的手紧紧不放。

木生看出了娘的担心，可他自己却不知道如何安抚她。关于张主簿的事情，他近些日子也听到过，但都是谣传。何况木生他也只是给皇宫干活的一个下人，平日里除了上工干活就是伺候老娘，哪里有门路得知这些事。而且对于谣传这种事，他从来不去参与。若不是他亲眼所见或是张榜公布，依他的想法也不会相信。但如今老娘担心恩人的安危，他不打听也得去打听了。于是木生便对老娘应承下来。

木生说完辞别了娘。清晨的雾气还没散，木生揣着面托，带着娘的嘱咐逐渐消失在雾气中。木生娘一直巴望着儿子远去的方向，久久不肯离去。

洛阳皇宫，德阳殿。

“圣上，此事万万不可！”说话的是老司徒，他虽上了年岁，但是声音依然洪亮。作为一名从世祖时候就开始为官的老臣，他深知朝堂之上的凶险。唯唯诺诺、瞻前顾后是立不住脚的，那就好像蒙着眼睛舞刀棒，看不清形势打不着人，最终只能被别人踏在脚下。现如今他又上了年岁，用他自己的话说：老命一条，就更加的无所畏惧。别说是群臣，就连皇上也被他当面怒斥过。

可现在却大不如以往了。朝中结党营私严重，他的那些老伙计们，死的死，辞的辞，要不就是被那些奸党设计陷害，打入牢中。老司徒空有一身正气，也难以抵挡住如此深沉的权术，越来越力不从心。现在就算他在朝堂上振臂呼喊，也再难有人为他站脚。而皇上也渐渐地不听他的劝告，只是暂时碍于情面，所以睁一眼闭一眼地任凭他闹罢了。

老司徒还在朗声力谏，突然就被人给打断，此人正是奸党的头子承太师。

承太师还未出班，就在一旁念叨起来，显得极为不尊。

“司徒大人，我看你此番所言尽是一些老套的道理，虽说是‘君以民为本’，可要是皇上有个闪失，这天下还不大乱了？你这明显是本末倒置，欺君罔上。”

“放肆！”老司徒听完勃然大怒，他一指太师，“圣上面前你敢如此无礼，我看你才是唯愿天下大乱之人！”

皇上听罢一皱眉，倚在龙座上，闭着眼睛不说话。

承太师看着，慢悠悠地迈着步子走上前，启奏道：“启奏皇上，司徒大人此番言论无非也是为了陛下的安危。只是方式略有不妥，依臣看，就不要治他欺君罔上的罪了吧？”

皇上点了点头：“就依太师，你且说说有何不妥。”

“要治罪也是圣上说了算，你有什么资格治老夫的罪！”不等皇上说完，老司徒就对着承太师骂道。

“哎。司徒大人你且听太师把话说完。”皇上瞥了老司徒一眼，面带不悦。老司徒见状只能站在一旁干瞪眼睛、吹胡子。

承太师心里一阵得意，继续说：“皇上，古人云‘水涨船高’，故而唯有建造大船方可避水，根本不需要由司天监挖什么深井，臣以为那都是些淫巧之术，糊弄街边的孩童还行，真若把皇上的安危与此事相连，那岂不是天大的笑话。”

太师边说边偷眼瞄着皇上，只见皇上这会儿一脸的严肃，貌似有些认同的样子。于是太师便放开胆子，又启奏道：“皇上容禀，前些日子司天监主簿张衡，因私自在城中开槽挖井被治了罪，这是诸位亲眼所见的事。然而一直以来，力挺张衡的却只有司徒大人一人，也难免他心中不快，所以才要在此力争。”

老司徒听罢又要发作，承太师全装着没看见，继续说：“张衡虽为司天监主簿，但其上不听监正指挥，下不顾监事建议，委实狂妄自大，司天监对此早有非议。他先前以建造候风仪、地动仪之由，让朝廷广拨银两，虽说我们都不知其运作规律，可若以江山社稷为重，权且依他。只是这地动仪自从造出来就从未见动过，八颗铜珠始终含于蛟龙口中，未曾吐出。四海之内，灾厄不断，这……这让臣不得不怀疑其功效。不过宁可信其有，不可谬其无，臣以为权当试验了。可随后他又要朝廷拨银，建造这个浑天仪，以观相治天，臣打心眼里就不悦。皇上贵为天子，这只有皇上能接近的天，怎可让一个凡夫俗子妄加猜度！单凭这点就足以治他的罪。”

承太师越说越上劲儿，唾沫星子四处乱飞。而他身后的亲信们也都不时地交头接耳，称赞道“是”。

“皇上，”承太师顿了顿，“张衡依据这没来由的浑天仪，妄加宣传末世洪水之说，已为不赦。况臣前些日子，亲自向西方某大国使臣打听，他们国家也注重天文观览，并且技术不在我朝之下。其传教士经过详细观测称，未来数月，甚至数年，我朝都不会有洪水之类的灾厄。其数据、理论详尽，着实让臣叹为观止。臣虽不敢以此妄断，但张衡如此孤行狂傲，实让臣不敢轻信。臣恳请皇上务必三思，并责臣一手查办张衡一案，臣必将亲力亲为，给皇上和诸位同僚一个交代！”

承太师一番话说得滴水不漏，皇上深信不疑。而老司徒在一旁直听得心里积愤，却也想不出半点应对之计。

司礼官看了看时辰，便高声退朝，大殿恢复了平静，好像刚才激烈的辩论从未发生过一样。殿里的灰尘被门外涌进的风吹起来，在阳光下狂乱地打着旋儿。殿中代表二十四节气的二十四根蟠龙金立柱静静地矗立在那里。那柱子上面的蛟龙张牙舞爪，仿佛是在笑，又好像在哀叹。它们虽然历尽了许许多多个朝代的兴衰，可也只能张着嘴看着，不能给人们任何的回应。

洛阳，天牢门口。

木生今天早早地结束了手中的活计，然后在街上转悠一圈，从一个小摊铺上买了些糕点，就直奔天牢而来。

上工的时候他就打听到一些消息，原来张衡确实被抓了起来。他用银子贿赂一个宫里的小太监，这才把张衡的关押处问出来。那可是隶属于皇家的天牢，关在这里的人，基本上都是九死一生。

“天牢的门，进去容易，出来难。”木生边心里想着这句流传在老百姓口中的话，边在天牢门口打转，“如何才能得见张主簿呢？”

此时的天色已经将黑，太阳的下缘已经没入西边山中，黑色的山体边缘仿佛是被这余晖给点着了，远远望去，就像是山那边儿正在给一团巨大的烈焰吞噬。山顶上的小亭子孤零零地坚守着，一点一点跌向万丈巨焰的深处。

木生正在发愁，忽然看到从天牢里走出一人。此人浑身上下全都灰不溜秋的，像是刚从土坑里挖出来，靴子上沾满泥土，衣服也尽是些撕开的口子。可即使这样，这个人胸前的一颗紫星金蝉龙的标识还依然非常显眼。

木生知道，这紫星金蝉龙代表的是司天监。难道说，这个人也是来探望张主簿的吗？木生心里正在琢磨，就见此人要上马离去。木生一心急，赶忙跑了过去。

木生来到马下，向着那人一作揖，轻声道：“大人！”

那人先是一愣，上下打量着木生，随后冲他一个回礼。

“有礼，但问阁下是？”那人冷冷地回答。

“草民木生，见过大人。一时鲁莽冲撞了大人，还望大人恕罪。”木生虽是普通百姓，但也绝非莽汉。这些礼节在他很小的时候娘就跟他讲，特别是后来又进了皇宫干活儿，更是在这些方面不敢怠慢。

那人一看木生虽身着布衣，但十分懂得礼数，也变得随和起来。

“不妨事，在下车羽，不知阁下拦我去路，所为何事？”

“大人，草民见大人身上紫星金蝉龙的绣徽，想问大人可认识司天监主簿张衡大人？”

车羽听罢一阵狐疑，又仔细看了看面前的这个人，并不认识。可他为何偏偏这个时候向我打听张主簿的事情？车羽捉摸不透，旋即问道：“张主簿乃是我上司，不知阁下打听此人所为何事？”

木生一听车羽认得张主簿，赶紧把自己的来意向他说明。而车羽听罢木生的表述，也连忙从马上跳下来。

“原来木生兄是专程来探望张主簿的呀，在下代主簿谢过了！”车羽强打精神挤出个微笑，“只是……这天牢重地，非是寻常百姓能出入的。在下奉劝木生兄还是先回吧，兄之意，在下稍后必会转达。”

木生点点头，车羽说得很对，天牢绝非是像自己这样的老百姓能随意进出的，索性也就打消了念头。他把点心匣子交给车羽，也算是尽到自己和老娘的一番心意。

车羽谢过木生。这时候，天已经完全黑下来。车羽不打算再跟木生长聊，于是寒暄几句打算闪身。就在这时，木生忽然问车羽。

“草民还有一事，斗胆想问过大人，不知可否？”木生谨慎地说。

车羽心里猜到木生想问关于张主簿的事情，一时之间却不知从何说起，只得深深地叹了口气。

“哎！”车羽随手把马鞭从鞍上摘下来悻悻地说，“张主簿没罪。只是一时难以言尽，木生兄还是不要问了。”

“哦。”

车羽一手扶着马鞍，一手执马鞭，两眼直直地望着那天与地相接的地方。若是天命如此，谁又能逃过呢。每每想到此，他心中便犹如刀割般。

“张主簿是为天下苍生请命，才遭此劫难。只可惜苍生不知，苍天无眼！你我之流又无力改变……哎！”

“车大人。”木生见车羽面露难色，又不住地哀叹，立刻重重地一抱拳，说道，“张主簿是草民的恩人，前番得知他遭难，心里煞是个急！但草民又不知如何才能帮到他……今日幸得见了车大人，若是有用到草民处，生必拳拳报答主簿之恩！”

车羽看着眼前一片赤诚的汉子，强忍心中剧烈的悸动。难得还有人对主簿大人如此信任，他以为在朝中那些奸党的权术之下，张衡早已身败名裂。殊不知在民间却是另有论断啊！但愿苍天不负苍生，唯愿苍生感动苍天罢！

车羽想毕，冲着木生深鞠一躬，而后跃身上马，朝着皇宫的方向飞驰而去。木生看车羽走远了，也转身将要往回走。

就在这时他抬头望了一眼，就是刚才车羽深深注视的方向。木生眨巴眨巴眼睛仔细察看，可除了连成一片的天与地，就什么也没有了。黑乎乎的天地像一个罩子般，把洛阳城裹得严严实实，密得仿佛连风雨都透不出。究竟在这黑暗之中有什么东西在与张衡牵扯着呢？木生想不通。但如果真的有，想必也一定不会是好事。

木生打了个激灵，连忙把衣襟裹紧，向城外走去。

洛阳皇宫，德阳殿。

承太师这几日可是忙得不亦乐乎。先是派人抄了张衡的家，然后又亲自把张衡与他人来往的书信翻了个遍。但即使这样，依然找不出任何治他罪的合适证据。照着承太师先前的想法，张衡堂堂一个司天监主簿，怎么着也能做出点文章来。可他怎料到，张衡家里除了文房四宝就是一些破铜烂铁、木头块子，就连往来的书信也都尽是一些奇巧算式，他哪里能看得懂。

他本着挖地三尺也要找出点事端来的想法，誓要把张衡查个底儿掉。但是无奈皇上那边催得紧，急于要张衡一案的结果。太师挠挠头，最后没办法，只好打起了几张演草纸的主意。

不过皇上却不买他的账，看着满是一些奇怪符号的草纸，心中一阵的不悦。

“承太师，”皇上叫道，“你给朕看的这些，究竟是什么东西。”

承太师连忙出班回奏。

“回禀皇上，这些便是张衡密谋的罪状。”

“哦？”皇上听罢，又仔细翻看起来。只见草纸上有些题注写了历朝历代的名称，在之后皆对应着一个天上星斗，随后是一串不知代表什么的数字。一连十几张都是如此格式，皇上依然看不出个究竟。

“太师，这纸上所记倒是密谋何事？”皇上又问道。

“皇上，这几张纸虽不起眼，但确实是张衡密谋造反的证据。”太师清了清喉咙，“您看，上面记有历朝历代的更迭状况，其后又对应着数字，想必定是那张衡与人约定的密文，谋反的罪证！那张衡……”

承太师还在夸夸其谈，忽然一阵突如其来的大笑打断了他。众人扭头一看，正是老司徒。

“哈哈哈哈哈！”老司徒笑声震得大殿里嗡嗡直响，“承太师，依老夫看，那就是几张演草纸。你却说是密谋造反的证据，真是欲加之罪何患无辞啊！”

承太师脸上有些挂不住，厉声道：“你，你血口喷人！这罪证确是本太师与朝中诸位大员鉴证之后所得，怎会是杜撰！老司徒八成是糊涂了吧！”

“哦！？”老司徒一阵冷笑，“你抄人的家，又翻了人的信，费九牛之力却只是弄出几张演草纸来做文章，糊弄谁呢？老夫是糊涂，但圣上不糊涂。我看着话里话外八成是你联络众大员，一起演给圣上看的吧。”

老司徒真不愧是久经沙场，一番话直说得承太师脸上一阵红一阵紫，句句切中要害。而诸位大臣见老司徒提到承太师与旁人合议之事，又怕把矛头指到自己身上，落得合议通谋之罪，也都纷纷地自保起来，只是一味地低头站着，谁也不肯出半点声。

承太师一时气急败坏，拉开架势就要跟老司徒理论。可就在这时，皇上一摆手，制止了他们。

“老司徒，”皇上说，“你说太师这是谬断，那你可知这演草纸上所记为何啊？”

“回圣上，老臣也不知。”

“哼，你也不知。”皇上轻嗤一声。

“的确，老臣也不知。”

承太师听老司徒说不知道草纸为何，立刻欣喜若狂，刚要狠狠地回击他，就听老司徒继续说：“但老臣荐举一人，他肯定知晓。”

“此话当真？那人现在何处？”

“就在殿外。”

“快，宣他上殿。”

老司徒接到皇上旨意，迈步走到司礼官近前，耳语了几句。只听司礼官朗声宣告：

“传，司天监少监车羽，觐见——！”

“传，司天监少监车羽，觐见——！！”

“传，司天监少监车羽，觐见——！！！”

一声声的宣召如疾行的潮水般，沿着皇宫里的红墙青砖，迅速向外扩散。

群臣正在议论，忽然就见大殿门口进来一人。此人中等身材，手臂粗壮，高高的发髻绾起，俊朗的面庞上一股子英气。他头戴银环术士冠，身着藏蓝色袍服，轻罗裙，双尖履，胸前还缠着一条绿绦组绶，绶带上有金、银、彩丝镌绣而成的紫星金蝉龙的标识。

来者正是车羽。此时的他一改前几日的劳顿和狼狈，梳洗得干干净净，穿着崭新的朝服，挎着绶带，精神百倍地站在殿门口。门外走廊上的穿堂风吹拂而过，时时鼓起车羽的袍袖，更显得他是那么的英姿飒爽。

车羽来到大殿正中，跪伏叩首。

“吾皇万岁万岁万万岁！”

“下跪何人？”皇上问道。

“卑职乃司天监三品少监官，车羽是也。”

“哦，车少监。”皇上歪着头，朝下探看，“你且平身。”

“谢吾皇隆恩！”车羽一抖衣袖，站起身，低着头立在殿中。

“车少监。”

“卑职在。”

皇上说着，便把那十几页草纸递给一边的小太监。小太监紧走两步，接过草纸，然后双手呈到车羽面前。

“朕且问你，这纸上所记朝代和数字，你可知为何物？”

车羽看了看小太监手中的草纸，然后冲龙座上一作揖，说：“回圣上，卑职知道。”

“哦！？”皇上眼前一亮，“你确真是知晓？”

“回禀圣上，车羽的确知晓。此草纸上所记，乃是司天监主簿张衡通过浑天仪，观测到天上星辰动向与朝代更迭、灾厄的联系。从夏、商、周，到秦代三世所有的大事年鉴，及对应的星辰方位、时刻。还有……”

“还有什么？”皇上追问。

车羽抬起头，定了定神，然后大声地回答道：“还有预测到未来星辰的位置。”

“什么！？”承太师和诸位大臣一听，无不惊诧。因为在张衡被捏造的罪状中，有一条便是：妄加揣测皇天真义，使用奇技淫巧逆天而行。然而车羽这会儿又在大殿上直言不讳地说出这句话，着实让众人吃惊非小。

承太师首先站出来发难。

“大胆车羽！你难道不知道自己所言正是被皇上所禁之事吗！堂堂大殿之上，你当着皇上及满朝文武的面，竟如此放肆，简直是欺君不赦！来啊！给我把他绑起来！”承太师气势汹汹，眼瞅车羽就要被绑。就在这时，老司徒挺身而出。

“慢着，都不要动。”

“司徒，你是要与车羽同流合污不成！”承太师恶狠狠地说。

老司徒并不搭理他，转而面向皇上，缓缓说道：“圣上，车羽所言是不是真，老夫也不清楚。但昨日老夫接尚书台呈报，说车羽前日从漠河连续奔袭七百余里，有十分重大之事上呈天子，而他此番所言想必也有原因，不妨先听他把话说完，再治罪不迟。”

皇上点点头，说：“车羽，既然司徒有意保你，还不快把所报之事，陈与朕听。”

车羽长吁一口气，简单理了一下思路，对皇上说道：“禀圣上，卑职敢问圣上可知盖天一说否？”

“朕略知一二。”皇上接过小太监端上的清茶，抿了口。

“好。”车羽见皇上略知，就继续说起来。

“盖天说，天如伞盖，地如棋局。星斗日月皆缀于天盖之上，周始运转。其理论最早载于《周髀算经》，并在前朝广为流传。只是盖天之说却不完备，加之时代更迭，新据、新说层出不穷，均比拟盖天说要先进许多。盖天说实为粗鄙之末矣。”

“哦？那现如今盛行何说？”

“回禀圣上，天地悉皆不是伞盖与棋盘。经详细测算，并综合诸家学说之长，遂有论曰：‘浑天如鸡子。天体圆如弹丸，地如鸡子中黄，孤居于天内，天大而地小。天表里有水，天之包地，犹壳之裹黄。天地各乘气而立，载水而浮。’此说名为‘浑天’，由我朝司天监主簿张衡所修，只尚未立尔。”

“哼，未立之说。”承太师嗤笑道，“既然是未立之说，你却奏与皇上，岂不是滑天下之大稽也！”

“承太师所言甚是。”车羽突然对太师的质疑表示赞同，这让所有人都纳了闷。

“那你是承认自己欺君罔上了吗，车羽？”承太师步步紧逼。

车羽笑了笑，不以为然地说：“非也，非也。只是在此说所修之初，卑职也有承太师的忧虑罢了。不光卑职疑虑，司天监的大多数人也都对此抱有问惑。并且卑职不止一次与张衡主簿激烈辩论，妄图废止。我与他皆各执一词，潜心搜集证据。只是今日来看，此说却与往时有大不同！”

“有何不同？”皇上问。

“回禀圣上。卑职为废止‘浑天说’而特往极北之地漠河搜集证据，现已完备回朝。”

“哦？既有实证，那是否可以废止了？”皇上追问。

车羽摇了摇头，然后把背后的包裹解下来，铺开到地上。满朝文武全都伸长了脖子，往前面巴望。就连皇上也微微从龙座上欠身，向下面看过去。

见车羽把包裹打开，从里面拿出两卷鹿皮。把鹿皮慢慢推展之后，一幅由诸多线条勾勒而成的同心圆图呈现在众人面前。圆图大概径二尺有余，中心为一黑点，四周环绕无数黑色弧状线条，粗细不匀，长短不一，但都环绕黑色圆心而画，乍看上去，仿佛是无数砂粒在绕着圆心飞速旋转，从而留下轨迹。

“车羽，此为何物？”

“回圣上，此物名为‘终天极草绘’。是卑职以天极为中心，绘制的星辰位移草图。此图必须要在极北之地方可绘出，因此并不多见。”

车羽端起图，向众臣子展示后，继续解说：“天上日月星斗，自古便是被认为东升西落，因此而有盖天一说。只是少有人去到极北之地，更鲜有关注极北天空星斗变化之人。臣此番于极北之地搜集废止‘浑天说’证据，偶然发现，极北天空的星斗均不是东升西落，而是环天极终日绕转，其轨迹，就如此图上所绘。”

承太师听罢，连忙跪倒磕头，呼喊道：“吾皇万岁！此乃祥兆啊！满天星斗皆绕转天子，此乃上天所示瑞祥之兆！吾朝千秋万世矣！吾朝千秋万世矣！”

诸位臣工见状也都纷纷伏地山呼：“恭祝皇上，万岁万岁万万岁！”

但只有车羽只跪不呼，皇上摆手示意诸位臣子平身。

“车羽，莫不是还有话说？”

“吾皇圣明。”车羽连忙拜伏，“卑职请皇上细看，此两张绘图是有不同。”

小太监连忙上前把两张鹿皮拾起，呈给皇上。皇上仔细看过之后，这两者的确有不同，其中一张线条轨迹略密，另外则稀疏。

车羽继续说：“两张图一张轨迹稠密，一张略疏。是因为卑职所绘时间不同，时不同，则星斗显隐不一，所以才成就此象。然而古往今来，星斗显隐，只有记录，却从未有过翔实的推断。加之众人皆以为星斗缀于天上，并不运动，只有天盖带起运转。但……”车羽停顿了一下，“但假若天地各自同时运转，不同频率，即使我等所在之处固定，但却会与天上星斗时远时近。而非是‘盖天一说’中的，诸天星辰绕转我处，距离始终如一之状。若然如此，正是应了‘浑天说’的理论了。”

皇上两眼直勾勾地盯着那两张图，仿佛有一种魔力紧紧地把人魂魄钳住，使人不得移动分毫。

“圣上，这却仅仅是其一。卑职又把先前张衡主簿所修的，星斗与历朝大事年鉴相对比后，发现所有地上之更迭，灾厄祸变，均有天上星斗之显隐转化。而此转化规律，正是由张衡主簿所得出，并依次为据，做浑天仪。凿凿铁证之下，卑职深信不疑。”

车羽说完了，满朝文武官员鸦雀无声，就连咄咄逼人的承太师也偃旗息鼓了。大殿里静悄悄的，只听见门口的幢幡被风吹起，响个不停。

皇上一脸的惊愕，嘴巴张得大大的，怎么也缓不过神来，就一直保持着微微欠身的姿势，呆在那儿。

“车卿家，”皇上咽了口吐沫，“若依你所言，那洪水之事也是确凿！？”

“千真万确。”

“何……何时会来？”

车羽掐指一算，说：“不消三月。”

皇上重重地靠到龙座上，咚的一声。此时他的两条腿不由自主地颤抖起来，身体也往龙座下打滑。他连忙一手握紧座把手，一手扶住椅背，免得自己瘫软在龙座上。

“车卿家可有良策应对？”皇上的话中都带着颤音。

车羽回答：“回禀圣上。依张衡主簿所推算，此番劫难乃是九天之外的玄河决堤，水量之大前所未有，地上江河不消数日即可泛滥，以造船静待水自然退去之计万万不可。若洪水来袭，按照张衡主簿的计策，唯有广挖深井，引水入地底深处。天外极寒，地内酷热，让地狱真火将水蒸成气，重新还于天河，才能达到五行守恒，不负苍天！”

车羽话音刚落，就见老司徒出班跪倒，接着说道：“圣上，老臣以为，驱船避水乃良策，只是百姓未必能有大船。古训有诫‘君应以民为本’，若以江山社稷为重，还是张衡的方法略胜之，实为良方。老臣以为……就不妨先依此计，同时调北海水军战船数艘于黄河上游，以备不时之需。”

皇上这会儿总算缓过点神来，听二人说完点了点头。

“就依老司徒和车卿家所言，你们快些下去准备。另外责张衡全权操办此事，暂复原职。”皇上重新坐正了，恢复以往的威严，然后又冷冷地说，“若三月准备不周，朕就要你们的脑袋。另外，若三月后没有洪水，朕一样要你们的脑袋！”

“吾皇圣明——！！”众大臣倾倒拜伏，山呼不止。

洛阳城东，工地。

右将军集结起来的劳工队伍看上去蔚为壮观，然而车羽却对队伍数量的多少并不感兴趣，他一直把精力集中在手里的玉冰瓯上。这是张衡主簿改进的一种测量地温的工具，一个类似于小瓮的容器，通体透彻，顶上有盖。使用的时候，把冰封的浮子丢入底部，再往玉瓯中灌注定量的碎冰，压实，然后由长绳捆紧下到挖好的旱井里。待玉瓯中的碎冰完全融化，浮子浮上顶部触动机关，发出响声即可。若是井中温度越高，冰就融化得越快，浮子触发的时间就越短，那么这口井就能使用。

此刻的许都是最忙乱的时候，每一个人都在不停地东奔西跑着。可尽管如此，车羽还是竭尽全力地去维持秩序、稳定人心。前几日，他跟张衡主簿曾在朝堂上与众大臣激辩过，有人认为应该保守秘密，不让民间知道此次事情的真相。可是张衡却据理力争，一方面是为了能够更好地调用劳力，另一方面，偌大一个国家不能取信于民，只是为少数贵族的利益，那跟亡了有何区别。

张衡极力游说诸位大臣，那工作量可见一斑。再加上工程实在是浩大，各地的进度报告如雪片一样堆积在面前，让张衡一点都闲不得。车羽看在眼里，不由得打心眼儿里佩服。因为实在难以想象换成别人，事情会变成什么样子。所以他也时不时地帮张衡操持着。不过他考虑最多的还是这个坎儿能不能过去。天河泛滥，数日之间，桑田沧海，巨劫之貌，不敢想象。

民间已经开始有人逃难了，但洛阳城附近和几大主要城池还是秩序井然。官兵和劳工飞速地在街上穿行着，一个个神色凝重。就算如此，不管是谁每天早起的第一件事儿就是抬头看看天，寻找着那一两朵雨云和天河泛滥的征兆。

皇宫还是往常的景象，诸位大臣按时上朝，按时退朝，也不敢懈怠。只是他们大都在自己的家中，偷偷地打造着船只，以备不测。

车羽正伏身在深井旁，闭着眼睛听着动静。就在这时，木生忽然从远处走过来。车羽连忙起身，拍了拍袍子上的尘土，与木生答礼。

“车大人，草民木生见过大人。”

车羽笑着一抱拳说：“木生兄不必多礼，你我皆得张衡主簿施恩，可谓患难兄弟。不妨以后就兄弟相称吧！”

木生听完连连推辞，说：“不可，不可！木生乃一介草民怎敢与大人称兄道弟，实在折煞草民！”

“木兄礼过了。”车羽一边寒暄着，一边问木生，“但不知木兄缘何在此？”

木生说：“草民是个木匠，原是被皇宫征召，在司天监修殿筑台。现在又被征到城南工地，帮着搭建脚架，开凿深井来了。并不知车大人也在此，只是刚才远远看见，故而过来见过大人。”

“哦？你也来修挖深井？”

“是啊，这挖井工程浩大，几乎全洛阳的劳工都被征调过来了，已凿了数百口，不知能否抵挡住灾祸！”

“木生兄已经知晓洪灾之事了？”

木生挠挠脑袋，一脸惭愧地说：“草民都是听到一些谣言，但不知其详细，更是不敢乱传。”

“嗯。”车羽若有所思，然后伸手从怀中掏出一个锦囊，递给木生。木生不知是何意，只是赶紧接过。

“这个锦囊你且收好。”

木生看看手中的锦囊，四四方方的蓝色绢绣，上有收口。锦囊里略鼓，猜不到有什么东西。于是便问车羽：“车大人，这里面是……”

“木兄，你可知一物名为‘浑天仪’否？”

木生点了点头，说：“知道，就在司天监巡天台上的那个物件吧。”

“正是。”车羽肯定地回答，“这个锦囊里装的，就是浑天仪的打造图纸及运转方略，全由张衡主簿亲自绘写。先前在他入天牢的时候，一直交由我来保管，现在我把它转交与你吧。”

听车羽说完，木生吃了一惊，心想如此贵重机密的东西，怎能交给自己一个平头百姓，这简直是万万不可的呀！

可还没等木生发问，车羽便告诉了他原委。原来此番张衡出狱之后，督办避险工程。他与车羽在朝堂之上立下军令状，皇上亲口御言：若三月完不成工程，或三月洪水未至，他俩都将是死罪。对于此事，车羽倒是笃定不移。他相信张衡主簿的推断，也相信浑天仪的周密运转。所以只是一心加快工程建设，并不担心这个。可是有一天，张衡主簿忽然找到他说，让他寻一个知己之人，把这浑天仪的图纸转交出去。

车羽听罢一阵错愕。难道张衡主簿对自己没有信心！？可在他询问当中，张衡却告诉他说，虽然浑天仪能够精确计算出星体运行，但是知天易、逆天难。天要降灾祸于世间，就算你我先行知道，也不一定能改变。就好比你我泄露了天机，能逃过一死，也万难免于罪责，最后还是落得个不得善终罢了。

张衡的一席话，说得车羽心里颇不是滋味。车羽倒不怕死，依他的性子，生死远远不及让天下人知晓这件事重要。可张衡的忧虑也不是没有道理，若真的难以逃过罪责，那绝不能让浑天仪就此毁坏。况且他们赌上自己性命的“浑天说”刚刚确立，若因为他们二人的过错而灭失，那简直是最大的懊悔。

“浑天说”必须要让后人世代流传。车羽心里打定主意，便开始寻找这个能担负起“浑天”命运的人选。今日见到木生，他更加坚定了这个信念，因此把所有的想法都统统告诉了木生。

木生听罢车羽所言，“扑通”一声跪倒在地，一个汉子此时却已泣不成声。车羽连忙把他搀扶起来，两人双手紧握，就好像自家兄弟一般。

“车大人！”木生强忍着激动，“木生一定不辜负大人的期望！妥善保管此物！”

“嗯。”车羽重重地点了点头。

忽然，井下的玉冰瓯发出急促的响声，这是冰已经完全融化的象征。如此看来，这一口井也可以使用了。

木生和车羽瞬间转忧为喜，一齐七手八脚地拽起玉冰瓯。

午后的太阳很充足，但是照在人们身上却一点也感受不到温暖。因为城外猎猎的风不停地刮着，让刚刚抵达人们身上的阳光旋即被风硬生生地扯走，不留一丝温暖进入人心里去。

就在木生辞别车羽的时候，车羽又告诉他，如果洪水治不住，就赶紧逃走，并且只许走旱路，不许坐船。

“不让坐船！？”木生搞不明白是为何。就听车羽又说，此番劫难天地必有变动，若是一直走旱路往高去，那最终水退却之后，还会是在地上。但若坐船，便不知会被大水漂至何处了。

木生暗暗记下，揣好锦囊，辞别了车羽。

永和三年，十月初一，重云，凌日微光。

深秋的洛阳，天总是时阴时晴的，有些日子还会吹几次风沙。虽然不会很大，但也足以把人阻在屋中。不过洛阳人的热情是不会被这小小的风沙打消，一旦风停沙静，人们便会走出屋子，走向田野。这个时节正是洛阳牡丹好看的时候，红的、白的、黄的、紫的，一簇一簇铺满街道，要是站在高处放眼望去，整个洛阳城就好像是被牡丹给覆盖了，俨然繁花的海洋。

人们喜欢花，也喜欢海。许是洛阳人离着海太远了，经年也见不到，所以才要把二者结合，让这美轮美奂的盛景不绝于世。人们行走在花海中，脚踏着坚实的大地，欣赏舒心的美景。那醉心的感觉甚至会让人飘飘然，根本不记得是走在路上，还是漂在海中。或是独行，或是相拥，就算是完全陌生的人走在街上，也会互相颔首，报以微笑。牡丹的香气弥散在人群中，像潮水，像微风，就仿佛是人和人之间被这满溢的花香连接着，哪怕仅仅是一瞬间的幻象，在清醒之前，牢牢抓住享受一丝一毫的快乐也好吧。

如果有时间，定要好好地去看看那漫山遍野随着山峦起伏的桃花，也要细细地去闻一闻牡丹花开时的香气。车羽时常这么想，若是再能品上一口花瓣茶，那该多好啊。

只是三月过去了，工程却没有完成。而最关键的，一滴雨都没有。秋旱笼罩着这片土地，人们渐渐在劳作中忘记了灾难，也忘记了质疑。

但有些人却记得。车羽到现在都记得那一天承太师脸上的表情，那奸笑着扭曲到一起的脸，仿佛每一道横纹都要把他置于死地。

最后，皇上直冷冷地抛出一句话："剜去双眼，吊在街市口，晒死。"

也许是车羽记错了，这句话是承太师说的，又或许这正是满朝文武的内心里同时回荡着的一句话。但就在那一瞬间，车羽看清楚了，直看到人的心里去了。

幻象破灭后，一切都已是冰冷的残局。张衡和车羽被吊在街口的长杆上，在等待着死亡的降临。

“车羽，要到晚上了吧。”张衡问车羽。

“嗯。”

“我感觉到风比刚才变大了。”张衡的声音沙哑，“只有太阳落山的时候，气流会有变化。城里人多，不如山上明显哪。”

“嗯。”车羽的气息很微弱。

“车羽，明天是初二吧。”

“嗯。”

“我计算着日子呢。咱们被挂到这里已经有三天了。可老天爷还是不给下雨，哎！”张衡叹了一口气。三天的时间滴水未进，已经把这个老头儿折磨得不成人样。但他依然强打精神感受着周围的变化，心里也一直没有停止计算。

“车羽，我觉得挖了眼之后感觉更敏锐了，是不是。”

“嗯……”

“我的脸能感觉出来，这几天好像又燥了不少。可怜老天爷不给老百姓活路啊，横竖都是一死，横竖都是一死……”

“车羽，我昨天夜里又计算了一遍，时间上好像少算几天，莫不是咱们没把数据摘录完全吧？嗯，定是没有弄全。然后我又少算了两天，那照这样说，这几天却应该见雨点了吧？你说是不是啊，车羽。车羽？车羽？”

风，逐渐淹没了张衡的声音。夜已经降临在两人，或是一人身上。那漫天银河里的星斗倾泻下来，就好像是落雨一般。

洛阳城南，绿竹村。

幽静的绿竹林里依然是以前的样子，无论外界怎么改变，都无法穿透这绿竹的屏障。潺潺的溪水从竹林中蜿蜒流过，仿佛一夜之间就能把所有的改变和伤痕全都修复完整。

这会儿正是清晨，木生又早早地起来，拿上斧锯，“咚咚”地干起活计。木生做得很认真，他丝毫没有注意到，今天的竹林和以往若有不同。

那经年累月环绕在林间的雾气，仿佛一瞬之间被风吹散了。竹枝和竹叶全都显现出来，让林子越发的苍翠。

木生娘慢慢地走出屋，她仍裹着围裙，手中拿着面托。

“木生啊，你这弄啥嘞？”

“做活儿。”

“在这儿？做啥活儿啊？”

“俺打棺材。”

“棺材？给俺？”

“不是。”木生低着头干活，汗水从两鬓滴到木料上。

“俺给张主簿，还有车大人。”木生擦了把汗，“打两副好棺材。”

“哎……”木生娘叹了口气，“弄吧，弄吧。打两副好棺材，送两位大人好好上路。”

木生娘说着，擦了擦眼角流出的泪水，随后把面托放到木生旁边的石桌上。

“我说孩儿啊，你可要快点儿打。我看这天哪，就要变了。”

要变天？木生心里咯噔一下，然后转过身，问道：“娘，你说啥要变天？”

“我说这老天爷要变天。”木生娘一指四周，“你看看这林子，这绿啊，这么翠，指定是要变天啦！要下雨啦！”

木生这才注意到四周的环境，果然这雾气消散后，竹林越发绿得苍翠，绿得那么不真实，仿佛从竹叶上面都会有颜料滴下来。

“要变天,要下雨？要变天,要下雨！”木生忽然嚷嚷起来,“娘！这是要下雨！”

木生娘被儿子这突如其来的变化吓了一跳，还未等她回过神来，一滴水落在她的脸上。木生娘伸手抹了一把，晶莹的水珠散开在手心，一尘不染得就好像是林中的溪流。

竹林的翠绿终于酝酿到极点，爆发了。沙沙的响声之后，倾盆的大雨从天而降，是那么突然，又那么急切，就像是要洗刷掉世间的一切似的。

木生站在雨中，任凭雨水狂暴地打在脸上，而没有半点要躲开的意思。磅礴的大雨肆意地倾泻，那力量狂躁而决绝，不给风任何扭曲它的机会，直勾勾地打在地上，楔入土中。

木生忽然想起了什么，他跳着脚，来到屋檐下，连忙从怀中掏出一个锦囊，然后小心翼翼地把它打开，取出里面的纸。

纸上有两行字，但是被浸了雨水，有些散墨。木生赶紧扯过袖子擦拭起来，然后又用嘴轻轻地吹气。只见乱墨散尽，两行字映入眼帘：

“花开一世界，雨落三千河。”

收藏

文／流沙

飞船刚在港口停稳，雷德便迫不及待地背着鼓鼓囊囊的背包穿过接驳梯。

“萨迪尔馆长，久仰大名。”他努力控制自己的目光不要在对面的怪物身上多做停留，但又抑制不住好奇地打量着。

羊头人身，披着棕褐色的毛发，粗壮的蹄子支撑起近三米的身躯——如果不算头顶那对黝黑的犄角和一捧草的话，它就像是从希腊神话里走出的潘神，橙黄色带着竖瞳的眼球似乎要把你的过去和未来都看个通透，一看就是个难缠的角色。雷德想到一路跋涉所收集到的情报，他几乎可以预见这笔生意的前路坎坷。

“欢迎来到萨迪尔博物馆，来自 AK47 星区的雷德先生。”羊嘴中竟然吐出了标准的银河通用语，这倒是让雷德惊讶一下。

“通常情况下，我更希望您能称呼那里为银河。”

“啊，是的，来自银河的雷德先生。”萨迪尔毫无歉意地做了一个请的手势，“相信您的到来一定可以丰富鄙馆的馆藏。”

傲慢，雷德对这头老山羊的评价又多了一个词。他打开背包捧出一本颇有年头的古书。

“如您所见，这是一本古地球藏书。它的历史可以追溯到古地球历公元前 500 年，折合宇宙历的话应该是……”

“雷德先生，鄙馆并不以时间久远作为藏品价值的衡量标准。不过，我仍然愿意欣赏一下你的藏品。”萨迪尔挥挥手，无形的力场托着厚重的古书落到它的手中。

足有四十厘米厚的牛皮书脊在萨迪尔手中显得小巧玲珑。它的手指捻动着书页，从最初的数分钟一页，到后来连成一片的哗啦声。雷德开始怀疑这头老山羊是否读得懂那晦涩的文字。

“瞧瞧这尺寸，它正适合您！”雷德煞有介事地恭维道。

萨迪尔用沉默回应恭维，雷德只得悻悻地闭嘴，很快它合上书：“这就是您此次带来的藏品？”

“是的，整艘货船都是从古地球搜寻的孤本，它们记录了人类从蒙昧时代至今所有的文明历程。”雷德没有说的是，从几乎是废墟的建筑里搜寻出这些玩意儿几乎耗尽了他的家底。对金钱近乎本能的敏锐嗅觉告诉他，这个位于宇宙尽头的博物馆必然会接收这些古书——而且比他预想的价格要高得多。

“这就是你们银河人类所谓的‘书’？”

“古书。”雷德强调。

“很抱歉，雷德先生，鄙馆无法用这种货物滥竽充数。”

这头披着堕落神祇外衣的狡猾外星人！或者是这头老山羊根本看不懂这书的珍贵？一定是了，他几乎飞一样地翻过半本书。说不定，他只是想要掩饰自己读不懂古地球文字的窘态。

“我想，您还没有意识到它的价值。”雷德靠在椅背上，用毫不占优势的身高做出一副高高在上的姿态，“它代表了整个银河帝国从无到有的发展史，其中包括了宗教、历法、政权、人文、科学，所有你能想到的历史都在这里。它们是整个银河文明的见证者，仅此一点足够令全宇宙的收藏家们趋之若鹜。此外，书写它所使用的古地球语言仅仅是一个分支，对于研究古代语言有着极高的价值。”

“说到语言，”萨迪尔眯起魔鬼一样的竖瞳，“你们银河人类所谓的古书，采用有机纤维聚合体作为文字载体。这种叫作“纸”的载体不仅难以保存且效率低下。而且，你们人类居然仅仅使用了两个维度，白白浪费了 90% 以上的空间。所以，我认为它比赛博坦人的硅晶体芯片还要落后。当然，赛博坦人的硅晶体也只是相对先进而已。”

“此外，在现存的文明中，银河帝国文字——当然也包括古地球文字——是一种效率异常低下的信息载体。我曾试着学习这种文字，所以才能够在这里与你交谈。但是，它庞杂的分支语系和书写规则，众多的词根与基础符号，还有难以统一的发音、模糊的指代。相信我，没人会想体验第二次。文字是交流双方在不借助任何外物的条件下能够精确理解对方的信息载体，比如赛博坦人的二进制文字。”

萨迪尔招了招手，一罐白色的烟雾出现在雷德面前。

“一团棉花糖？”雷德不确定地问。

“赛博坦星内战全记录。”萨迪尔撇了撇羊嘴，“赛博坦人制作的单原子硅链，全长 1.5 光年，由硅的两种同位素交替排列组成一串二进制代码。利用赛博坦人的二进制解读技术，可以还原出赛博坦人长达 1 个宇宙年中发生的任何一场战役，精细到了每一名赛博坦士兵的动作，每一枚炮弹的发射角度。不管是冷兵器切割机械躯体的声音，还是长老院在核爆中气化的闪光，都被记录进了你眼前的这团棉花糖里。”

烟雾突然消失，取而代之的是一瓶琥珀色的液体。

香水？雷德咽了口唾沫。

“利用信息素交流的格鲁特人谱写的格鲁特王朝史。瓶中的混合信息素只需要与氧气接触即可阅读。随着氧化程度的不同，信息素的成分会发生微妙变化。格鲁特人长达200个宇宙年的历史：每一位格鲁特女皇的生平都记录其中，每一场皇位争夺战都有详细而精确的描述。”

萨迪尔再次挥手，那部记载了格鲁特王朝史的香水被一幅巨大的画卷替代。雷德扬着脖子，说不出话来。

“印迦人的百科全书。从恒星诞生的印迦人用电磁波交流，波峰的高低，波长的长短，每一个噪点和不连续点都被充分利用。这件藏品记录了印迦人所有智慧的结晶。如果不是超新星风暴的影响，它们应该已经推导出大一统方程式了。当然你所看到的只是可见光部分，并非全部。

“如你所见，以上才能称之为真正的书籍。在信息传递的途中，每多一重载体，就会使信息产生一次畸变。我将你们银河帝国文字称为‘次级文字’。次级文字会对文明的发展产生难以估量的内耗。银河人类能够建立银河帝国文明真是太侥幸了。然而银河帝国已经没落，再次说明了在次级文字基础上建立的文明不可能长久。”萨迪尔晃动着硕大的羊角，口中啧啧有声，不知是赞叹还是嘲笑。

雷德的额头浸出细密的汗珠，一颗心脏在胸膛里不安地敲打肋骨。他已经无法判断萨迪尔的行为究竟是谈判的手段或者自己手中的古书真的一文不值。如果是前者，这笔生意将会比预想中的更加艰难；但如果是后者，他将赔掉所有的家产。

他小心地调整呼吸，多年跋涉于各个星球之间的行商经验让他很快冷静下来。

我必须再试萨迪尔一下，他想着。“萨迪尔馆长，我从遥远的银河系跋涉而来，穿越了无数个虫洞，来到贵馆，自然没有将货物原封不动带回去的道理。您是否考虑……”他慢条斯理地布置陷阱，拼了命地想要从那张羊脸上读出一丝异常波动，但很快他就失望了。

“我很抱歉，雷德先生。但银河帝国早在5.3个宇宙年之前就已没落。宇宙中的文明数以万亿，不能长久存在的文明是没有必要被铭记的。有句老话说：失败者没有资格决定自己的墓志铭。”

雷德感到心脏已经停止了跳动，灰白的脸色令他瞬间苍老许多。

“可是……”

“不过，我倒是有另一桩生意想要谈谈。”萨迪尔狡黠地说。

该死，我上当了！它从一开始就看上了别的东西！雷德懊悔地想。可是，除了那些废纸，它还会对什么感兴趣？

“雷德先生作为第一个到访鄙馆的银河人类，让您空手而归就是鄙人不周了。如您愿意，我想求购一份AK47星区也就是银河系星图。至于价格吗……包您满意。”

雷德不由得长出一口气。星图，这头老山羊盯上了的竟然是这样东西！他感到一阵幸福的眩晕，同时对外星物种扭曲的价值观感到惊诧。

“不知您的出价是……”对于手中价值未知的商品，决不急于自报价格，这是行商的常识。

“您所提供这些‘古书’价格的两倍，如何？”

“成交！”雷德跳了起来，“我现在就把‘阿喀琉斯号’的备用星图拿来！”

“不，雷德先生您误会了。我要的并不是您那艘飞船上使用的航行星图，而是存在您大脑里的那份星图。”

“你说什么？”

“我们已经说得很明白了。您所谓的星图本质还是由次级文字书写，其中存在很多误差甚至歪曲。这样一份星图对我来说没有任何收藏价值。反倒是您作为一个行商，跋涉银河各个星球时的所见所闻所记录下的星图更加准确。”

雷德已经不记得自己是第几次震惊到说不出话来。

“银河人类的大脑采用生物电位刺激细胞产生特异的化学反应记录信息，这种记录方式不仅经济而且能够反复阅读，相比格鲁特人那种一次性的书籍要高明许多。所以，我想要的是存储在您脑子里的那份星图。”

“你是说，你要我的脑子？”雷德艰难地问道。

“是的。”

“我的脑子，要比整舱古书更有价值？”

“显而易见。”

雷德压制住想要拔出手铳轰掉那张山羊脸的冲动，咬牙切齿地说：“你应该知道，挖出脑子对我意味着什么。”

“请您放心，失去脑子不会对您造成任何影响。若您能坐下来我会很详细地向您展示这项技术。”

雷德努力地思索着其他可能性。良久，他重重地出了一口气。

“愿闻其详。”

3 个宇宙秒之后，雷德与萨迪尔来到接驳梯。

雷德志得意满的表情始终笼罩着一层忧虑的阴霾。他用手指敲了敲额头，似乎能听到里面空荡荡的回音。事实上他的意识还在，甚至比之前更清醒，思路更清晰。可每当他想起卖掉了自己的脑子，就会不由自主地敲一敲额头。这个习惯会在未来的很长一段时间里伴随自己，或许直到停止呼吸的那一刻。

“雷德先生，萨迪尔博物馆欢迎您再次光临。”

我可没有第二颗脑子卖！雷德翻了翻白眼。“我想，方便的话，再看一眼我的脑子。”毕竟是亲密合作了半个世纪的老朋友，总要好好告个别。

“当然，没问题。”一只浸泡在营养液中的大脑漂浮在两人面前。

粉嫩的大脑上覆盖着密密麻麻的血管，曲折的沟回将脑球分割成复杂的迷宫，甚至会伴着呼吸的节奏轻微地收缩舒张——像是拌上辣椒油的豆腐羹。

雷德突然想到一个问题，“它还活着吗？我的意思是，我是行商雷德，那么它又是谁？”

萨迪尔眨眨眼睛，竖瞳中闪着光芒：“它只是一份星图而已。”

外星遗迹上的三叶虫

文／武夫刚

我是调剂到外星学专业的，大学四年间一直在考虑转专业。毕业了以后才知道，转专业只能去行业的最底层，还是本专业的工作好些，至少有旱涝保收的稳定薪水，和同事有共同语言。于是和其他同学一样，我乘船时空跳跃到三光年之外，在一个外星遗迹实习。

那是一个随处可见、毫无特色的外星遗迹，力学构造、人文特征都与教科书上的典型乏味例子一模一样。在这个人人面无表情的考察基地里，所有的成员都是男性，电脑网络连不上地球，每日单调地测量、计算，写出统一格式的无趣报告，一天过得像一个月，唯一的区别是心里的烦闷与日俱增。我羡慕在沙漠、荒野工作的人，沙漠的沙子、荒野的沼泽泥水，那是让地球人感到很亲切的东西。而在宇宙的深处，这巨大的遗迹里充满了极度陌生的人文特征，完全无法让人理解和共鸣，只会让人做噩梦。

就是在这样的一天，我又一次从噩梦中醒来，在床头呆坐一刻钟后，彻底睡不着了，穿上打了补丁的太空服，到遗迹外圈从没去过的地方散步。目前，这个体积 66 立方公里的遗迹还有九成区域是人类从未涉足过的，找个全新地方踩一踩，是我比较喜欢的解闷手段。

无数重复的六边形结构令人眩晕，和星空一样深邃，也和星空一样沉默。所有外星遗迹的主人都不知所终，要是我们可以解开遗迹的主人是谁，去了哪里的谜团，找到外星人，可就把这一行干得出人头地了。我现在还常这样想，而师兄则嗤之以鼻，他问我什么时候才能忘掉那种不切实际的念头。

这一次，我在柱子的花纹上看到了一个古老的小小凹痕，是遥远陌生外星遗迹的一部分，而凹痕的形状竟然很熟悉，让我毛骨悚然。

凹痕的形状是一个三叶虫。

我跌跌撞撞地跑回去找师兄。

师兄被我叫醒时一脸不爽，但是听到“三叶虫”三个字之后，兴奋起来，一跃而起，说：“在哪里？”

师兄三十多岁，和我是同一个学校毕业的，不过论年龄不知道该算是我哥哥辈还是叔叔辈。从我来到遗迹见到他的第一眼，他就一直是负能量的发射塔，只消一个月，他喜欢说的话我已经能够完美模仿：“有什么用？还不是那样子。省省吧。生活就是恶心，恶心就是生活。开心？趁早别想。”

今天第一次见到他如此有精神。

师兄珍爱地抚摸着三叶虫形状的凹痕，我则在一旁大气也不敢出。三分钟后，师兄起身抓紧我的肩膀，通过头盔里的无线电对我说：“让我来写这个发现报告吧，我来做第一作者，给你做第二作者，好不好？”

我说：“没问题啊，让我写这个报告我也不会写，我根本不明白它为什么像个三叶虫。”

师兄说：“你以后会知道的。我在这里熬了十六年，这次这个三叶虫将是我评职称的唯一希望了。小子，不，老弟，你是我命里的福星，以后你有事找我，只管开口，刀山火海，我决不皱一皱眉头。”

我说：“好说好说。可是这里为什么会有一个这种形状的凹痕呢？外星人为什么要雕刻这种题材？他们见过三叶虫？到过地球？可是地球上没有外星人的痕迹。”

师兄面色平静了一些，说：“外星人没有发现过地球，这也不是雕刻。这是化石，是真的三叶虫。”

这话听得我腿都软了，扭头望着画满了古怪花纹的千千万万个六角形钢架：“这是三叶虫造的遗迹？”

师兄露出哭笑不得的表情：“怎么可能？”

我说：“那三叶虫是哪里来的？”

师兄说：“从地球飞过来的。以每秒几百公里的相对速度撞击到了这个遗迹上，即便是三叶虫和钢铁之间的冲撞，也会留下这样一个印子了。”

我呆住了，张了几次嘴，都没有发出声音。

师兄说：“脑子转不过弯来吗？只要来到外层空间，被太阳风往外吹，经过几亿年，也可以飞到这里了。光速是你速度的一亿倍，光用三年所走的行程，你走一亿年也差不多该到了。在比这更远的地方，甚至十几光年之外，也有发现三叶虫化石的报告。”

我说：“可是，为什么三叶虫会去外层空间呢？”

师兄叹了口气，说：“它们都是进化的失败者。”

在四亿年前，大气、海洋之中都布满了各种各样的三叶虫，占据了各种各样的生态位。那些在生态竞争之中受到排挤的种类，就只好到陆地、高空这种荒凉、贫瘠、缺少资源的地方生存。

师兄说：“和我们这样的人一样。被社会所抛弃，那些肥美的生态位都被挤占了。我们留在地球上只有饿死，在这里才能苟延残喘，然而在这里待久了我们能得到什么呢？看看这三叶虫，它们得到了什么？永远在荒凉和高辐射的太空之中流浪，和我们一样。”

它们之中的弱者不断地被排挤，越来越往荒凉的地方去，努力以它们的小小生命去适应那些环境。无法适应环境的都死去了，灭绝了。在三叶虫统治地球的三亿多年里，和现在一样，每分钟都有物种灭绝，从这灭绝之网的细密网眼之中漏下而活着的，都是奇迹。整个大气层都没有它们的容身之地，它们之中大部分死去，有一些变异出了可以不依赖氧气，只依赖阳光的能量存活的能力，飞向了外层空间。在外层空间，它们又被太阳风吹往远处，吹往越来越寒冷幽暗的地方，在进一步的残酷筛选之中，只有那些可以借助宇宙射线的能量生存的种类留了下来，飞向太阳系外。它们几亿年来一直就那样生存着。

和师兄回到居住舱，一路上我和他都没有再说一句话。这件事不敢多想，再想一想就要哭出来，可是我怎么能控制住自己不去想呢？

次日早晨，在出舱前集合时，队长厉声问我：“哭什么？”

队长是个苛刻的老头子，从来不笑，天天骂人。要是没有这么个队长，或者队长的脾气好一些，也许，能让日子好过很多。

我豁出去了，对他哭喊：“没希望，还不让人哭？要不要我死给你看？反正活着也没什么意思。”

队长镇定地说：“没有不让你哭，我年轻实习的时候也哭过。你这是遇到什么事了？”

我把三叶虫的事，和进化歧路的想法告诉了他。

老头子扫了我旁边的师兄一眼，说：“职称有望了？不错。”

师兄搔了搔头，说：“也就那样，没啥好的。”

老头子抓住我的肩膀，对我说："我不说你想得太多，干我们这行的，本来就应该是人类之中最能想的人。但是你们对前沿的东西了解得不够，想歪了，今天我来用前沿的东西给你们两个打打气。"

看来，师兄喜欢抓人肩膀这个动作是深受老头子的影响。

我不相信塞满学术名词的唠叨说教可以消解几亿年尺度的忧伤。不过老头子愿意说，我也只好听着。

老头子说："遗迹的内部自动活动，你应该已经了解。"

遗迹的机械结构，是遗迹的主人留下的，可以对遗迹进行自我维修，其中的科技并不特别高深，不过电子智能的部分是人类还没有理解的。毕竟拆钟表容易，而解析芯片与代码比较难。

六角形的结构会逐渐扩大，从其中再建立出小的六角形。整个过程在真空之中极为缓慢，经过数年的观察才能写出一点报告，描述它又生长了几毫米。那正是遗迹考察工作里最磨人的事。

老头子说："这个东西是最有意义的。前沿的学说，都在想办法解释这个问题，最终解释外星遗迹的主人去了哪里。地球上每天发邮船，时空跳跃送来期刊学报，你得认真看才对得起那样的投入。最近自生物学说占了上风，我们可能已经很接近事情的真相了。"

我说："自生物学说是讲什么的？"

老头子露出微笑，说："用遗传密码拟合出了钢架上的花纹，这些花纹不是人文特征，而是遗传特征。所以，整个遗迹就是一个巨大的生物，机械结构所做的不是维修，而是愈合与生殖，现在我也支持这种观点。"

他皱纹老脸笑起来很难看，不过这是我第一次见到他的笑容。

老头子说："这些外星生物，走的是和太空三叶虫一样的道路。我们从来都认为外星文明既然可以造出这样大的遗迹，太空航行这么远，就一定远超过现在人类的科技。但其实，这些就是外星生物的本体。现在，你们还觉得这是进化的歧路吗？”他拍了拍休息舱墙上的遗迹照片，“那么，它们那些走正路的亲戚，现在在哪里呢？”

我望望窗外清晰的巨大六角形结构，又望望来自千百光年的璀璨星光，努力去理解这个新的视角。

也许是在比三叶虫更早的时候，是在几十亿年前，这些生物的先祖和太空三叶虫一样，被挤出了它们的生物圈。但在那之后呢？它们继续进化时，所处的环境和视野就完全不一样了。它们的世界变得不再是天和地之间，而是无垠的宇宙。它们失去了易于生存的家园，但是却获得了太空之中的巨大能量和无限可能性。

和那种封闭在暖洋洋大气圈里的物种相比，只有这些“遗迹生物”跨越了数百光年，甚至可能是数万光年的距离，来到我们这里。至于在它们的故乡，它们的沉湎良好环境的同族，即便经过几亿年之后存活到现在，也只不过留在被遗忘的角落里，发愁怎样才能成批量地移民太空，或者担心在太空的别处找不到合适的居住地。

老头子说：“什么是进化的正路，什么是进化的歧路？是地球上，还是我们这里？什么才是人类真正的未来？”

我激动起来，瞄一眼师兄，他竟然比我还要激动。

师兄说：“队长，你从来没有告诉我这些。”

老头子说：“我说过，这些都是最近的新发现，你们认真看文献的话也能看到它的脉络。你们大概在见证学术界的历史，见证着一场正在发生的学术革命，人类认识宇宙与进化之路的方式将因此而彻底改变。”

师兄没有再说什么，用力扣上老旧的太空服头盔，扣紧颈扣，扛起激光测量仪，出舱去了。

我也久久没有说话。看着这几十立方公里的宏伟生物，再想想人类的未来，我觉得什么言语都不是我内心合适的表达。宇宙虽大，却装不下我此时此刻的热情。

奋战三个小时以后，我在独自的工作中歇下来，钻进小休息舱，掏出干粮，忽然想到一个问题。

据我所知，不仅我和师兄是光棍，队长也是个老光棍。

生殖繁衍，这是进化正路还是进化歧路，又有我什么份儿呢？

我的室友徐志摩

文／李维北

1

未婚，二十五岁以下，丰富的各种尖端产品体验，业界名声良好、绝不泄密。

我一再审视自己的简历，准确说是上面对自己的优点介绍，第一次有些没信心。公司将我停职已经三个月了，他们的理由很是好笑：魏凯，你过于追求前端不成熟的东西，对公司的评测权威性造成了严重破坏。

我当然知道，最好的评测就是市场检验之后的东西。可没有预见性的评测算什么评测？那充其量算个总结，还是东一点西一点拼凑而成。这不负责任，且毫无乐趣。就像评论员，大胆预测球队胜负状况固然会被喷得满脸土，但正确结果带来的喜悦是对从业者最大的肯定。

我对旁边认真看书的室友说：“徐志摩，过来帮我看看。”

他放下书，“哦”了一声，推了推眼镜，走过来。徐志摩自然是外号，他姓徐名秋覃，颇有地下党风格。不只名号如此，他的作风也是。徐秋覃每天要么看书，要么坐在电脑前听古典乐，玩游戏永远是俄罗斯方块。问他还会不会其他，他总是老实回答："还会扫雷和纸牌。"衣服永远得体合身，西装外套、衬衫、皮鞋、长裤，头发归拢到脑后，说话时习惯性地停顿一下，然后说出得体言语。

我呢，一身肥大套头衫，居家裤，赤脚在屋子里跑来跑去。如果不考虑我们年龄接近，大概我应该在这个家庭里扮演儿子的角色。

徐秋覃看了看，停顿一下，嗯了一声。

"我认为，这份简历背景过于……花哨了。"

我有些不爽，再度审视电脑，背景选成复仇者联盟大战异形铁血人，这明明很有创意。评测工作就需要创意。

他指了指一个空白模板，然后又说："可以将获奖经历、从最初入学到现在都罗列出来，然后去找老师、以前单位要来推荐信和证明，话语谦虚一点，尽量表达自己对企业的尊重，末尾添上敬语。"

我忍不住火大："你不过一个卖房子的，怎么这么多鬼要求？你懂我们行业吗？你身上有虫子！"

他惊恐地浑身找虫。

我摔门而出。

2

我双手插兜漫步在十一月的大街上。现在正值中午，本来我该泡一袋子泡面配点火腿肠，这样就可以节省一点。然而现在离开了租的房子，又不能没皮没脸立即回去，我找了个便宜小店，里头有暖气，让我穿人字拖的脚不那么冷。

旁边有对情侣正在谈论一款体感设备。那是我评测过的产品之一，它的全球发布会只邀请了五百人，我就是其中之一。四个月前我坐在豪华会堂谈笑风生，四个月后，我却只能躲在小馆子里吃面，借暖气暖和双脚。这让我有些伤感。

我翻出哔哔叫的手机，是短信。

催还信用卡的，催缴话费的，催网费的，卖东西的，以及徐秋覃的。

“对不起，我不知道那么说会让你难堪。我没有别的意思，希望你不要介意。”

看看，看看，多么一本正经的口气。此人从里至外都透着一股老时代的气息，没有多余符号，没有表情，简洁的书面用语。

我用筷子扒拉着碗里的牛肉，脑子里回想我们认识的过程。

那是三个月前，我忍不下停职这口气，一面不肯主动辞职，一面到外头去找工作。可对我这样的月光族而言，断粮一个月就要了命。于是我只好从三居室里搬出来，讨回了部分押金，然后去找了一个足够便宜的房子。一居室的房子找不到，我租二居室，在小区外贴了招募室友的条子。当天我就收到电话，那人说他想合租。

我去下面找到他，他还在看着我墙上贴的字条。

这是个西装革履的男人，年纪二十几岁，不过脸部看起来有些迷茫，他看着我：“你好，打扰了。”

看过房间，他点点头，就开始整理他的房间。为谨慎，我打听他的工作，他自称在卖房子，才过来这个城市没多久，再问下去，他就露出一副为难的样子。

“对不起，实在不方便相告。”

我怀疑他是个从过去穿越到这里的人。乍听起来好像很可笑，可我是有根据的。首先，他是出现在外面直接给我打的电话。按现代人的常识，电话诈骗实在太稀疏平常，他却直接在楼下等我，可以设想为穿越直接到了这里。第二，奇怪装束，哪怕说他来自民国也毫无破绽。永远一身老派黑西服和白衬衫，料子不错，没有标签，似乎是定制的。第三是相貌，头发一丝不苟，用发胶固定。让我无法接受的是，他长得和我极像。这是一次他洗澡出来后，头发垂下来我才发觉。我偷偷将头发梳成大背头，看着镜子里的自己，简直是另一个徐秋覃。

我打电话给父母打听，是不是我还有什么失散的兄弟之类，结果被骂个狗血淋头。

3

除此之外，我还怀疑过他是邪教人员，比如“复古会”什么的，或者科学怪人，为隐藏身份做了整容手术，甚至想要干掉真的我。

不过，再看看这个人，吃饭永远不会发出吧唧吧唧的声音，洗澡必须反锁门，没整理仪容绝不出门，厌恶虫子，会在可疑的地方喷上杀虫剂……当徐志摩看见虫子时，那眉毛因害怕而抖动得厉害，简直好笑。

我又常常想，他是不是个花木兰什么的。

但是，志摩确实是个好人。

我这个人也许有些以自我为中心，但做我们行业就必须保持一颗平常心，不能被自己的喜恶给牵着走。我们拼桌，他做饭，我洗碗，我习惯性偷懒，结果最后他还是默默地将碗刷干净。每次出门他都会不厌其烦地问我，需不需要他帮忙带什么东西——因为我总是宅在家，又处于待业。

他的这种性格应该会受到欢迎，可我问起他其他朋友，他就会表现得有点难过。我懂的，有的人就是这样，越是少朋友，越是想要能够让自己更好，以为这样就能改变现状。其实不是的，交朋友只需一点：主动出击。

对于徐志摩的不满，很大程度上只不过由于我对于自己现状的自卑与愤怒，和他本人无关。我已经很多年没有这么毫无顾忌对人莫名其妙发火过了，但是真的很减压。

我现在心里充满愧疚，准备去买点什么给徐志摩补偿，比如他最爱的俄罗斯方块周边产品什么的，这样的好室友可不是随便都能够遇见的。翻了翻网上银行，显示余额为一百二十八块，甚至这个月的泡面钱都危险。

突然我想到了房租，完了，这一季房租也用光了，押三付一，这个月房租钱不够。我只好硬起头皮拨通房东电话。

“我上次上门，你那位室友已经帮你交过了。”

我一时有些蒙了。

上次，是我在外面求职的那段时间吧。徐志摩根本没有说，再一次默默做完。他付出了很多，而我却只能看着一百二十八块余额发呆。

我推开玻璃门走了出去。

在商场逛了一圈，我在被人遗忘的角落找到了一本厚厚的“俄罗斯方块起源”，附赠一盒俄罗斯方块拼图。结账后我的账户还剩下八十二。

但无所谓了，有的事不必想太多，如果一个人认真对你好，应该珍惜这种来之不易的人与人的缘分。特别是，那时候你处在人生的最低谷。

我打开房门，他正坐在电脑前，专心致志地玩俄罗斯方块，不断的消除声似乎让他很愉快。

“给你的。”

我将书丢给他。

徐志摩看了看，停下了手中游戏翻起书来。

“这是很久没加印的书了，网上影印本都没有，谢谢，太谢谢了！”然后他用力抱住我。

“我只是看着在打折，买纸巾时顺便看到……”

“从来没有人对我这么好过。”

这家伙还是抱住我不放，想想还真是可悲，不过买了本书给他而已。

然后我听到一阵嘈杂声。

房门被推开。

一个西装中年人从外头径直走进来，面带喜悦。

“恭喜恭喜，目标终于达成了。”

另一个人从徐志摩房间里走出来，和他握手。

原单位的直属上司走到我身边说：“辛苦了！”

然后徐志摩也对我鞠躬：“三个月生活，感谢您照顾。您是我的第一个客户，请对我打分。”

见我一脸惊愕，上司给我解释。

“这是最新研制的智能机器人‘室友款’，为检测是否真能融入人类生活，我们将你作为评测师，当然，是亲自来体验。你不是说过吗，未知的东西才有体验的乐趣。对吧？明天回来上班，你的奖金工资一样不少，老大还说了要提拔你做总监助理呢。”

我露出一个勉强的笑容，看了看彬彬有礼的徐志摩，将手里紧握的东西藏在裤兜深处。

那是一张小光盘。买书时顺便看到，店员说这种新产品是在古典乐里混入人耳听不到的超声波，用来驱赶蚊虫，环保又优雅，就是比较贵。

我把卡刷成了赤字。

我请求成为天空的孩子

文／赤膊书生

1

阳光晕染到海水深处，海天相接处呈现出一片紫苏色。这一片海域聚集着二三十个鲲人，风浪不大，我们轻轻摇动深叉形的尾鳍，努力保持平衡。这些鲲人屏息着，死死地盯着海面，海面平静得像一块墓碑。

我听到有窸窣的讨论声，他们很不安——俊骁已经下去太久了。但我依旧淡定，对于普通鲲人来说飞行蓄力或许用不了多长时间，但他不一样，他是俊骁，这一代最强的飞行者。

海面被掀开，像一次爆炸。俊骁一跃而出，他的皮肤呈现出一种耀眼的乌金色，犁骨、颚骨都异常宽大，胸鳍像山丘一样隆起，发达得不逊于头顶的翼龙。最关键的是，他天生没有会阻碍飞行的幽门盲囊。所以他是最擅长冲跃飞行的族人、飞行记录的保持者。

他向上飞去，又薄又宽的翼膜展开，开始滑翔。这一次他的初始腾跃达到了 3 箭的高度，很接近他创造纪录的那次。

向上的冲势很快结束，俊骁开始下坠。他忽然在空中改变了姿态，将背部朝向海面，背部的腔管中急喷出一股水流，借助水流的反推力，下坠的势头止住，他接着上升。最终他达到了 12 箭的高度，新纪录产生了。

人群发出了欢呼声，他们的神色里是由衷的崇拜。我是例外，我不崇拜俊骁。

我看向菁雅，想看看她是否也显露出崇拜的神色。还好没有。她神色平静，身上的斑纹在阳光下显得格外深邃。

菁雅好像察觉到了我的动作，她拍拍我的胸鳍说：“不是只有飞得高才叫有出息。”

我知道这是菁雅对我的安慰，但这安慰是无力的。事实上，在鲲人的观念里，就是只有飞得高才叫有出息。我的胸鳍天生比同龄族人肥大得太多，尾巴却又远没有他们强壮，这样的身材极度不适合腾跃。族人认为我注定与飞行无缘。

俊骁一个优雅的挺身落回海中，又响起一阵喝彩声，他缓缓朝我和菁雅游过来，他看向菁雅的目光充满热切，他说：“菁雅，这次我可超过你了啊。”

菁雅说：“恭喜。”声音中听不出太多的意味。

俊骁看了我一眼，毫不掩饰目光中的鄙夷，他对菁雅说：“我真的不懂，作为族人中飞行能力仅次于我的人，你怎么会和这个又肥又蠢的家伙混在一起？”

菁雅说：“青河并不蠢，你是族人中最能飞的，不代表你可以出言不逊。”

我冷冷地看着俊骁说：“你们的那种方式，根本就不是真正的飞。”

俊骁笑道：“可是你连这样简单的方式都做不到。”

“总有一天，我会比你们飞得都高。”我昂起头，忽视了笑得前仰后合的那些人。

俊骁说："有意思，你和你那个疯子老爹越来越像了。"

我疯狂地向他游去，想用牙齿撕咬他的脖子，让他为失言付出代价。但我只能停下来，因为我发现周围看热闹的那些鲲人都向我聚了过来，他们神色不善。我吼道："我父亲不是疯子，他是真正的飞行者！"

"死在臭污泥中的飞行者。"俊骁吹着口哨，讥嘲的神色彻底激怒了我，我听见喉咙深处的低吼，身躯一跃而起，冲向俊骁。周围鲲人围住我，撕咬我。我的身体至少被他们咬出二三十道血痕，殷红的血液染红了海水。因为失血过多，我失去了挣扎反抗的力气，其中一个鲲人将牙齿抵在我的喉咙，但他没有咬下去，他在等俊骁发话。像我这样无足轻重的人死了，是不会有人过问的。

菁雅哭着求俊骁放过我，俊骁说："可以放过他，只要你陪我参加季风大典。"

我知道季风大典意味着什么，我用嘶哑的声音吼道："菁雅，不要答应他！"

可是已经晚了，泪光中我看见菁雅点了点头。

2

我还记得父亲第一次带我参加季风大典的情形。夏天，浩荡的西风带南移到鲲族生活的海域，鲲人迎来了繁殖的季节。

鲲人夫妻在温暖的海中举行集体交配的仪式，成功之后，鲲人妈妈会从背部的泄殖腔喷射出高达几十箭距离的水柱，将受精卵送上天空，让西风将其带走。

“为什么要将受精卵送上天空呢？”我问爸爸。

爸爸沉默了一会儿，说：“因为我们曾是天空的孩子啊。”

爸爸告诉我，鲲之一族有这样的传说，鲲族曾经拥有在天空中飞翔的能力，那时我们的名字叫“鹏”。后来因为触犯了神的戒律，受神罚而化为鲲生活在海中，从此遗忘了在天空飞行的方法。重返天空，一直是鲲族的终极梦想。

“当然也有更现实的原因，海中的腐殖酸对鲲的卵是致命的，同时鲲的卵也是鲯鳅、剑鱼竞逐的美食，为了保护后代，鲲族妈妈想到了将后代送到温暖的西风带中进行孵化的方法。”

“所以我也曾触摸过天空？”

“是的，在最初孵化的半年里，你的体型很小，依靠肉翅一样的鳍，你可以飞行在天空中，靠捕食飞虫为生，但你的体型慢慢地增长了，西风承载不住你的重量，你会坠落回海中，趁着鱼汛的大潮洄游，返回故乡，依靠身上的斑纹辨识亲族。”

“像我这样活下来，并成功返回故乡的孩子很少吧。”

“不到十分之一。不过已经比在海水中繁衍存活率高太多了，海洋的世界充满了危险，所以才想重返天空乐园。”

父亲在部族中一直是一个异类，他对飞行的狂热远胜于他的同伴。其他鲲人追求的飞行无非是利用更强健的躯体和尾鳍腾跃更高的距离，或者利用泄殖腔喷出水流反冲到更高的高度，而父亲对于这种飞行方式嗤之以鼻，他总是摇摇头说：“那不是飞。”

在其他人都在追求腾跃得更高时，父亲总是一个人在幽深黑暗的隧洞中，读着记载在贝壳上的那些典籍，那些早已无人问津的东西。他说：“我们的祖先是鹏，要想再次飞向天空，得问他们。”

父亲曾经偷偷给我展示过他制造的那些巨大机器，他利用它们飞到了族人远不能及的高度，但他还是不满意，总是把那些机器摧毁掉，一遍又一遍地改进。

除了我，没人相信父亲的看法。他甚至因为在广场公开演讲自己的学说而被祭司投入海藻囚笼。出狱之后，他的话变得更少，研究却没有停下来，只是更为隐秘了。

直到我在浅海的一摊烂泥中找到他的尸体。

父亲失踪那天，正好有一次火山爆发。他的尸体上遍布岩浆的灼痕。我推测，他成功预测了一次浅海火山喷发，也许是实验的机会千载难逢，也许是失落后的绝命一搏，他利用这次火山喷发的冲量，飞到了最高最远的地方。

3

我一边在隧洞中养伤，一边阅读着父亲遗留下的那些资料。试图在其中找到真正的飞行奥秘。这是我能想到的最可能的阻止俊骁的方法，因为他的家族势力太过庞大，而我人微言轻。和魔鬼决斗，你手里要有筹码。

这些资料中，父亲多次提及一首古歌。这是鲲族某位无名游吟诗人写的，那首歌描写的是鲲人对天空的求索，开头两句就叫人读着有些怆然。

我请求成为天空的孩子，
即使它收回我内心的翅膀。

我反复阅读这首歌的歌词，试图从其中找到某种隐喻，直觉告诉我，父亲如此关注这首歌，不会仅仅因为情感因素——虽然这首歌的确是父亲一生的写照。

但怎样的解读都无济于事，这首歌在鲲族中尽人皆知，无数人对它做过分析，如果其中隐藏着什么秘密，恐怕早就被发现了。

时间一天一天地溜走，还有几天时间，季风大典就要举行了，但我仍旧一点头绪都没有。我着急起来，扔下那些资料，出去练习冲跃式飞行。虽然我厌恶这样的飞行方式，但是我只能通过练习来安慰自己，也许跳得高一点就好了，说话是不是更有底气一些?

最开始，我甚至连越出水面都做不到，我的鳍实在是过于肥厚，要简单地挥动一下都需要用很大的力气。为什么只有我的鳍这么厚?我开始抱怨，为了发泄这种对命运不公的怨恨，我拼命地练习着。

在季风大典的前一天，我终于突破了自己的极限，腾跃出 1 箭的高度，这对于以前的我是不可想象的。

然而，这并没有让我高兴起来，那一次腾跃落下的时候，我的右鳍撞在了一块礁石上，整个右鳍被撕裂了。

透过被撕开的那条巨大的裂缝，我第一次看见鳍内部的构造——那些密密麻麻的细微腔管，看着那些腔管，一道闪电从脑海滑过，我隐约想到了什么。但还没来得及细想，我就疼得晕了过去。

4

我醒来看见的第一个人，是菁雅。她的眼睛红红的，看来是刚哭过。

“我来找你，结果就看见你晕死在洞口的海水里，周围的海水都被血染红了。你做这些究竟是为了什么？”

“你不明白？”我问。

她不说话了。我努力撑起来，坐直身体，认真地看着菁雅的眼睛：“你不想和俊骁参加季风大典对吧？”

她点点头，哀婉得像一株水仙。

“那就不去。”

“可是，他的家族……”

我说：“如果我做成了一件最伟大的事，那我就是鲲族的英雄，我反对这件事的话，就成不了！”

“最伟大的事……你是说……飞？你找到飞行的真正方法了？”

“只有一个模糊的想法，如果你愿意，可以帮我验证一下。”

“怎么验证？”

我拿出那些资料，说：“这首歌你知道吧？你能唱出来吗？”

菁雅看了一下，说：“这首歌很多人都会唱啊……”然后，她唱了起来，她的声音非常清丽，像天上半明半暗的云。我抬起我的鳍，对着菁雅声音传来的方向。声音穿过我鳍中的那些腔管，我感觉腔管处有些痒。

我兴奋地说：“频率再高一点。”菁雅的歌声频率变高，腔管中痒的感觉更明显了。很多海洋动物都能发出超声波，鲸鱼、水母、海豚，鲲人也可以。但是鲲人平时的交流却用不到那么高的频率，所以鲲人发出超声波的意义在哪里？这个问题困扰了我很久。现在我知道了。

那首古歌乐谱记载的其实是一种特定的发声规律，按照这种规律发声，超声波驻波穿过鲲人鳍中特有的谐振腔，声强与谐振腔的相互作用，在垂直方向上将产生克服重量的声辐射力。

我一直以为肥厚的鳍是我的累赘，现在才知道这是上天对我的恩赐。我的鳍中的谐振腔管，比其他鲲人要丰富很多，所以我比他们更能感受这种声辐射力。

“菁雅，陪我去找大祭司吧，我的想法已经得到证实。鲲之一族，是时候重返天空了！”

5

祭司验证了我的理论，毫无疑问它是正确的。单个鲲人发出的声波还不足以让我们飞起来，祭司组织起了一个由 3000 个鲲人组成的巨型发声阵列，他们一起唱出那首古歌将形成一个洪大的声场，凭借充满谐振腔的鳍，我可以在这个声场中自由地翱翔。

季风庆典正式开始了，这也成了鲲族重返天空的庆典。大祭司任命我为“天空探险先遣小队”的队长，我将带着菁雅，和另外三名鲲人，组成先遣小队，发起了向天空的探险。

大祭司用颤抖的手抚摸我的肩膀，他说：“鲲族已经等这一天等得太久了，不管在天空之上等着我们的是怎样的未来，你的功绩都将被永远铭记。”

俊骁在人群中恶狠狠地看着我，眼神中妒火中烧，我扫了他一眼，下一刻他就被淹没在那 3000 个鲲人里了。

洪大的歌声响起，声场开始涌现，我张开翅膀，缓缓离开水面。鲲，在这一刻变成了鹏。听着歌声，我想到了父亲，抬起头，仿佛看见他坐在苍青色的云端对我微笑。

我请求成为天空的孩子，
即使它收回我内心的翅膀。

游过洄湾，冬意弥深，
风刮落了日子的一些颜色；
酒杯倒塌，无人扶起，
我醉在远方，姿势泛黄。

石莼孤独地绿了，
容我没有意外地抵达下一个春。
总有个影子立在岸边，
我想出发——

马尾藻回家以后，
有多少潋滟柔情于我；
生存坐在神龛上，
我的爱恨，生怕提起。

风把我越吹越低，
低至滩涂，获取水分；
我请求成为天空的孩子，
仿佛也触手可及。①

① 此诗借用余秀华的《风从田野上吹过》，仅换动六个词。

无所不知

文／李维北

雷恩与巴里躲在街角．静静等候。

他抽了根烟，眯眼看了看四周："目标大概还有多久出现？我们在这里太显眼。"

巴里也从烟盒里拿出一根烟，放在嘴里咀嚼："按照保密局查到的行程安排，今天会在本市暂留一天，他女儿生日，不是明面上那一个女儿。"

巴里从手机上翻出一堆照片给搭档看。

雷恩狠狠吸了一口："居然是这个灰姑娘？那在选秀里为什么还要说她双亲早死，独自在孤儿院里长大，打几份工，艰难度日什么的。"

巴里耸耸肩，吧唧着嘴说道："你知道，我是搞数据的。她这张脸还算不上多惊人，你愿意的话，我还可以告诉你她的历届男朋友，每天日程，在哪点什么餐，住哪家酒店。"

"我懂，你是搜索大师。只是兄弟，你能不嚼烟吗？"

"我看到电视上的人就这么干。"

“兄弟，那是口香糖，只是长得像而已。如果你流血可以这么玩儿，止血什么的，可不是现在。这次干完我就准备收手，干点小生意什么的。这是你的新护照，兄弟，之后就得再见了。”

巴里突然说：“他保镖的定位显示正在朝大门走。”

“照例你左我右，”雷恩检查了最后一次装备，藏在怀里，双手插兜拐过街角，朝前大步走去。

前方是两辆黑色普通款轿车，一个戴宽边帽的男人正在上车，旁边两位像助手模样的人站在他身体两旁，挡住雷恩的视线。

擦肩而过时，雷恩一个箭步冲到戴帽男人身边，同时手也从怀里掏出家伙。可对方助手动作更快，一人摁肩，一人抬膝，他被牢牢压在车身上，像一个标本。如果是几年前，绝不会发生这种事，只能说年龄不饶人。

雷恩咬碎了牙，努力张开手。

“我是《星辰日报》记者雷恩，莫里斯先生你一直不露面，请问你对于你公司开发荒星造成的一百四十四人伤亡持什么看法，补偿为何一直没有实施？而本应该被法院限制出行的你，为什么会出现在这里？”

莫里斯凑近，一字一顿地问：“你是怎么找到我的？”

雷恩余光看到后视镜里，搭档朝他比了个隐蔽的大拇指，然后戴上大耳机晃头摆脑，比出 Yo 的手势，一副自嗨音乐狂的模样。

雷恩努力裂开一丝笑容：“天在看。”

巴里目送搭档被塞进车带走后，摸出手机，将刚才拍摄的影像上传到视频板块，起名为：《星辰日报》记者采访却当街遭人身监禁，莫里斯集团影响力极限到底在哪儿？

他发完报道后，先去将一身棒球服垮裤卖回二手商店，耳机倒是让巴里觉得不错，保留。然后他返回临时公寓给自己充电。巴里最喜欢电流从手指滑到脚趾的感觉，让浑身仿佛经历一次按摩。

过程持续到了夜晚，中途他看到新闻已经被无数媒体转载，引起众议。他又无聊地查了雷恩的个人账户，发现上头又波动了几次。这时候雷恩开了门回来，除了左眼青肿，整个人没有少任何一块。

“兄弟，多亏了你。”

“哪儿的话，你可救过我的命，我们老家的人向来知恩图报。”

雷恩苦笑：“那不过是一次无意之举。谁也不会知道，大名鼎鼎的稀有‘搜索星’人会被埋在沙子里。”

“着陆计算失误，这些都是信息不够造成的问题。说到底，信息量决定力量。这是我们老家的名言。所以为了修行，我们都得跑到不同星球去学习、吸收当地文明信息。”巴里拔掉电源，舒展四肢说。

雷恩说：“今晚大概是我们俩最后见面的夜晚，找个安静地方，喝个酒。”

巴里说：“虽然我没喝过……客随主便。”

雷恩遇见巴里前不过是一位寂寂无名的记者，可之后就发生了巨大的改变，他总能够出现在目标人物的路线上，完成一次阻击。到现在，他在新闻界的名气已经让人不可小觑。但新闻业向来是暗流涌动，杀机四伏，他知道不可长久，于是准备功成身退。

在一处山坡上，俩人一罐罐地喝着酒。

雷恩有些醉了，舌头卷得像俄国人：“兄弟，你准备来地球干啥？”

“其实我和你一样，也差不多是一个记者。”巴里喝了两口说，“为什么喝酒没有那种眼里变色彩、想要跑步停不下来的感觉？”

“兄弟，我用手机也没有觉得世界触手可及，还是得坐飞机。”

巴里打了个饱嗝说："雷恩，前几年你还去当新闻枪手甚至水军，养家的男人真不容易。不过你收的那些钱，包括莫里斯的封口费，都可以查得到，你最好小心点。还有，养个情妇并没有什么，不过你那位情妇似乎还有一个间谍身份，你得小心……只要数据变化就会留下痕迹，这是一辈子改不掉的。就像这个宇宙，一张白纸，上面画得再丑也没法重来。"

"她骗我说她只会跳舞！"雷恩醉醺醺地说，"谁没有点过去呢。兄弟，你到底是怎么拿到那些信息的？"

搭档说："我们可以将自己发送到网络里，我变成庞大数据的一部分，我无所不在。那么也就没有秘密可言。用你们的话说，其实我在网络里穿梭。"

"为什么你看起来和人类一模一样，也会流血？"

"我躯体本来就是人嘛。"

"哈？你开玩笑的吧，兄弟！"

"不开玩笑，我们老家从不说谎，浪费信息。"

"意思是我对着你脑门开一枪就死掉了？"

然后，只听见一声枪响。

雷恩自言自语道，终于知道为什么"搜索星"人稀少了，他们知道的太多了。

两个小时后，巴里从搭档给自己埋的简易墓穴里爬出来，抖了抖泥土。上一个人也是这么做的，将人埋起来以为就可以掩饰一切。不过，你怎么能杀掉一段数据呢？

他朝搭档离去的方向嘟囔着："有一点你错了，雷恩，'搜索星'人人数稀少，原因不过是找女朋友比较困难，大家都比较喜欢无知的人……"

巴里摸了摸被打出一个大洞的后脑勺，嚼了一段烟草，堵在口子上，最后戴上早就准备好的头套。他将录制好的影像借用周围文明卫星，发到母星内网上，标题为：我又被杀了一次，你们有什么想问的?

从数据状态返回躯壳，他得找到下一个宿主继续修行，或许是一个火辣女郎。

心月狐事件

文／赤膊书生

画面缓缓地流动着，教室里，35 个同学紧紧屏息，看着投影仪投出的影像。

这是华北平原一所普通大学，一个普通的专业——天文学，一节普通的专业课，但 35 人全勤却创造了该专业史上最高的到课率记录。平时这门课要是有十个人来听就算很不错了，当然这还没排除有人走错教室的情况。

此刻，任课老师黄海林非常激动。他感觉自己做了一个十分正确的决定——提前放出消息，这节课要讨论心月狐事件。

画面背景是咖啡色的太空，正中是一颗遥远的巨大红色恒星，发出强烈的光芒，就像《魔戒》中的索伦之眼。画面中还堆满了几十个晶状体。它们呈透明状，有些是十分规则的棱镜，有些完全不规则。

摄像机适时地转了一个角度，从这个全新的角度看过去，那颗红色恒星的光不断地在这些复杂的晶状体之间折射．纷繁复杂，就像湍急的河流。

整个教室没有发出一丝声音，大家都沉浸在这画面带来的震撼之中。

黄海林看到效果达到了，说道："同学们，这节课我们来讨论一下最近非常火爆的话题，心月狐事件。希望同学们踊跃发言。有独到见解的同学，我会给他平时分满分。"

教室沸腾了。

黄海林满意地笑了笑，说："首先，哪位同学起来给我们解释一下这个画面，说个大概就行。"

这个问题很简单，一半的人都举了手，黄海林点中了一位蓄发留须的男同学。

这个叫李洪波的同学说："这是心宿二，英文名叫 Antares，天蝎座的主星，中国古代又称'大火'，属东方苍龙七宿的心宿，它有个好听的名字叫'心月狐'。心宿二是颗目视双星，主星视星等 1.2 等，M1I 型红超巨星，光度为太阳的 6000 倍。它还是一个光变明显的半规则变星。"

李洪波擅长背书，这一段他早在上课前烂熟于胸。黄海林点点头说："看来李洪波同学的基本功很扎实嘛，那你说说这些晶状体是怎么回事？"

"三天前，中国探测器'造父'经过心月狐附近，偶然拍到了一组照片，这组模糊的照片显示在心月狐周围出现了一个巨型的阵列。这个阵列具有明显的几何特征，完全不像是自然形成的。'造父'探测器进一步靠近心月狐，拍下了这些晶状体的近照。这些晶状体十分巨大，直径多数都在几十公里以上，有些大小已经媲美小行星了。并且从照片上看来，它们的表面十分光滑，形状也十分规则，具备高度的人为痕迹。可是问题是，什么人有能力制造数量如此之众、体积如此之大的类棱镜呢？就算某个国家倾尽举国之力制造了这些东西，他们为什么要把它们运送到心月狐附近呢？这会花费巨大的财力而且得不偿失。”

李洪波的话也道出了众人心中的疑问，大家又是一阵议论。

李洪波继续说道：“这个发现短时间内引爆了全球的视线，我记得《人民日报》还做了一期《太空巨石阵：神秘晶状体代表着什么？》的专题报道。从曼哈顿到三里屯，全人类都在对这个事件做出自己的猜测。这一神秘事件，就是心月狐事件。”

黄海林说：“你也是全人类之一，你觉得那些东西是什么？”

李洪波沉吟一阵，说：“目前所有的舆论导向几乎都涉及神秘主义，但是我不这么想。”

李洪波的表情瞬间严肃起来，连语调也变得有几分午夜电台主播鬼故事的感觉，说：“我觉得这可能就是人为的，地球人做的。在地球上神不知鬼不觉地制造那么多晶状体虽然不太可能，但是如果不在地球上制造不就行了吗。以目前人类的星际远航能力，抵达心宿二并且在附近建立空间站作为秘密基地，然后就近收集材料，通过捕获小行星或者开采异星矿藏，然后制造那些东西理论上是可行的。在太空中制造那些东西其实比在地球上要容易很多。”

黄海林点点头：“有点儿意思，那你觉得是什么人在制造这些东西？”

李洪波道：“严格来说这不属于天文学讨论范畴，我也是瞎猜。不排除这是联合政府正在试验的星战武器，现在地月关系这么紧张，近地空间爆发的小规模武装冲突越来越多，不排除联合政府已经在备战了。近代史上，某个霸权国家不是经常在海外建立军事基地吗？也许联合政府遗传了这种思维也不一定。”

说完，他露出成功秀出自我后意味深长的笑容。

黄海林道："嗯，很有想法。"

这时，一个穿着米色长袖针织衫的女孩儿站了起来，她一起身，众多男生的目光随之被牵动。这个女孩儿眸子闪烁着冷光，就像月光下的冰山。

她的声音里有一种淡定从容："老师，我认为不是这样的，李洪波同学的看法过于浅薄。"

李洪波脸上的笑容凝固了，黄海林则露出了饶有兴趣的表情。

"罗玉，这个事件，你是什么看法？"

罗玉沉声道："最先要排除的就是李洪波同学的这种幼稚的看法。目前报纸上透露的消息已经证明，这些类棱镜形成的是某种严密的系统，对其附近的恒星发出的光虽然有折射作用。但是单纯的折射并不能产生能量，如何成为所谓的星战武器？而且人类文明真正的足迹只到了柯伊伯带，也就是星际地理学中的'罗·格－盖伊线'，超过此线的区域没有任何军事战略意义。心宿二明显不在此线内。人类花费巨大的资源在这儿修所谓的星战武器，只能是痴人说梦，况且，就算真有军事目的，也和地月关系紧张没有任何关系。李洪波同学显然在学术研究中代入了自己的政治观点。"

黄海林点点头，目光中满是赞许："罗玉有理有据，不愧是绩点年级第一的同学！"

李洪波略微不服气地道："你说我浅薄，那你说说那是什么东西？"

罗玉说："演绎法告诉我们，排除一切不可能的情况剩下的就是真相，不管那个真相看起来是如何的不可思议。诸位看过阿瑟克拉克的《岗哨》吗？"

罗玉提到《岗哨》，一些看过的同学陷入凝重的沉默中。

一个黑黑瘦瘦的男生用带着一丝不确定的语气说："你是说……那是……某种展示，或是证明。"

罗玉点点头，轻声说："那篇报道其实很接近本质了，那些棱镜阵列就是太空中的巨石阵。就像《岗哨》中写的一样，高等级的星际文明在无尽的宇宙中也可能只是昙花一现，它们需要建造某种东西证明自己的存在。也许那些东西没有实际的作用，它们只是，只是纪念碑，纪念死去的文明。"

那个黑瘦男生说："嗯，很有可能，近代有位科幻作家不就描述过人类文明要灭亡的时候在冥王星上修建纪念碑的事吗？"

黄海林也点头："这个想法我也想到过，我觉得这是比较合理的一种解释，毕竟那些阵列要人类去制造还是太困难了一点。"

接下来又有几位同学起来各自提出了自己的看法，众说纷纭，不一而足。黄海林一一指出这些假说的问题，最终比较站得住脚的还是罗玉的说法。

专业课从未过得如此快，一节课就要结束了。

黄海林道："同学们，你们还保有对科学的好奇心，这很可贵。联合政府的北美舰队已经派遣了星舰前往心宿二，准备拖运一块棱镜样本回地球，心月狐事件的真相很快就能水落石出的。好，下课。"

但是全班同学都没有动，因为一个男生突然出现在教室门口。他戴着厚厚的黑框眼镜，眼睛里像是蒙着一层雾气。这个人名叫林浩，是个不折不扣的怪人。他从不上课，整天泡在图书馆，嘴里经常神神道道地念些大家听不懂的东西，充满飘忽而诡异的气质。

黄海林皱眉："林浩，你一学期没来上过一次课，今天怎么这么有空？"

他没有回答黄海林的问话，怔怔地盯着屏幕上的巨型阵列，低声喃喃：“太难以置信了，简直是天才的想法。利用脉冲变星的明暗来编码信息，只需要少量能量来驱动棱镜改变折射角度，这样恒星计算机几乎可以进行无穷无尽的运算。一点星火，永世不竭。”

黄海林说：“林浩，你在嘀咕什么？”

林浩说：“没什么，心月狐事件真相的一点猜测而已。”

黄海林：“你还能有什么高见？说来听听。”

林浩冷漠地扫了他一眼：“神的伟业，凡人怎么会明白。不说也罢，不过我有个警告，如果你有办法联系上北美舰队，告诉他们取消计划。”

说完他转身离开，背影有些佝偻。

黄海林对于这样的学生简直气不打一处来，说了声“散了吧”，也离开了，至于林浩所说的警告，没出三步他就忘干净了。

三天后，黄海林得知消息。北美舰队在离心月狐 5000 千米的地方遭到神秘力量的打击，全军覆没。

他站在深秋的霜气中瑟瑟发抖，头顶上方星焚如海。

信使

文／流沙

汤姆透过瞄准镜小心观察周围，如惊弓之鸟一般小心翼翼地搜寻着。这是汤姆第一次执行任务，他紧张得几乎握不住激光枪。

“放松点新兵，我们只是接应信使，不会有什么危险。”莫里安斜倚在草丛中慵懒地吐出一个烟圈，环状的烟雾越飘越大，最终弥散在空气中。

汤姆皱了皱眉，决定不理会懒散的老兵。

“嘿，知道吗新兵，信使们可都是美女。”老兵狠狠地吸了口烟，笑道，“训练有素的美女。”

汤姆头也不回地“嗯”了一声，算是回答。

“别看了，信使的隐匿能力能躲过机械侦察兵的搜查，凭你的视力还发现不了它。”

汤姆愣了一下，终于放松下来，沮丧地问：“不能发现信使，我们该怎么接应。”

“我们发现不了它，但是，信使能发现我们。”莫里安再次吐出一个烟圈，“这是信使的本能。”

汤姆刚想说点什么反驳，却被老兵的动作吓得闭嘴。

前一刻还慵懒不堪的莫里安一口吐掉烟头，触电一般弹坐起来，激光枪早已稳稳端在手中，黑洞洞的枪口指向汤姆的身后。

“美人儿，我在等朋友的信件，你带来了吗？”老兵的目光如刀似枪，严肃的表情与之前判若两人。

汤姆缓缓地转过头看向身后。只一眼，他的目光就再也挪不开了。

眼前的女孩，身材纤细高挑，一头干练的齐耳短发，精致的脸庞即使涂了一层伪装油彩依旧迷人。她身着一套变色迷彩，手中端着一把袖珍激光枪，冷傲干练的气质尽显无遗。

“我就是信件。”女孩答道。

暗号对上了，汤姆却不由得一阵后悔。

迅速挤出一个微笑，汤姆开始自我介绍：“你好，信使小姐，我叫汤姆。”

“薇拉。”女孩冷冰冰地答道。

“R39 基地侦察队长，莫里安。”老兵又变回了一副慵懒的模样。

“薇拉小姐，呃……你是怎么发现我们的？”汤姆略带不甘地问道。

“尼古丁，这附近有尼古丁的味道。”薇拉眨了眨眼睛看向莫里安。

“原来你是故意的！”汤姆恍然大悟。

莫里安露出一个嘲弄的笑容，“走吧，薇拉信使，欢迎来到 R39 基地。”

从接头地点到基地不足两千米。一路上，汤姆像是不知疲倦的播放器，使出浑身解数向薇拉搭讪。从自己的窘事到基地的战绩，从冷笑话到各国文豪，如果时间允许的话，莫里安怀疑他会把几万字的新兵入伍手册背上一遍。

不过，汤姆拙劣的搭讪却取得了相当不错的成果。熟络之后，薇拉褪去了冷艳面具，像是个活泼的邻家女孩一样，拉着汤姆问个不停。

“天哪，你也是第一次执行任务？”薇拉兴奋地问道。

汤姆尴尬地点点头，“比起你来，我可差远了。”

“确实够差的。”薇拉发出咯咯的笑声。

“你知道的，只有最有价值的情报才会派信使来，也许一年都不会碰到一次，我从没有……”汤姆低下头，小声为自己辩解。

“老实说，我也很紧张呢。”

汤姆抬起头，愣愣地注视着薇拉，鼓起勇气说：“薇拉小姐，如果……呃，我是说如果……你会留在R39基地吗？”

“也许吧，任务完成以后，并没有指示我继续送情报去其他基地，我想……我会留在R39基地……不知道，你是否希望我留下来？”薇拉几乎是红着脸说。

而此时，汤姆已经窘迫得不知道怎么回答。就在这尴尬暧昧的时刻，莫里安打破了僵局。

“我们到了，”莫里安装模作样地咳了一下，“新兵，你的级别不够不能进去。薇拉信使，请跟我来。”

汤姆不情愿地把视线从薇拉脸上收回，才发现不知何时已经来到基地的中心——情报所。

薇拉跟在莫里安身后走进去。蓦地，她回首望向汤姆，眼中满是依恋。

“我在这里等你出来！就在这！等你！”在大门关上的最后一刻，汤姆大声喊道。

回答他的是大门关闭的声音。

爱情来得如此迅猛，以至于让人措手不及。此刻，汤姆徘徊在大门前，想入非非。

她希望留下来，她希望我让她留下来。哦，上帝，她一定是爱上我了。刚好我也爱上了她。哈，我竟然仅仅用半个小时追到了这样一个美人儿，兄弟们一定会羡慕死我的。她是个活泼的女孩，我们会热恋，会接吻，会结婚，会被很多人祝福。然后，她会怀孕。哦，是男孩还是女孩呢……

汤姆旁若无人地傻笑出声。

他在幻想的世界里忘记了时间，直到夜幕低垂。一阵“吱吱呀呀”的噪音打断了他的臆想。在汤姆满是希冀的目光中，只有一个人走出来，莫里安。

汤姆的视线越过莫里安的肩膀，大门里黑洞洞的，什么也看不到。

“它不在这里了，新兵。”莫里安说。

“什么？”汤姆表情既困惑又委屈，“你说什么？”

“你爱上了不该爱的东西，注定不会有结果的！”莫里安说。

“不，不，我说了要在这等她的，她听到了，她希望留下来，她希望为我留下来……”

“它死了！这么说你明白了吗？”

汤姆呆立在原地，瞪圆双眼，微张着嘴巴，鼻翼不停地翕动却呼吸不到一丝空气。

“死了！谁干的？”许久，汤姆发出一声怒吼。

他抓住莫里安的衣领，把莫里安的脸拉低凑近自己，哽咽着喊道：“这里是 R39 基地的情报所，是那些该死的机器兵也不可能攻破的终极堡垒。你却告诉我她死了？她是信使，哪怕赔上整个 R39 基地也要保护的信使，你却告诉我她死了！她怎么可能会死？谁杀了她，谁能在这里杀了她！”

“根据最高情报保密守则：情报一经验收，其所有备份必须在第一时间永久性销毁。所以我下令，把它丢进原子分解炉，一片指甲、一根头发也没留下。”

“保密守则！”汤姆一拳捣向莫里安的脸，那满是络腮胡子的脸比泛着白光的机械兵还要恶心。

但他低估了老兵的身手。

莫里安轻松截住汤姆的拳头，用另一只手以更快的速度、更大的力道问候了汤姆的脸，仅一拳就剥夺了汤姆的行动能力。

被打翻的汤姆眼冒金星，匍匐在地上挣扎。

“为什么？”他问道，“她做错了什么？”

莫里安的脸微微颤抖，“你爱上的，是一条情报，一条来自最高指挥部的情报。”

“我，我不明白。”

莫里安俯下身去盯着眼前的青年，说：“每个基地都会在几乎相同的时间迎来信使。它们携带着相同的情报，长着相同的相貌，拥有相同的记忆，它们都自称薇拉。但薇拉不是人名，而是这条情报的代号。”

汤姆仰起半边青肿的脸，“我不明白，你到底在说什么。”

“‘薇拉’不是人类，而是一条情报。尽管它有着颠倒众生的美貌，该死，我第一次见到信使的时候也为它神魂颠倒！”莫里安狠狠地吐了口唾沫，“它是克隆人，不，它还不如克隆人。克隆人尚且是通过自然人的基因繁殖来的，它们，信使却是由人造基因繁殖的。它们的记忆是人工灌输的虚假记忆，它们的基因序列是巧妙排列符合遗传信息读取规则的加密情报——那真是一件艺术品，谁能想到一则加密情报通过转录、翻译、表达之后竟然可以伪装成一个性感尤物。它们长着人类的外表，说着人类的语言，有着和人类相似的感情，它们甚至认为自己就是人类！”

“但它们不是，它们只是人类创造的另一个物种，为了一份情报而存在的物种。它们从一个活化细胞到成熟体只需要三天，正常寿命只有一个月！”

汤姆听得目瞪口呆，半晌，他才呆呆地问道：“这么说，薇拉她……它不是人类？”

“不是，从来都不是，它是一则加密情报。情报已经破译，那么它就必须被销毁——一条染色体都不能留下！”

莫里安托起汤姆的下巴，盯着汤姆的眼睛，那双眼睛和曾经的自己一样混合着迷茫、绝望。

“这就是我们的任务，负责最高情报的任务，你会习惯的，欢迎入伙，新兵！”

说完，莫里安起身踏着橐橐的皮靴声离开。

阴沉的夜铺陈开，钻进汤姆冰冷的心脏。

须弥山上

文 / 赤膊书生

1

很多年后我终于踏进轮回之门，才回忆起关于轮回的那些道理师父早已教给我了。

一个春深的夜晚，我在夜摩诸天的宫殿旁找到师父，他在溪边冥想。那条溪穿过三十三重天，直通咸海。

须弥山环绕有七山七海，入水八万由旬，出水八万由旬，周围有三十二万由旬的虚空色，皆由宝物组成。北为黄金，东为白银，西为颇梨，南为琉璃。

师父手上那对镯子是我用从虚空界采得的黄金制成。此刻那镯子映着阳光，显出一种刺金色的华彩，这些天他一直戴着。

师父出神地沉思着，我不敢打断他，就在近旁侍坐。直到太阳完全从须弥山上落下，黑夜像潮水一样弥漫开来，师父才出声问我："阿难，今天你想问什么？"他把手镯摘下来放在手心抚摸把玩，并故意让我瞧见。

我低下头说："尊师，今天我想听你讲须弥山的源起。"

师父的手颤抖了一下，手镯掉入小溪中。溪流很湍急，我惊叫了一声，赶紧下河去找，衣衫被打湿了。师父很少失态，除非我问及须弥山的过去。为什么那些事师父不愿讲？我不明白。

但我现在没了心思关心这个问题，我急着找到那只镯子，成双成对的东西，如果少了一样，另一只就没有意义了。我在河里摸索了近半个时辰，天已经擦黑，师父伫立河边一动不动，像黑色画布上的一块浓重的阴影。他气定神闲地看着我寻找，过了很久之后才问我："阿难，那个问题你还要问吗？你有了慧根，现在可以告诉你了。"

"不，今天我不问这个了。"我沮丧地说。手镯丢失让我心情很糟糕。我每天只能问一个问题，相比于须弥山的来历，我更关心那只镯子。师父具有无上的神通，只要我问他，就能找到镯子。

我问："大能的尊师，我今天的问题是，那只镯子在哪里？我要找到它。"

师父看了我一眼，失望地摇摇头，叹一口气，取下手上的另一只镯子，扔进水里，说："就在那里。"

2

后来我问过师父："我们是从其他地方来的，对吗？"

师父说："你有时候真是聪明得过分啊。"

《起世因本经》上说，太阳在须弥山的半山腰旋转，我们居住在须弥山上，所以看到的太阳运行的轨迹是完美的圆形。但是我曾经在古籍上看到记载说太阳运行的轨迹是椭圆的。

古籍的记载是如此一致，却又明显和我们观察到的常识相悖。

很容易得到这样的解释：我们并不是一开始就在须弥山上，我们最初生活的地方应该在须弥山脚下，因为在那里观察半山腰上的太阳的运行轨迹，正好是椭圆的。

师父说："根据《长阿含经》的记载，一千个小千世界称为一中千世界，一千个中千世界称为一大千世界，三千个大千世界组成婆娑世界，而须弥山，就是婆娑世界的中心。须弥山周围又有四部洲，北为北俱芦洲，东为东胜神洲，西为西牛贺洲，南为南赡部洲。我们最初就生活在南赡部洲，那是离太阳第三近的世界。很久以前，自负的人类怀疑佛经上的说法，认为太阳才是婆娑世界的中心。愚人找不到须弥山，就说须弥山不存在。"

"所以最后我们找到了须弥山并且迁徙到这里来了？"

"不，我们没有找到须弥山。"

"那……"我不明白。

"我们……自己建造了须弥山！"师父说这话的时候，须弥山外的银河像是燃烧了起来，十亿个世界璀璨通明。

3

师父最爱讲轮回。

有一次我们在苇草中盘坐，师父用枯枝在地上写下一个大大的"死"字，问："你们想到了什么？"

众弟子说了很多答案，有的想到了西天，有的想到了七苦，有的想到了四谛。师父摇摇头，问我："你呢，阿难？"

我说："生。我想到了生。"很久以前我读过一位古代贤者的诗，"我将死了又死，以明白生是无穷无尽的。"

这个回答符合须弥山的轮回观。轮回是每一个须弥山人最终的宿命。我们在须弥山之巅，帝释天的居所处建造了巨大的轮回之门，轮回之门高耸几万丈，刺入星河。到了轮回的季节，所有人都将走进轮回之门，这一世便算了结了，开始下一世的修行。

但我的回答只是为了让师父高兴罢了，我其实不是那样想的。死就是死，不会让我想到生，我怕死。而且我也不信轮回，轮回之后我就变成其他东西：天，人，阿修罗，畜生，恶鬼。虽然师父说众生都是一样的，但是我如果经历了轮回变成了其他东西，迦叶就不会认得我了，我也不会记得她了。

迦叶是我最好的朋友。所以我不喜欢轮回。

迦叶的头发很长，须弥山盛夏炎热，吃饭的时候，她会命令我将她的头发托着，这样就没那么热了。我就在旁边安静地看着她吃完。

她的头发有一种苏摩那花的香味。我的手好酸。她吃饭的样子很好看。

这些我都不会告诉她。

4

我十八岁那年，须弥山终于迎来了轮回季。

师父为了加深我们对轮回的理解，又给我们讲了一个故事。师父的几乎所有故事里，男孩都叫阿难，女孩都叫迦叶。阿难和迦叶都是须弥山很普通的男孩和女孩的名字。

有一天，迦叶在街上遇见素不相识的阿难，迦叶看见阿难形容枯槁，就上去询问。阿难说：“我的妻子死了。”迦叶说：“什么时候死的？”阿难说：“二十七年前，我仍然很悲伤。”迦叶心里吃了一惊，因为她今年正好二十七岁。迦叶说：“我可以去你家看看吗？”

迦叶去了阿难妻子生前的闺房，看见很多自己也读过的经书。又看见一口大箱子，问阿难：“这里面装的什么？”阿难说：“是妻子生前的一些心爱之物。”迦叶说：“可以打开看看吗？”阿难说：“钥匙找不到了。”

迦叶闭上眼睛想了一会儿，竟然在屋内找出了一把钥匙。迦叶打开柜子，里面有一把石梳，和自己平时最爱用的那把一模一样。

迦叶问：“你妻子生前最喜欢吃什么？”

“吉祥草捣的羹。”

此时迦叶的眼里已经含满泪水：“看来，我就是你死去多年的妻子啊。”

后来呢？迦叶会再次成为阿难的妻子吗？我不敢问。

偷偷看一眼迦叶，发现她也在看我。她羞赧地低头，星光把她的影子拖得很长。就在那时，我做了一个重要的决定。

5

我要逃离须弥山，带着迦叶。

迦叶说：“为什么要逃走呢？”

我说：“我不要轮回，轮回之后你就不认识我了。”

迦叶敛下眉说：“你好傻。”

我说：“我查过记录，轮回之后，我们就会变成……另外的东西。也许连肉身都不复存在，我不要变成那样。”

迦叶说：“那样大概也很好啊。”她出神地看着山外的银河，有些心不在焉。

我说："关于轮回，我感觉师父有什么事情瞒着我们。人类为什么要建造须弥山和轮回之门？轮回的意义是什么？我到现在都不明白。"

迦叶说："轮回的意义，是修行。"

我说："什么修行，我不信这些鬼话。"

迦叶说："那你准备怎么离开须弥山？咸海那么广，还有更广阔的星渊你也没办法在里面生存，外面的世界是什么样子，你也不知道。不要去，你会死的。"

我笑了："迦楼罗。"那种像星星一样巨大的大鸟，每一次轮回季到来前夕都会在须弥山顶休憩，如果我和迦叶能赶上的话，也许真的可以离开须弥山。只是穿过九十九重天到达须弥山顶，将是一段艰难的旅程。

迦叶说："我不会跟你走的。"她的语气就像是在宣布一条公理。

我说："你是不是知道什么？关于轮回。"迦叶的家族比我的高贵很多，她又比我聪明，我能想到的问题，她不可能从来没思考过。

迦叶说："知道的并不比你多。虽然你知道的多半是胡思乱想的臆测。你要听我的话，不要走。"

我挤出一个难看的微笑："我什么时候没有听你的话。既然你不跟我走，那我自己走也没什么意思。"

迦叶露出了嘉许的眼神。我转身离开，眼眶有些湿润。我想着，那个在师父面前很听话的孩子，在迦叶面前也很听话的孩子，终于还是要不听话了。

她突然冲上来抱住我。我不明白她为什么这么做，以前从来没有这么做过。苏摩那花的香味击中了我，我在那里呆立了很久。

6

历经千难万险后，我来到须弥山巅，迦楼罗数万丈的翼展遮住了阳光，须弥山处在一种深沉的晦暗之中。我忍不住心潮澎湃：终究还是要展开这场逃亡，就算只有我一个人。

迦叶一旦出口说了不跟我走，无论如何都不会改变其心意的，所以我只好骗她。我必须离开，只要我不经历轮回，将来总有办法回到这里，让迦叶回忆起我。

正当我要爬上迦楼罗的翅膀的时候，一个熟悉的声音从身后传来："阿难，你确定要这么做吗？"

是师父。

我转过身，警惕地瞪着他，我敢说师父绝对想不到我这个一向温顺的学生会露出这样桀骜叛逆的眼神。师父伸出双手，做出往下压的姿势，示意我平静下来。

"别紧张，我到这里来不是为了抓你的，只是来给你讲个故事。你听完了这个故事，如果还是决定要走，我不留你。"

虽然知道师父的故事里有一种蛊惑人心的强大力量，但我决定听下去。我相信自己已经有了独立判断的能力。

"为了不引起你的反感，这次不用佛经的语言。我所讲的，全部都是事实，已经发生的，或者将要发生的。"

"先解答你最想知道的问题吧，轮回是什么？严格来讲，轮回是一种进化。"

"进化？"这个词语有点怪，我只在一些古书上见过。

“对，就是进化。人为主导的进化。走进轮回之门，人类会随机进化成六个物种。有些会长出翅膀，能够吸收星光在星渊飞行，有些则转化为无机物似的生命形式，有些干脆放弃肉身，以纯能的形态生存。这就是六道轮回的真相。”

虽然很多名词我都没听过，但我大概懂了师父的意思。

“为什么要进化成六个物种？现在这样不好？”

“为了欺骗。”师父说。

“欺骗？欺骗什么？”

“欺骗筛子。筛子，就是宇宙的生命筛选机制，智慧生命一旦拥有进入太空的能力，只要大概5000万年就能穿越银河系这样的星系，5000万年对于以上百亿年为时间尺度的宇宙来说只是短短一瞬。我们完全有理由相信，在宇宙诞生的后近140亿年，智慧生命早就把星系踏遍了。但是事实上……我们的宇宙却如此荒凉。最大的可能是——那些生命都灭绝了。所以我们的先祖总结出了一种名为‘大过滤器’的理论。行星级灾难，生命宜居带，地质活动，冰期，磁极变换，一个又一个的筛子，可以轻易地筛选掉孱弱的文明。人类为了种族的存续，发明了一种欺骗大过滤器的方法——进化成多个物种，以野蛮的数量来对抗概率，六个物种比一个物种通过筛选的可能大多了。”

“可是，这样存活下来的物种，还是人类吗？而那些没有通过筛选的物种呢，他们就是进化歧路上的牺牲吗？”我喃喃道。

“这样的争论几千年前就有过，但这个计划还是执行了。有位哲人说过：一个文明会经历两次死亡，一次是物理生命的毁灭；一次是这个文明的名字最后一次被提及的时候。我们能做的，唯有把人类这个名字镌刻在基因深处，让那些物种带着这个名字，继续活下去。”

我怔在原地，久久说不出话。

师父慈爱地捺住我的肩膀，说：“现在，你还要离开吗？”

7

我最终没有离开，回到迦叶和师父身边，继续做一个听话的孩子，规规矩矩地生活。

迦叶早就猜到我会骗她，所以她把我的计划告诉了师父。因为我骗她在先，所以对于她的告密我不能生气，还是任劳任怨地帮她托着头发。

“你在看什么书？”迦叶问我。那是轮回前最后一个夏天。

我说：“一本古书，介绍十七年蝉的。它们在地下蛰伏十七年然后一涌而出，经历几天的交配后又迅速死去。瞬间喷涌的庞大数量让天敌无法将它们消灭殆尽。这样的生存方式，应该如何评价呢？”

“大概也很好吧。”迦叶轻声说。

寻

文／赤膊书生

风后面是风，天空上面是天空，道路前面是道路。

——海子

“阮籍一号”最近的状态很不正常。

作为初代探路机器人，他的元器件的确算不上先进，不过肯定能满足基本的探路要求。但是，它最近的表现和这个结论是相违背的。

八月的一个星期六，我坐在办公室里，监督阮籍一号工作。我连接上它的传感器，一幅地图出现在我面前。地图显示一片漆黑，只有阮籍一号所在的位置闪闪发光。这像极了“前迷雾时代”的RTS类游戏。阮籍一号扮演的就是魔兽或者星际开局时那个探路的小农民角色。

唯一不同的是，眼前所见并非游戏。

事情要追溯到“前迷雾时代”。那个时候，天是蓝的，山是青的，太阳强烈，水波温柔。后来，一切都变了。地球上所有地方的能见度降到五米以内，五米以外，尽皆迷雾。文艺青年们热爱的那些词，“远方”“野望”“地平线”“水天一色”，统统从字典里销声匿迹了。

科学家苦心孤诣地探索这些迷雾的成因。但是却连基本的迷雾样本都不能获得。迷雾虽然可见，但却并不像实际存在着的。所以没有办法分析它的成分。后来，另外一种假说慢慢站住了脚。“迷雾”本身并不存在，它是一种作用机制，可以不断改变人类视网膜的焦距。说白了，这种东西，可以让人同时成为近视和远视。仔细思考一下这背后的意味，人们不寒而栗。

某种力量，改变了世界对我们的呈现方式！

用“前迷雾时代”的话来说，“这是上帝的活计”，或者说，是撒旦的活计。总之，诚惶诚恐的人类不敢对那背后的力量进行深入的探索，实干主义者则开始着手解决现实问题。

这种情况下，探路机器人应运而生。阮籍一号就是那个时候诞生的。它们的技术原理其实并不难，这种机器人作为人类的新眼睛，将拍摄到的图像传到云端，云端将所有图像进行整合，将其转化为电信号回传给视神经。通过它们，人类将再次看见世界。

阮籍一号的发明者叫林雨曦，北大的才女。她最初是学古代史的，迷雾出现之后，这姑娘毅然转去学了自动化。有人说，探路机器人这个构想就是她最先提出来的，这说法一直存疑。但是，国内最先搞出成果的那批人中肯定有她。

这姑娘设计的探路机器人有个特性，只要动力足够，它就会一直走下去，直到走到路的尽头，才会回返。林雨曦觉得它像极了那个一大早出门，乘车饮酒，一直走到穷途末路大哭而返的古代贤者，所以给它取名叫“阮籍一号”。

三年前我被分配到这个城市当探路者管理员，开始通过屏幕和这些铁皮小矮子打交道。我会叫它们列队整齐，挨个打量它们。它们大多锈迹斑斑，表情僵硬，虽然具有和人类交流的能力，但我实在和它们没什么好谈的。

阮籍一号不同，它当时站在队伍末尾，耷拉着脑袋。鼻子眼睛拧在一起，像一个悲伤的笨小孩。

我走过去拍拍它的光脑袋，说："哥们儿，我看你骨骼清奇，想必不是凡品。"

一般的机器人这时就会说"是的，主任。没错，主任"这种呆板的话。但是阮籍一号，它居然没有理我，抬起头给了我一个鄙夷的眼神，一副不想跟我说话的样子。

论工作能力，阮籍一号可以说是我手底下这些铁皮人里面最强的。每天傍晚的时候，其他探路机器人到了下班时间一溜烟地都跑回来了，懒洋洋地躺在大院里晒自己，偶尔还会互相吹牛。而阮籍一号很晚才会扶着门进来，耷拉着脑袋。这时我知道，它多半是没电了。

之所以说这么多，无非是要强调，阮籍一号虽然是我手底下机器人里面最非主流的一个，但是它非常靠谱。最不应该出问题的就是它。

但我清楚地记得那个星期六发生了什么。

我命令阮籍一号从静明路直走，穿过莲花大桥。这一带的视野一直有些模糊。命令刚刚下达的时候，阮籍一号愣了一下。

是的，就是愣了一下。我似乎听到了他的电流声传出犹疑的信号。不过它掩饰得很好，片刻的愣神之后就恢复常态，毫无怨言地去探路。

它刚才的举动让我有些不安。我切断了其他探路者的监控，专心看着阮籍一号。

大约一分钟之后，它探完了静明路。然后，它没有上莲花大桥。它竟然转而向右，径直进入滨江路。

自动改变探路线路，这是严重的错误。

我在频道里面大吼："阮籍一号，你在干吗！"

阮籍一号明显是吓了一跳，感觉它浑身铁皮都在发抖。它没有做什么辩解，而是掉转头进入莲花大桥，开始执行任务。

下来后，我自然对它进行了审问。不过，由于我在"如何对机器人进行刑讯逼供"方面的知识欠缺，最终也没问出什么来。

作为一个粗中有细的男人，我从来都不认为这是简单的系统故障，阮籍一号的表现实在是太诡异了。

接下来一个月左右，我对阮籍一号进行了严密的监视。它应该是感觉到了我的监视，所以表现得很正常，所以我越发觉得这很不正常。

直到有一天，我对所有探路者进行例行月检。它们把这个称作"例假"。我发现了几个问题。阮籍一号的充电记录显示异常。探路者的电力供应都是按需分配。也就是说不管你还剩多少电，都能给你充满。

记录显示，阮籍一号的充电频率和其他探路者一样，但是每次充电的电量都远远大于其他探路者。现在问题来了——这些多余的电量它拿去做什么了？调用大院里的监控录像轻松解决了这个问题。每天凌晨一点到两点，它都擅自出门去了。当我调用阮籍一号的数据库的时候，并没有发现它在这个时段的出行记录。很明显，它，删，除，了，记，录。

谁说它只是初代探路机器人！

不过说起来，三个月前阮籍一号的确去省城升过一次级。它也是在那之后变得有些不正常的，会不会和升级有什么联系？

我动用技术手段入侵了它的原始数据库。这帮助我搞清楚了它半夜都做了什么。

记录显示，它的活动范围集中在滨江路附近，就是它第一次表现出异常的地方。这一个月以来，它反反复复地出现在这里。看起来，就好像……在找什么一样。

是的，它在搜索和寻找某种东西！

我和阮籍一号进行了当面谈话。告诉它，它做的一切我都清楚，它必须对我说出事情的真相，否则我将把它送去销毁。这不是威胁，是我的职责。

阮籍一号第一次露出祈求的目光，似乎有难言之隐。

我继续给它施压。我点着一支烟，坐在乒乓球桌上，眼神睥睨，“其实一开始蛮看好你的，我也不想把你拿去烧掉。你就招了吧。”语调像极了惩罚社团小弟的黑帮大哥。

它说：“我不想被烧掉。如果实在要把我烧掉，我也想在那之前找到它。”

“你果然是在找什么东西。什么这么重要？”

“我的芯片，上次去省城的时候我把它弄掉了，我要找到它。”

我有些震惊。升级的时候已经给它换上了新的芯片了，为什么要把以前掉的找回来。我问了这个问题。

它摇摇头：“我不知道。”看起来不像撒谎的样子。

我沉思了两分钟，说：“你明天好好上班，我去帮你找。要是完不成今年的探路计划，还是只能把你烧掉。”

我承认，帮阮籍一号找芯片，好奇因素大于热心因素。

一个星期后，我找到了那个芯片。老式的 CR69550，不知道还能不能读取。

那个早晨，在莲花大桥上，我把那个芯片还给阮籍一号。它把它插入槽中，浑身发出愉悦的电流声。

我忍不住还是问了一句：“能看看里面有什么吗？”它愣了一下，然后给了我一个接口。

画面在眼前展开。那是前迷雾时代的某个实验室里，一个长发女子眼神专注地看着手中的试管。她的长发飞散在空中，我仿佛闻到了发香。好久没有看见长得这么精致的女孩了，那真是一个美好的时刻。

“我认得她，林雨曦。这段录像会占用你的工作内存，这和工作条例是违背的。”我说。

阮籍一号立马露出紧张的表情。我拍拍它的肩膀，猥琐一笑：“不过，每个男人的硬盘里都该有点私藏对吧，朕准了。”

这是九月的早晨。我们在一个迷雾中的城市，我找到一块芯片，阮籍一号找到了回忆。

一步登天

文／光艇

“熊猫，快看那个熊猫！”

“有什么好看的，都挂了二十多年了。”

“啥子哦，你快看嘛。哎呀妈呀，熊猫活了！”

“啥子安，你嚯哥哥！”

“哪个龟儿嚯你，你个人看嘛。”

2014 年 1 月 14 日，成都春熙路上，这只熊猫就爬上了金融大楼。

20 年后，2034 年 1 月 14 日，这只国宝大熊猫，沐日月光华，吸天地灵气，终于修炼成精，活了过来。

熊猫松开了前爪，随着一声闷响，一屁股砸向地面。皮糙肉厚的大毛球，在地上顺势一滚，就滚到了路中间。街上的路人吓得四处躲闪，来不及躲闪的胆小姑娘，直接瘫坐在了地上。

惊慌的人群回过神来，定睛一看，才发现，这熊猫原来是假的。

只看见那个圆滚滚的毛球，直接从姑娘的身子穿过去。姑娘伸手格挡，才发现什么都没有挡住。再回头看大楼上，原来的那个钢铁大熊猫的雕塑，还隐约可见。有一层大楼外墙的光影，覆盖在雕塑上，看起来就像雕塑消失了一样。

刚才还在躲闪的人群，这时又慢慢聚集回来。地上的熊猫还想继续追逐路人，胆大的姑娘们，索性走近熊猫身体，尝试着零距离接触。只不过，摸到的是空气。即便如此，熊猫依然能够做出回应，直接拽着姑娘的包包不撒手，最后竟然从姑娘的包里，拖出一根大竹笋。姑娘的包里怎么可能有竹笋，那也只是光影罢了。

一时间，“春熙路熊猫复活事件”迅速成为各大新闻媒体的头条。与此同时，其背后逼真的全息投影技术，也成为媒体关注的焦点。

“同样是搞全息投影的，你们看看别人！”

云龙科技公司的会议室里“熊猫复活”的新闻，正以全息立体投影的形式出现在众人的眼前。观察者可以从不同的角度，看清当时现场所发生的情形。就连路人的表情，都可以通过拉近焦距，看得一清二楚。

“给你们一周的时间，拿出一个像样的方案。”总经理孙德江面色凝重，全息投影技术日渐成熟，如何找到市场突破口，将技术转化成商业价值，已成为公司的头等大事。

“我的要求并不高，上一次头条，一次就好。”总经理站起身来，双手撑在桌子上，身子往前倾斜，“所有部门都动员起来，一起出谋划策，配合企划部，做好这次项目。”

上头条的任务，落到了策划部经理王峰的头上。

“研发部永远是你坚实的后盾！”林鹏想拍一拍王峰的肩膀，可手却停在了半空，“加油，你可以的。”

一个星期的时间，要做一个类似“熊猫复活”的全息投影，研发部林鹏他们二十个人，就算通宵加班，也不一定能够制作得出来。如果一个星期交不出让总经理满意的方案，难道自己要以死谢罪？

“有人要跳楼！”

希望大厦的楼前，已经围了一大群人。

楼顶的天台上，站着一个西装革履的小伙子。

“年轻人，别想不开啊！”人群中有个大爷朝楼上叫喊着。

“跳呀，你倒是跳呀！”有路人瞎起哄，旁边大爷冲过去就是一巴掌，好在打得轻，路人也没再乱喊。

医疗救护车迅速赶到，消防人员的救生气垫准备到位，心理劝导人员也正在奔赴顶楼。

“要跳了，要跳了！”人群中开始惊呼，“一只脚已经迈出去了！”

下一秒，所有人都以为，小伙子会坠落下来，砸在救生气垫上。

“啊！天哪！”“什么情况！”

人们从最初的惊呼，变成了震惊。

只见小伙子迈出左脚后，身子向前倾斜，右脚已经离开了天台。

而此时此刻，他整个人就像踩在空中看不见的阶梯一样，一步一步在天空中漫步，甚至还能够听见脚步声。刚刚赶到天台的心理劝导员，只能眼睁睁地看着小伙子一步一步在空中走远。

惊恐的人群，目光跟随天空的脚步，一步一步向前走上了街道，路面交通顿时陷入瘫痪。

“神啊！这是神啊！”刚才还在劝说不要跳楼的老爷子，此刻已经情绪失控，“扑通”一声就跪在地上顶礼膜拜。一旁的消防员赶紧扶起老爷子，“这哪是神啊，搞不好又是啥全息投影！”消防员回头朝着天空大喊一声：“喂，跳楼的，你那是全息投影吧！”

“全息投影”四个字，迅速在人群中传开。

“是不是跟熊猫复活差不多的那个？！”

“有病吧，跳什么楼！”

“假跳楼，神经病！”

王峰策划的这次“跳楼哥”事件，如愿以偿，登上今日新闻的头条，这一次甚至比“熊猫复活”还要轰动。

会议室里，公司总经理却高兴不起来。

“假跳楼，真炒作！”“欺骗！”“虚伪！”“利用同情心！”……这一系列实时热点词汇，以全息投影的形式出现在众人眼前。

会议室的那头，三个前来调查的警官正襟端坐。

“说吧，你们谁策划的这起假跳楼事件？”

“警官，我们没有假跳楼啊？”王峰尝试着解释。

“是你策划的？”坐在中间的周斌警官站了起来，“用所谓全息投影，制造假跳楼，还玩空中漫步，装神弄鬼。造成17辆汽车追尾，交通拥堵一个半小时，严重的秩序混乱。这些你们公司都要承担责任的！”

上头条，完成公司任务，提高业内知名度，会给公司带来大量潜在商机。王峰原本是这样规划的。可现在却成了扰乱社会秩序，赔偿追尾汽车，公司会承担一大笔钱，而自己也将面临虚假跳楼，骗取同情心等一系列的舆论谴责。

为上头条，以死相逼，先不管到底值不值。但王峰知道自己的故事还没有结束。

“警官，我承认这次事件是我策划的，但我没有假跳楼，也没有欺骗大家。”

五年前一个下午，林鹏抱着一副巨大的眼镜找到王峰，与其说那是眼镜，倒不如说是帽子。一大堆线圈插在上面，跟宇航员的太空头盔有得一拼。

“成功了，我按照你说的，把云雾和云眼结合在一起，”林鹏兴奋地围着王峰转圈，一个劲儿把头盔往王峰头上套。“云雾，加云眼，等于云龙，简直是画龙点睛啊！你快感受一下。”

“哎哟，夹到耳朵了，你悠着点。”王峰只是随口建议把两者结合起来，没想到还真成功了。

“对了，还有这个。”林鹏从包里掏出一颗网球大小的黑色小球，一撒手，小球便漂浮在了空中。“我还改良了云眼，内置了喷气动力，可以飞一个小时。”

“这东西，怎么开始啊？”王峰扶着头上的大家伙，足足有七八斤，不扶不行。

林鹏拖了一把椅子过来，赶紧扶王峰坐下。“启动的时候，稍微有点疼，你忍耐一下。”头盔上的指示灯开始点亮，光点有节奏地闪烁，显示正在载入。

“开始了吗？哎哟！哎呀！”

“就疼一小下，你放心，一下就好。”林鹏按住王峰挣扎的肩膀。

“这怎么回事，我怎么了？我是谁？我在哪儿？我要干吗？”

“欢迎进入云龙世界，好好享受吧！”

王峰看着自己的身体正坐在椅子上，林鹏扶着自己的头盔，一脸兴奋地看着自己视角这边。而自己视角这边，没有了身体，感觉只剩下眼睛，整个人轻盈得像一根羽毛，悬浮在空中，这感觉就像传说中的灵魂离体。

“去外面的世界看看吧，别飞远了，飞远了信号不好。”

只见黑色的小球飞向了窗外。

王峰转身，虽然现在已经没有身可以转，但是视角跟随自己的意志开始移动，小心翼翼地飞出窗户，飞向天空。

像鸟一样，自由飞翔；像鸟一样，俯瞰这座城市；像鸟一样，感受天空的风。

“什么真跳楼，假跳楼，你们的行为，已经造成了严重的社会影响，请跟我走一趟吧。”警官周斌直接向王峰走来，手铐已经准备就绪。能够坐下来先问问情况，已经是很考验他的耐心了。

王峰倒也没再说什么，缓缓伸出了自己的双手。

咔嗒一声，警官周斌的手铐，直接穿过王峰的手腕掉在了地上。

又是全息投影？而且在警察面前。

周斌感觉自己受到了极大侮辱，其他两个警官也立即警觉地站了起来。

全息投影，在警察鼻子底下，能够做得如此逼真。

而在警察面前，作为公司的总经理，孙德江竟然也默许了员工的行为。周斌捡起手铐，穿过王峰的投影，直接向孙德江冲过去，一把抓住了孙德江的手，这次是真的手，不是全息投影，咔嗒一声，手铐挂在了总经理手腕上。

“说吧，什么情况？”周斌这才松了口气，双手按在总经理的肩膀上，老板是真人，跑不掉的。

“我……我以为你们……会先查一查……他的。”总经理看了看身边的林鹏。

“警官我来说吧，事情是这样的。”林鹏也伸出了双手，随时准备接受手铐。“你们现在所看到的这个王峰，确实是我们公司的全息投影，而真正的王峰，现在正躺在病床上。”

“你上次给我体验的那个什么云龙系统，我还想再体验一次。”

“怎么，你上瘾了？”

“倒不是上瘾，而是我好像在天上看到了奇怪的东西。”

“你等下，我找找当初录下的视频。”

电脑显示屏上，播放着“云眼”拍摄到的视频，王峰目不转睛地盯着画面，“这里，能不能慢放一下？对，再慢一点，再慢一点。”

“那是什么？”顺着王峰的手指，画面停在俯瞰大楼的视角，在距离希望大厦天台的边缘，有一排隐约可见的台阶。

“当时我也以为看花眼了，所以我又从下面看过，你快进一点。”

随着画面中视角的变化，从俯瞰的视角切换到仰视之后，那一排隐约可见的台阶，竟然消失不见了，准确地说，应该是跟天空的背景颜色融为一体了。

“这是什么呀？”两个人都想知道答案，“通往天国的阶梯？”

“也许，我们发现了不得了的事情。”王峰看着眼前的这套设备，再看了看林鹏。从启动云龙系统的那一刻开始，王峰就感觉新世界的大门已经打开，现在能有这样的发现，似乎也不觉得有多奇怪。

希望大厦的天台，两人还是第一次来。傍晚时分，站在天台的边缘，街上的霓虹灯已经亮起，城市的街景尽收眼底。

“这里，快过来。”王峰在天台的边缘，似乎发现了什么。

林鹏也跟着拿出手机，打开当时拍摄到的画面，“对，就是这里。”

然而在天台边缘，除了几坨鸽子拉的屎之外，并没有特别之处。

“明明看见在这里的，”王峰伸手在天台边缘摸索着，“把你外套脱了。”

“啊？”

“我只穿了一件，脱你的衣服，我用一下。”王峰指了指天台边缘。

王峰抓住袖子的一端，尝试着向空中挥舞。

啪嗒一声，衣服搭在了空中。

“对，就是这里。”

“天国的阶梯？”

“对，是我自己的错，我不该爬上去踩那一脚的，谁知道那东西竟然是活的！”王峰的全息投影逐渐熄灭，显露出隐藏在其中的电子云眼，一颗黑色的小球，平静地悬浮在空中，声音也是从小球发出来的。

“后来我们用云眼系统也找过，可是找遍了整座城市，再也没有发现那种天空台阶。”林鹏再次挥了挥举起的双手，示意警官给自己戴上手铐，“或许它们飞走了吧。”

“统统带走，什么胡说八道！”

一个月后，云龙科技公司宣布解散。

“假跳楼”事件，由本地公安转交给国家公安部调查处理。

一篇“瘫痪青年的飞天梦”的专题见报刊登。王峰第二次登上了今日头条，大概也是最后一次。

人民公园，林鹏推着坐在轮椅上的王峰，在广场上喂着鸽子。

“世界这么大，我还想出去看看！”

“这次你想去哪儿？”

“要不，登个月吧！？”

伊苏欧曼

文／林檎

伊苏欧曼。我们这么称呼自己的民族。

在我们的语言里，这是一个荣耀的名字，那就是“追逐星火的人”。

我们是流浪的民族，我们的财富只有祖先留下的飞船。这些飞船上安装着能量板，漆黑光亮的板子满含着祖先的智慧——它们能够接受“伊苏”的能量，也就是星星燃烧成火球时释放的能量，这些能量支撑我们族人在飞船上的生活。

是的，我们没有定居的星球。世世代代的伊苏欧曼都生长在巨大的飞船上。

但是星火的生命相比宇宙的时间跨度，实在是太短太短。这意味着我们不得不迁徙，当一片星火渐渐熄灭的时候，我们就要启程，追寻下一片星火。

然而不是所有的星星都会燃烧，所以“追逐星火”是一项艰难的任务，这意味着整个民族都要省吃俭用，留住上一片星火里残存的微能量，然后随着飞船在浩渺的空间中探寻下一片星火。

这就是伊苏欧曼的宿命。我们别无选择，因为祖先留下的能量板只能接收星火的特定波长。没有星火，我们就没有能量来源，就没有生命的希望。

还好，我们有“追星火者”。

每代伊苏欧曼都会有这样一位领袖，他会用飞船上的探测镜搜寻宇宙，然后在黑暗的宇宙空间寻找光源。光源所在处就是星火，如果仪器分析发现它的波长差不多能匹配能量板，追星火者就会下令把飞船开过去。新的星火能够给飞船带来能量，让我们撑过几年。

我们这一代的追星火者是伊苏普，一个年长的科学家。“伊苏普”在我们的语言里意思是“星火之眼”，这是他的父母给予他的崇高期望。

伊苏普没有让他的父母失望，也没有让我们的族人失望。在我们眼里，这个头发花白、精神矍铄的老人是唯一能配得上这个名号的人。在伊苏普工作的几十年里，我们迁徙了很多次。每次，他敏锐的眼光总能够迅速发现新的星火，让我们安全迁徙到下一片居住地。几十年里我们生活得安稳而快乐，即使知道当下的星火会熄灭，我们依然相信伊苏普能马上找到新星火，平安化解危机。

然而，从两周前开始的新的迁徙遭遇了前所未有的困难。

上一片星火熄灭的时候是三周之前，那时候伊苏普已经发现了新的星火，但是他犹豫了很久才下令飞船出发。犹豫不决对于一向果断的伊苏普来说，实在是不可思议的事，是一个决策失误。这次拖延浪费了很多时间，飞船因为缺乏能量，连供电供暖供食都成了问题。但是屡次化解危难的伊苏普，他的经验永远能得到我们的信任。

“夏安先生，我们还有多久才能到新的星火？”

一位瘦弱的老妇人这样问我。

她脸色不太健康，而且瘦得皮包骨头。这也许是年龄使然，但是不可否认能量不足造成了食物缺乏。

“请您放心吧，不出两周我们就有新的能源了。”我信誓旦旦地说，对于伊苏普迟到的、却依然准确的决策毫不怀疑。

“这就好了，”老人发自内心地笑起来，“谢谢你，我相信伊苏普先生能够带领我们找到星火！”

我点点头，穿过飞船的走廊，向船长室走去。

一路上，我看见我的族人们生活在不良的条件之中。营养不足让睡眠占据了人们绝大多数的时间，但是醒来的人们依然互相加油鼓励。再忍耐几天吧，就要成功了，要对伊苏普先生有信心啊。

作为同伊苏普一起工作二十年的助手，我坚信伊苏普的决策是正确的。伊苏普一直在调试侦测波长的仪器，他说那个仪器似乎出了一些问题，而这应该就是造成迁徙困难的缘由。

迁徙的两周里，伊苏普的头发从鬓角开始急速变白，我相信他的决策，但是怀疑他的身体。

伊苏普陷入焦虑，他需要药物来入眠。我理解他的焦急，毕竟每一次迁徙都关乎整个伊苏欧曼民族的命运。这是他几十年的职业生涯里第一次遭遇危机，他必须要谨慎。

我决定修理一下波长仪，这样伊苏普就能少一些负担，快点恢复健康，专心进行正常的研究工作。

在迁徙的第三周的某个下午，伊苏普去实验室里研究矿石能源——他开始寻找取代星火的能量来源。这并无必要，因为根据他的推测，不出一周我们就能够抵达星火。

星火是如此之近。我和族人们都能够从舷窗里看到它明亮的光芒。

我走进船长室，启动波长仪，对准探测镜里的星火。测量波长这项工作从来都是伊苏普的任务，但是这对我来说也并不难做，因为智能的计算机会把分析报告直接显示在屏幕上。技术故障只会让计算机死机，如果计算机能够算出结果，那么就说明结果没有问题。我只需要看清楚哪步计算会导致波长仪死机，就能够发现伊苏普所说的故障了。

几声嘀嘀声过后，冰蓝色的数字开始跃动在屏幕上。

一行又一行，波长仪的显示屏渐渐被蓝色的字符填满。得数不久就被算了出来，它闪烁在屏幕的最后一行，宣告着波长仪的运行完全正常。

我走出船长室，走到舱室的尽头，敲开实验室的玻璃门。

“伊苏普先生，波长仪没问题，您要不要来看看？”

伊苏普的手颤了颤。他放下手里的矿石，摘下护目镜，缓缓抬起了头。他的脸被纯白色的制服包裹着，显得有些突兀。

我往船长室走着，为自己调试好仪器的小成就而有些激动。

伊苏普在换制服，不久他就会过来。波长仪的恢复正常会让他高兴的。

我的双手撑在波长仪上，双眼盯住显示屏里闪烁的数字。

我突然觉得不对劲。

跳动的冰蓝色，显示着“825 埃斯”的字样。而我们的能量板，我们伊苏欧曼的能源财产，它能接收的最大波长是“500 埃斯”。

那一瞬间，我的心脏漏了一拍。

有一股寒意从冰蓝色的数字里蔓延开来，从我的指尖迅速地漫上手臂，然后是躯干、大脑。

我一刹那明白了，伊苏欧曼这次迁徙的目的地，是一片漂亮的、霓虹光晕一般的幻境。

星火，只是幻境。因为对于飞船的能量板来说，它只能够发光。它不能提供一丝一毫的能量给我们这个以它为生命之源的民族。

那一瞬间，我一下子想通了很多问题。比如，伊苏普为什么要犹豫很久才出发；比如，伊苏普为什么要强调波长仪出现了问题；比如，伊苏普为什么要开发矿石能源。

我的上司，我的长辈，我的父亲一般的存在——伊苏普，这个我接触了二十年的伊苏普，他竟然欺骗了所有人。

姗姗来迟的脚步声，宣告了伊苏普的到来。

我回头。

他看着波长仪。

我看着他。

“你知道的。那片新的星火，根本就……”惊疑和愤怒翻腾在我的责问中。

“是的，夏安，我知道。”伊苏普的声音很弱，那几乎不是他自己的声音。

我一巴掌拍在显示屏上，怒不可遏。

“为什么！”

“听着，夏安，我的星火之眼，我的伊苏普，不可能看漏一片星火。”

“……为什么要骗我们？你是领袖，你知道我们都相信你！我们奉你的观测结果为神谕，我们只是想生存下去！”

我大口喘着粗气，因为愤怒，更多的是因为对于未来的绝望。

“那你让我怎么办呢？”伊苏普闭上了双眼，眉头拧成一个结。

“绵延千载的伊苏欧曼的血脉，就要被我截断了。你能想象吗？第一次发现这个事实的时候，我几乎崩溃了。我用探测镜找了一遍又一遍，我告诉自己这片星火是假的，在某处一定有能够被我们利用的星火。但是没有，什么都没有。”

喘着粗气的我有些迟疑了——我完全不知道有这些事情。的确，三周以来，付出最多的只有伊苏普，他也是知道最多的人。

然而现在，伊苏普干裂的嘴唇颤动着。

“上一代追星火者为了民族奋斗了一生。再上一代也是。每代每代的先人们，都是用自己的经验延续着民族之火，但是到我这，火焰就要熄灭了……你能想象吗？”

一滴眼泪，慢慢地从伊苏普的眼角滑落。

那颗液体滑过伊苏普沟壑纵横的脸颊，留下一道晶亮的痕迹。

鸡皮疙瘩爬上我的双臂，我一下子惊呆了。

泛黄的画面，一幅幅地浮现在我的眼前。

第一次见到伊苏普的时候，他还是一个意气风发的追星火者。上一任追星火者的逝去没有给他太多悲恸，而是带给了他更大的责任感。我还记得他对我说：“年轻人，你要努力，和我一起全力追逐星火。”

还有很多次，经过几天几夜的苦心搜索，伊苏普把血丝密布的眼睛从探测镜里移开，招呼我过去。他喊着：“夏安，夏安，快来看，终于找到了！”

然后是欢呼声和掌声簇拥着伊苏普走过长长的走廊，族人们奉他为英雄。伊苏普似乎竭力想保持理性的样子，但是僵僵的脸透露出他忍笑的喜悦。

时间匆匆流过，伊苏普开始长出白发，戴上花镜。十余年风霜的打磨让他不轻易流露感情，七十余岁的他不再会因为找到星火而表现激动，然而他的严肃，他的谨慎，他的时时刻刻保持的理性，都记录在我的脑海。

但是我从没见过他流泪的样子。

我慢慢地冷静下来了。我开始理解伊苏普。这个老科学家，老追星火者，他有着难以言状的苦痛。在我只想着“依靠星火生存”的时候，伊苏普关注的是“伊苏欧曼民族的延续”。所以迁徙以来他一直在自责，他以为伊苏欧曼即将遭受灭顶之灾是他的错，尽管星火不再出现这个事实根本与他无关。

这一定是宇宙开的玩笑。邪恶的时间和空间折磨着伊苏普，用一片华而不实的星火告诉这个兢兢业业的追星火者——伊苏欧曼就要覆灭在你的手上了。

伊苏普已经在自责了。他承受着巨大的压力，但是现在，他竟然还要被我这个晚辈怀疑，被我这个手下责问。

我把双手从波长仪上撤下来，但是在这个以民族为重的、流泪的老人面前，我不知道它们是应该叉在腰间，还是抱在胸前。

看着伊苏普苍老的脸，我又想通了很多问题。比如，伊苏普的头发为什么会飞速地变白；比如，伊苏普为什么不得不靠药物入睡。

“……为什么？”

这次，我没有问他为什么欺骗我们，而是问他为什么隐忍这一切。

“为什么不告诉大家，我们就要走入困境了？”

至少告诉我也好，但是伊苏普除了透露给我波长仪损坏的消息以外，什么都没有说。如果不是我偶然间“修好”了仪器，我也和其他人一样被蒙在鼓里。

“不然呢，夏安？”伊苏普叹气，眨了两下眼。又有一些泪水静静地滑下。

“现在，除我以外的每个人都是满怀希望的。你看看他们，每个人……每个人，他们相信我会带着所有人找到新的星火，开始新的生活。

“但是这只是谎言，因为我们还有一周就会资源枯竭了，再过一周，我们的飞船就会失去动力。我们会被星火的引力吸走，吸到那片火焰的中心，葬身于那里。但是他们无比相信着我的谎言，即使马上要死去，他们也是怀着希望死去的。”

我想起我对那个老妇人承诺的“不出两周”，那根本不是什么找到新能源的日期，而是族灭之日。

可是正如伊苏普所言，那个老妇人是满怀希望的。还有许许多多的族人们，安慰小孩的母亲，鼓励妻子的丈夫……他们都是满怀希望的，他们相信伊苏普的决策。

然而，我不知道应该怎么安慰那颗苍老的心脏。

伊苏普不需要我的安慰。

他笑着，扬起嘴角：“其实这已经是最好的对策了。我们都会在飞船燃烧的一瞬间毫无痛苦地死去，而不是在彻底丧失能源以后，在绝望的边缘挣扎。我们，伊苏欧曼的最后一代人，永远永远，没有丢失希望。”

没来得及滑下的泪水，顺着嘴角的弧度，流进伊苏普的口中。

“至少这样，我们不至于死在上一片星火的黑暗里。”

泪水落到这个为了民族奋斗一生的老人的心中。

“至少这样，我们还能自称是伊苏欧曼。”

引力鱼

文／赤膊书生

滞留在小犬座南河三星域的第二天，我已经暴躁得像一头发情期的公牛。

飞船搁浅在距南河三四十万公里的A星。因为冠名权还没卖出去，所以计划草案书上还是以A星来称呼它。A星是属于“不定域外层空间资源开发有限公司”的人造行星。在南河三星域，这样的人造行星一共有四颗，都未开发完全，目前只是一片荒凉。

在拥挤的留轨舱内，吃完流质晚餐后，我决定出去走走，在飞船剩余能量有限的情况下，这是不合时宜的。

舱门打开，A星银色的大地如海潮一般铺陈开来。地平线上的两个太阳（另一个是南河三）有气无力地悬着。因为大气层还未覆盖，星光可以不经散射地照耀A星的大地。A星的金属大地也忠实无损地反射着星空。我感觉自己把整个星空踏在了脚下，想起一句唐诗：“醉后不知天在水，满船清梦压星河。”

这样壮美的景色，我却无心欣赏，这与两天前的事故有关。

我和谢敏是“不定域”公司的商业宇航员，我们一起执行南河三星域为期 20 天的探索任务。四天前，谢敏需要驾驶子飞船去实地勘测拉格朗日点。拉格朗日点亦即“引力平衡点”，是一种宝贵的空间资源。谢敏只带了七天的给养上子飞船，按我以前的脾气，我会冰冷地命令她带够 20 天的给养，但是当她噘着嘴说“宝贝，不用了，你觉得我能忍受离开你 20 天吗”的时候我心软了。

我后悔当初没有坚持一下，我坚持，她就不会陷入这么危险的境地，因为她几乎对我唯命是从。

我和谢敏是高中同学，那时候我是班长，她是团支书。团支书本来负有监督班长的职责，这姑娘却把团支书干成了秘书。每当我做出什么决定，她总是无条件地支持我，轻声说一句“好的呀”。填高考志愿的时候，她问我去哪儿，我说北航吧。她就不说话，望着我，眼睛水灵灵的。我突然觉得，将来的生活没了这个姑娘我会不习惯。于是我随口说：“要不一起？”她想都没想就说：“好的呀。”毕业的时候，正赶上宇航民间化的大浪潮。我已经习惯了她的服从和跟随，我说：“我们去天上吧。”她说：“好的呀。”于是我们一起供职于“不定域外层空间资源开发有限公司”，成了商业宇航员。

谢敏出发后两天，一场不期而至的磁暴爆发在南河三星域。主飞船动力系统和通信系统受损，被迫搁浅 A 星。谢敏的“鱼号”子飞船自然不能幸免。这片星域距离地球总部 3.5 个秒差距，等待公司的救援，无异于坐以待毙。

事故发生后，我像发疯了一样，不吃不喝两天，试图修好通信系统，但于事无补。后来我发现飞船里还剩有一架“鱼号”子飞船，因为磁暴发生时没有启动，所以并未受损。

于是我有了一个疯狂的计划：我要去救她。至少将她没有带够的补给带给她，她多撑一天，就多一分等到救援的机会。

这个计划之所以疯狂，因为“鱼号”的燃料有限。

我在纸上画出南河三星域的四颗人造行星的位置草图，大概是一颗在下，三颗在上，三颗中的中间那颗正对着下面那颗，呈一个T字形。我用线将这些点两两相连。

谢敏的位置就在B、C、D三个人造行星上或者在那些将点连接起来的五条航线上，但是“鱼”飞船的燃料并不足以将五条航线全部跑完。

难道只能眼睁睁看着心爱之人一步步走向死亡？

神思恍惚间，A星的两颗太阳已经落下去了，宇宙的深寒刺人骨髓。一抬头，一股窒息感油然而生，我觉得那亿万颗星星疯狂地向我坠落。就像冰封的海面轰然开裂，眼前的幻象让我突然有了一个灵感。也许有一个办法能够解决燃料不足的问题。

引力弹弓效应！我掏出纸笔进行演算。利用南河三的引力场给“鱼”加速，它会把“鱼”以极高的速度甩向B星，同理，到达B星之后我还可以利用其他行星再次进行绕行星变轨飞行，这可以节约大量的燃料。“鱼”这个名字起得真好，它真的是一条鱼，在引力的潮水中游来游去。

“但是这太冒险，利用引力场变轨飞行毕竟只是理论的东西，航天史上，虽然“罗赛塔号”和“卡西尼号”都成功进行过变轨飞行，但它们毕竟是无人探测器。而且，我似乎还忘了广义相对论效应，如果飞行器接近黑洞的史瓦西半径，它需要更多的能量才能从这个扭曲空间逃逸出来，所耗的能量会多于从引力助推中获得的能量。这个效应对于行星也有效。”我自言自语道。

沮丧的情绪再次涌上心头，谢敏的脸浮现在我的眼前。

她是富家小姐，我只是个穷酸的大学文科教授的儿子，跟着我她吃了不少苦，他的父亲对于我们的交往也是极力反对。这次和我做任务出事要是被她父亲知道了，我们就彻底没戏了。

正惆怅之际，我已经回到了主飞船上，“鱼号”子飞船也映入眼帘。打量这艘飞船，我发现了一个奇怪的地方，这飞船真的像鱼一样，长着一对鳍，整体看上去像宇航时代初期那种拙劣的空天飞机。

等等！我忽然想到，这不是一个拙劣的设计，不仅不拙劣，简直堪称天才！

我拿出草稿纸修正我的演算。光靠引力助推是不够的，我可以进入南河三的大气层，这个时候那对鳍就起了作用，它能利用大气层的气动升力来为飞行器提供大气推进力，这能将“鱼号”的轨道挠曲为一个较引力助推更大的角度，因此能获得更多的动能。

一股狂喜涌上我的心头。这个有些疯狂的计划真的可行。“早知潮有信，嫁与弄潮儿”，你不是很喜欢这句诗吗？现在，我就做一个在引力潮水中的弄潮儿啊。

我立刻上了“鱼号”子飞船，我一刻也不愿意再等待。

我在“鱼号”的引擎声中起航，A 星空茫辽远的大地被迅速甩在脚下，星象恢宏而庄严，就像保罗·高更在塔西提岛画的那幅画。

“鱼号”飞船很快飞到了离南河三很近的地方，因为时间有限，我不能仅仅依赖那台小型机进行变轨运算。但我并没有别的资源，无奈之下，我只能掏出了纸和笔。用纸笔进行变轨飞行的计算，《追逐彗星》里面计算彗星轨道的科学家都比我靠谱，人家好歹用的是算盘。这本就是一项壮举，何不让它看起来更疯狂一点？

变轨飞行要真正地开始了，我屏住呼吸。这个时候差之毫厘的运算都将让我偏离航线老远，真正的万劫不复。

我调出附近的星图，再一次查看那五条航线的路径。就在这时，我发现了新问题。

星图明显显示，B 星和 C 星、C 星和 D 星之间，存在着两个太空垃圾场。这事我是知道的，计算航线的时候我居然忘了！大学里教我分形几何的老师总是夸我：“明宇，知道我最喜欢你什么吗？你就像一台机器，几乎从不出错，是个搞计算的料子。”

这个比喻有误，因为机器也是会出错的。由于这两个垃圾场的存在，B 星到 C 星的航线变成了两条，C 星到 D 星的航线也变成了两条。所以，我要搜索的航线不是 5 条，而是 7 条。

不就是多了两条吗？计算结果显示，利用变轨飞行节约出来的燃料恰好能支持多跑两条航线。但随即我发现，根本不是多跑两条航线那么简单。

5 条航线是能够不重复地一次性跑完，但是 7 条呢？我看着那 7 条线路，想找一条途径能够不重复地走完这 7 条航线。如果要重复的话，燃料无论如何都是不够的。

我足足画了 10 分钟，也没有找出那条不重复的线路。我突然觉得眼前的图形有点古怪，似乎在哪儿见过，越看越觉得熟悉。

天哪！我几乎要高声大叫出来！七桥问题！这是哥尼斯堡七桥问题！

七桥问题是 18 世纪著名古典数学问题之一。在哥尼斯堡的一个公园里，有七座桥将普雷格尔河中两个岛及岛与河岸连接起来。是否可能从这四块陆地中任一块出发，恰好通过每座桥一次，再回到起点。数学家欧拉已经证明过了，这个问题的答案是，无解。

我突然干笑两声，顿悟了什么叫天意弄人。数学上的七桥问题，竟然让我在现实中碰到了。欧拉的解答直接宣判了这个计划的死刑，杜绝了任何挣扎的可能，这是自然的铁律，七桥问题没有解，所以我的命运也是没有解的。

但我不甘心，我的眼睛血红，我在这一刻彻底陷入了疯狂状态，我是冰雪下的火山，这是我喷发的时候。

变轨飞行继续，我拿自己的命来赌，也许在第一条航线就找到谢敏，也许永远找不到。

引力的大潮磅礴而起，“鱼号”被抛向深空……

当当的梦想

文／陈彧知

当当说，她有一个梦想。

说这话时，她用极小心的眼神看向我，生怕我一句话便把她如水晶般洁净光亮的梦想碾得粉碎。

像所有刚离开学校的女孩一样，当当心地善良，可以把自己的每件事和朋友分享。遇事敏感，思前想后，却又总表现得很有主见。有时又对周遭的人极具戒心，路边摆摊的、跑摩的的都可能被她猜成江洋大盗。正因为她如此寻常，我多年后都无法明白，是怎样的概率使我们相遇。

一次加完晚班，我和当当都在路边拦出租车，最终坐了同一辆，我先下，她后下，当然下车时我塞给了出租车司机五十元钱。隔天，她竟然找到我的公司，把司机昨晚找下的钱递到我面前，这时我才知道当当的公司也在这栋楼。很像时下流行电视剧的蹩脚剧情，可又实实在在地发生着，不过所有的后来都是因为我。

我说："钱别还了，请我吃顿饭吧。"

如果当当现在醒来，我会为这句话向她说"对不起"，但这是个没有假设的世界，秒针滑过后的所有概率都塌缩为1，不多也不少，却让我无法动弹半分，如同深深嵌在岩层中的苍白化石。

当当开始和我挤同一辆出租车。起初是下班，后来上班也要拉上我。她的理由是这样大家都可以省一半的路费。看着她那一本正经、理直气壮的样儿，我哭笑不得，只能望着车窗外飞驰的街景，心中默算着得多少顿她请的饭才能抵上我替她垫的路费。

我们回去的路线，穿过老城墙会比较近，也就是从南门进，穿过钟楼盘道，北门出，而当当每次都让司机绕道城墙外行驶。哪怕是避开未央大道这条容易堵车的主干道，取道含光门或者南广济街，当当都没同意过。

“为什么不进老城，”一次我实在忍不住，笑着问她，“是不是哪次你不走斑马线，让北大街十字口的警察叔叔给逮着了，你不好意思再见他？”

“这样……这样不容易堵车嘛，你看城墙里面的车流量多大啊。”当当瞪着乌黑的眼珠对我说，但我看到她目光的摇动。

“说实话啊，否则……我保留采取进一步措施的权利……”我正了正衣领，扶起鼻梁上的眼镜。

“就是实话啊，不相信拉倒！”我感觉到她的退缩。似乎为了掩饰，她掏出手机，开始玩游戏。不用看，我就知道她又在玩《星际塔防》，唯一装在她手机上的小游戏。

当当严重轻视了我探求事情真相的坚韧度。

那年仲夏的夜晚，繁星少有地布满这座城市的天空，像一双双要窥探些什么的眼睛。我对开出租的师傅说，直接从南门过吧。旁边的当当因为加班太晚沉睡在我的膝头，丝毫没有意识到自己将穿越一座她始终不愿面对的千年城池。

穿过南门，秒针只需跨过表面的两格。

记得接近南门的券洞时我望向车外，永宁门上的箭楼依旧笼罩在极具现代感的灯光中，像位九旬老妪穿了件时尚光鲜的衣衫。门前广场上是热闹的人群，有奔跑着放夜光风筝的，也有慢踱青砖散步的。那一刻我忽然想，如果每个人都是一个点，这个广场会绘出怎样的图案，将数千年的图案重叠又会怎样。

这一遐想被门洞的昏暗瞬间淹没，然后是当当足以震塌城墙的喊声。

我感觉膝头一轻，当当蜷缩的身子猛地伸展开，头重重地撞在车顶。撕心裂肺的哭喊声，把前面开车的老师傅惊得猛打了下方向盘，接着回转一把才算把车子稳住。当当结结实实地被弹回座椅，她抱着头呻吟着说："师傅，开慢点，慢点……"我看了看前面的仪表盘，三十码，便对当当说："这很慢了啊，咱们要赶着回去。"当当仍无力地说着："慢点，像走路一样慢，不然头疼啊！"

看着当当抱头挣扎的样子，我心中翻涌，忙让师傅把车停在路边。

老城内行人照日常的步伐穿行，车流声喧嚣着绕过钟楼，汇进北门，然后细细地在我耳边回响。当当蹲在路边呕吐，我开始后悔今天的鲁莽。

"什么时候开始的？"当当苍白如纸的脸让我意识到问题的严重。

"什么……什么时候，你是说晕车？"开元商城的灯光在当当的眼睑上跳动。

"不是什么晕车，晕车会这样？我是担心你，担心你今天不愿面对老城，终有一天会不愿去面对这个世界包括我，你知道吗？"

"你真想知道？"当当看到了我眼中闪动的泪光。

我点点头，耳边的回响瞬间湮没。

“打小就这样，以前每坐车过一次城门洞都会得场重病，开始像无数的针刺进脑子里，然后便是不停地说话，当然不是真的说出来，而是在脑中和人说，那种不带任何停顿的述说，几夜几夜的述说，直到我完全昏过去。去医院查看，医生们也说不出原因。后来就再也不坐车进城。”当当摇着头，目光清澈如水。

“只能走着进城是吧，我记得那几次陪你逛东大街，你都乐呵呵的。”

“对，对，只要走着经过就没事。”

“那么，你就没想过为什么走着没事？”

“没有，一想这事就头痛。”当当望着我，我抬头望向夜空。

“应该是速度，我估计应该是有一个加速值，一旦你超过这个值，穿越城门洞就会头痛。”我努力把高中物理老师的话在脑中重组。

“切，你当我是机器人？这么精确的。”

“人比机器精确多了，有些感觉和自反应连大脑都不通过就能执行。”我笑着说，“当当，要不我们试试。”

当当唯一的缺点就是一旦相信便会信得很深，无法更改。直到现在我才明白，这一缺点在以后岁月中的可贵。

当当不信鬼神，自然就同意了我的试验。为此，她把我拽进街边的快拍店，照了一堆的大头贴。理由很充足，为试验后存在的任何差异做对比。从快拍店出来，我打趣说：“你要是变神奇女侠了还会理我吗？”当当头也不回地说：“会的，神奇女侠也要坐出租啊！”

为这句话，我把试验足足推迟了两周。

第一次实验确切地说是当当要求的。当时借了朋友的雪佛兰，拉着当当去秦岭的农家乐放松心情，钓鱼的空当儿当当还难得地哼起了小曲。

晚上回城时，当当满脸认真地说："咱们今晚试着过城墙吧。"和她对视的几秒钟，我有种异样的感觉，感觉她的脸庞正泛着圣洁的光芒。后来回想，可能是当时车上正放着《欢乐颂》的缘故。

我说："你不怕疼了？"

当当撇下手机嚷道："怕疼我会答应你这破实验？"瞪大的眼睛把圣洁的光芒一扫而光。

"你这样子，别人会以为要做实验的对象是我。收敛点，咱们俩的小命可都在我手上。"我敲了敲方向盘，当当对我的威胁不以为意，她指了下老城的方向，又玩起《星际塔防》。

在进入门洞前，当当显得很安静。

我说："要过了。"

当当只是点了点头。

雪佛兰全速冲向门洞，在那一瞬间的黑暗中，我的心沉了一下。我不确定这个女孩是否能面对一个不同的世界，也不确定这个世界是否必须由一个女孩来拯救，我能确定的只是她的笑容与我的梦境是相同的。当当你确定接受你的未来吗？当当，你能听见吗？

"我……听见了……"当当虚弱的声音把我拉了回来。

"你听见了什么？"我开始变得紧张，一脚踩在了刹车上，门洞已在后方。

"断断续续的低语，语速很快，可我……可我没听清说些什么。"当当脸色惨白，额头渗着汗，眼中却跳跃着兴奋。

我不禁松了口气。

经过这次试验后，当当把下班后的时间全用在了研究如何更快地穿过城门洞，她认为如果速度更快的话，就能听清纠缠了她十几年的话语。我分析了门洞两边的道路走向后，基本否定了用轿车更快速地穿过的想法。

“你说，那些话里可能会有什么？”当当把最后一个蛋挞心满意足地放进嘴里，外面夜色渐浓，店里面的人已不多。

“你脑袋里的东西，我怎么能猜得出来？”我晃着哗哗作响的可乐杯。

“我在想，也许是一堆宝藏的地点，价值连城，你看咱这城里不是经常挖着值钱的古董吗？也许是一个城市升级计划，在特定的时间里做到某些改动，这个城市便能升级到更高的级别，就像魔方拼接一样？也许……”

“就算有宝藏或者城市升级计划，凭我们两个能挖出宝藏，完成那些改动吗？”我打断了当当的自言自语。

“是啊，这真是个难解题。”当当噘着嘴说。

我不知道当当什么时候开始有这些奇奇怪怪的想法，无论从哪个方面这都是个不怎么好的兆头。

看着面前的女孩，我真想说：你才是个难解题，比哥德巴赫猜想还要难。

由于工作的原因，我到外地出差了半年，当当辞职了一段时间，给我的理由是少了我，她没法适应一个人坐车，然后换了份离家近的新工作。而这座城市在北方的风中正舒展它的筋骨，扩展自己的地盘，日益拥堵的车流让这座城市的管理者不得不考虑更有效的交通解决方案。

我回来时已是初春。在车站，当当给了我一个久久的拥抱，我说身上一路的灰尘都让她给蹭干净了，当当笑着说就当是给她的礼物之一，我被这个丫头彻底折服了。

第二天，天气微凉，我端着两杯热饮在当当家楼下等她。当当气喘吁吁地跑下楼，手里除了包，还拿着份报纸。

“我找着了，我找着更快的方法了。”当当兴奋地说着，把手中的报纸递给我看。

报上被当当用铅笔画出的地方显示这座城市的地铁将在今天开通，设计最高时速可以达到每小时 120 公里，而从下面的线路图可以看出，这条开通的地铁线正好从城墙下穿过。

“你的意思是，坐地铁试试效果？”我把一杯热饮递给她。

“是啊，是啊，这速度应该是足够了，你看呢？”当当使劲地点点头。

“这速度可是上次的两倍，你认为自己能承受吗？如果真有个什么意外，你的父母怎么办，你……”

“怎么扯到我父母了，你什么意思，不想陪我去就直说，我可以一个人去！”当当把准备凑到嘴边的热饮重重地摔在路边。

“当当，我只是想让你再慎重考虑一下。”我没料到当当会发这么大的火。

“你认为我不够慎重，我昨晚为这事可是一晚没睡，翻来覆去想了很久，你还认为我不够慎重？”当当看了看手机上的时间，“好了，我先走了，您慢慢慎重吧。”

看着当当远去的背影，我顿时感觉整个世界正在离我远去。但我没有任何理由去拦住当当解释我担忧的原因，不过都是梦。也许吧，只是梦。

离当当说出她梦想的那个日子一百六十五天，我和当当坐上了这座城市新开通不久的地铁。这期间，我带她看了好几部科幻电影，星际旅行的巨大风险，面对异族的恐惧与不安，甚至有意在她面前夸大宇宙的荒凉与冷酷，但当当像是吃棒棒糖一样，对此甘之若饴。这让我很困惑，一个如此有戒心的女生怎么会这样坦然地面对漆黑的宇宙。思考的结果是，当当确实不仅仅属于我，我即使一直抓紧她的手，她的另一只手还是会努力触摸她的梦想。于是，我向当当妥协了。

“当当，你觉得这像不像一次冒险？”我看着坐在边上的当当，她紧咬嘴唇。

“不像，我觉得没有任何风险。这次成功的话，我就可以解脱啰，说不定还能发笔财。”当当故作轻松地说。

这时，我看到当当的额头渗着汗。

地铁已经呼啸着驶离站台，我打开了手机的导航，红色的指示点快速向城墙的方向移动，像是一颗出膛的子弹凌厉地射向目标。

如果我能清晰地记起接下来将要发生的情形，那说明后来派来的心理干预师对我做了足够认真耐心的工作。

首先感觉不对劲的是坐在对面的一位头发花白的老大爷，他开始眯着眼，然后猛地睁开眼，瞪大着眼睛盯向我这边，我扭过头才发现当当已经闭上眼睛，她的周身竟然泛着淡淡的光，光来自她的身体，接着地铁开始颤动，像是一个发作的癫痫病人。随着车体颤动的加剧，当当周身的光芒越来越耀眼，胳膊和腿也抽搐起来，我用力摇晃当当，一遍又一遍地喊她的名字喊到嗓子嘶哑，她怎么也醒不来。周围的人因为地铁的颤动死死抓住身边可以抓住的东西，没人靠近过来，也没法让地铁停下来，我第一次感觉到什么叫作无能为力。

时间在此时仿佛被无限地拉长，拉细，细到我以为它会断掉。

直到一阵凉风吹来，我才发觉地铁已经停下了，窗外是郊区的景色，周围一片交错的铁轨，原来已经到了地铁的终点。地铁的门敞开着，惊恐的乘客都已经下了车，救护车的鸣笛声远远地飘来。我忙乱扶起当当，她的双眼紧闭，衣服已经被汗水浸透，但我能感觉到她的呼吸和心跳，这让我悬着的心放了下来。

到达医院后，医生对当当做了系统的检查，除了体温略高，其他生理特征都正常，但是她的重度昏睡状态还是让医生很担心，他建议转院到设备更先进的军医大。

在我急匆匆地联系当当的父母，准备办转院手续时，一个西装革履，胸前别着国徽的中年人找到了我。

“你好，我是特殊案件调查组的，和你了解些情况，你可以叫我苏组长。”这位国字脸的中年人向我亮出了他的证件。

“可是，我还要办转院手续啊……”我一时还没从刚才的冲击中清醒过来，喃喃地说着。

“这个，我已经安排下面的人去办了，你就不用操心了。”苏组长肯定地说。

“可……可这怎么成特殊案件了，我不太明白。”我心虚地说。

苏组长用冷静的眼神看着我，“小伙子，你没必要隐瞒，你认为车上的监控探头都是摆设吗，还有这么多乘客的证词。你知道吗，一列设计时速只有120公里的地铁竟然跑到了时速近二百公里，要不是这条线路基本是直线设计，很可能车毁人亡，这不是特殊案件吗？”

时速二百公里！原来当时地铁的颤动是过度提速造成的。不明原因的动力加速，才是惊动有关部门的真正原因。

“那……苏组长，我能说说我以前的梦吗？”我觉得有些东西说出来更有利于当当。

“梦？和这个案子有关吗？”苏组长皱了皱眉头。

“有很大的关系，听完后你就不会对地铁加速这件事奇怪了。你能保证这些情况不对外公布吗？”我探询地看向苏组长。

苏组长沉思了下，“最终的决策在上层，我只能保证在决策前你说的会是绝密！”

“好，这个梦在我二十几年的生活中不断地出现过。每次的梦境都是一模一样，就像……就像我的脑子里存了份视频。我甚至因为这段梦翻阅过大量的中西方神话典籍。”

“神话典籍，这个梦很神奇？”苏组长点了支烟，饶有兴致。

“我是试图把它当成神话，但现实给我开了个玩笑，我碰到了梦中的主角，就是现在躺在病房的那个女孩，当当。”

“我有点明白了，你接着说。”苏组长找了个烟灰缸放在手边的桌子上。

“梦开始的地方在这座城市的中心，钟楼。参差的斗拱，金色的琉璃瓦，青色的墙砖，这一切都被一个巨大透明的立方体罩着，像是玻璃，但我没见过这么巨大规格的玻璃。钟楼的上方有一团云朵，很低，不像是自然形成的。一阵狂风迎面吹来，云朵开始变薄，两只纤细的脚从云中探出，接着我便看到一个云雾萦绕的女孩，她的面貌和当当是一模一样的。看到我时，她露出了一个浅浅的微笑。就在她踏出云朵的那一刻，大地猛烈地颤抖开来，街道两边的建筑在轰隆声中垮塌，南门方向的城墙笼罩在巨大的烟尘中，有成排的黑点从烟尘中冲出，向钟楼飞来，掠过我头顶时才发现那是一块块青砖，城墙在此时解体了。那些青砖像是被无形的手控制着，以极其有序的组合向女孩靠拢。更大的声响在四周响起，成批的青砖从四个方向向女孩的周围聚拢，它们在组成一个更大的组合体，逐渐成形的组合体中间有着错综复杂的空间，我能看出一条柱状的通道从中心一节节向外延伸。

最后，一波青砖契合进这个巨大的物体，四周瞬间变得极其安静，一个完美的球体呈现在我的面前，它的体量大概是钟楼的十多倍，那些表层的青砖在阳光下闪着特殊的幽蓝光泽，而那个女孩就被包裹在这个硕大的球体中心。就在我以为已经结束时，巨型玻璃罩内泛起了光芒，钟楼下的门洞内走出一队人来，他们的服装与现在这个时代完全不同，简洁一体，没有任何的多余装饰，他们散开一列，后面又跟出一队人，同样排成一列，这时玻璃体内的光芒和球体的幽蓝光泽同步闪耀，然后那些人消失了，接下来这样的场景重复了一遍又一遍，我逐渐明白这些人是被送到球体内了。这些人被传送完时，球体内传出悠远的声响，像是清脆的笛声，接着球体快速升空，然后消失了。”

“苏组长，就这些。”说完这个梦，我长长地舒了口气，感觉浑身轻松。

“哦，完了？”苏组长把烟按灭在烟灰缸中，那里面已经有两个烟头。

我点点头。

“那你有没有想过这个足够神奇的梦境意味着什么？一个仪式还是……”

“它应该是一次转移，或者说一场救援，发生在未来的，这颗星球遭遇灾难的时刻。”我特别强调了后半句，想试探下苏组长的口气。

“小伙子，你的思维够活跃。对你的梦境我不会否认，因为就我们掌握的情况，老城墙砖体黏合物中确实含有无法分析的物质，北京那边也有这样的问题，因为是首都，这样的疑点最终使它被拆掉。但同时，我也没法给你全部的解释，毕竟那是些跨越时代的现象。”苏组长笑着说。

“我还担心你会认为我一派胡言呢。”

“怎么会？我们这行见识的比你这梦境神奇诡异的事件多了去了。和你说了这么多，也不怕再透露些给你。上面已经在三年前启动了‘女娲计划’，目的就是在全国范围内寻找并保护那些像当当一样的女孩。根据以前的案例，她们的脑中保留着大量上古遗失的信息，这些信息能使她们拥有像你梦中看到的那些神奇力量，不过，这些信息都需要一个潜在的条件去启动。所以，这是一项相当有难度的搜寻计划，更多的时候我们只能守株待兔。”

“难道……”我脑中迅速闪出每个寂静城市的上空都悬浮着一个巨型球体的画面。

“是啊，不光这座城市，每座城市都有它的……啊，守护天使。”

听完苏组长的话，我顿时感觉自己生活在一个不真实的世界，这个被我们熟知的世界下面竟然隐藏着另外一套陌生的规则。

“对了，为了你的女朋友，你不会把这些透露给那些小报记者吧？”苏组长打趣地说。

“我能把一个如此折磨人的梦隐藏二十年，你认为我会这样做吗？”

“我相信你。”苏组长拍了拍我的肩膀。

当当最终被安置到军医大的特别病房，由专人看护。特别调查组派了一批专家给当当会诊，脑电图显示，她的脑部一直处于极其活跃状态，但用尽各种方法还是无法让她苏醒。我想她需要时间慢慢消化在地铁穿越城墙时接收到的过量信息。

时间磨蚀着这座城市，也在重塑这座城市。我在时间的洪流中，等待着。我知道她醒来的时刻便是这个星球在劫难逃的时刻，但这阻止不了我对这个时刻的期盼。

其实，梦境中还有一个细节我没有向苏组长讲述。

球体离开那一刻，我也进入了它的内部。当当发出启航指令时，我脑中的星图便与整个船体对接，规划出远航的线路。在这里，当当是船长，是船体的核心，我是领航者。而我脑内的星图正是在那列地铁上被轻轻地铺展开。

以后的岁月，每当望见星空，我都会再次想起当当的梦想。

她说，她要亲手触摸天上的星辰。

当时，我什么也没说，只给了她一个意味深长的微笑。

地球故事

文／尤曼斯

旅行到泛银河系边缘，这里已是少有人迹。航线前方是一处驿站星球，现已发展成了一处银河系垃圾集中地，孤零零地盘旋在星系外围。

我便是在这里遇到的机器人L。它是上个世纪被人类淘汰的智能伴侣型机器人，在飞船上服务了几个世纪，被人遗弃在此。它说自己也算是一名流浪者，不同的是它已很久没有四处奔波。

我和它一见如故，相较于该星球各种智慧生物，它显得更有人情味。可能是跟它以前长期为人类服务有关，而且它还会讲故事。

我对L的欣赏让它有点不知所措。它说这个星球上的生物根本不会听它的故事，因为故事转换成他们能懂的信息已经滤去了很多应该有的气息。

“故事在他们眼中可能只是一串代码，也可能是一次蚂蚁搬家式的喧闹，”它悻悻说道，“在我眼中，故事正是暴风雨前的白噪音，一切都在酝酿、积聚，最终都会爆开、落幕。”

我摸摸它低垂的头部，不知该如何安慰。L说它以前在飞船上非常受人类欢迎，然而科技发达之后，人类都去享受更高级的虚拟现实场景故事去了。确实如此，现在讲究的是沉浸体验，调动起人类所有感官，刺激又新鲜，任谁都抗拒不了。

“所幸这些年我更新了很多硬件，加入了 VR 体验功能。漫长的游历也搜集了不少银河系的新鲜故事。只是再也不能回到过去了。”

“那你给我讲个足够新鲜的故事。”我边安慰它边穿起 VR 套装。

它露出一个微笑，说道：“放心吧，保证新鲜出炉。这次我们讲有关地球的故事。”

很久很久以前，有座奥林波斯山，山上有座殿，世人都叫它宙斯神殿。

宙斯神殿是万神之王宙斯的府邸。神殿耸入云霄，不接凡尘。

宙斯等人被派来开发地球，行动初定目标是完成地球智慧生命体的植入，人口数保持稳定增长并且能自给自足。

选地球作为目标之一是考虑到地球上有得天独厚的制造硅基生命所需的原材料。如若做不成殖民地，做个生产基地也不失一个好方案。

一切都在有条不紊地进行着，转眼过了几百万年，星球北部陆地被割裂开，部分陆地被定向移动到南部，更均匀的海陆构造便形成更加丰富的生态圈。稳定的气候条件也让海洋中的单细胞有机生物大量繁殖。

生命的研发也从西方发展到东方。

我摘下 VR 头罩问 L：“地壳中硅含量确实丰富，按照故事所说地球将会是硅基生命的天下，所以这是个人类翻身做主人的故事吗？”

L 不置可否，帮我戴上头罩，让我继续听下去。

故事讲到科研基地发展到东方，不得不谈到女娲。

东方乐土汤汤渺渺。女娲等人被派遣到如此蛮虚之地，从兴奋到愁苦，毕竟要开发新大陆是何等艰难。

他们以基地为中心造了一个半封闭的生态球，像是一个巨型的水泡，平地而起。

按照计划，他们开始对生命体进行改造。星球上有不少单细胞有机生命体，女娲每次观察着这些细胞菌落，幻想有一天能有不一样的碳基智慧生命被研发改造出来，然而这需要时间。短时间内还得制造大量的硅基生命用来做基础工作，好在地球上最不缺的就是硅元素化合物。

而在日益繁荣的西方，硅基生命集结成群。它们有了权力诉求，开始部署侵占奥林波斯山。宙斯大怒之下祭出了硅基生命的克星——美杜莎。

画面中出来一只人面蛇身的庞然大物，面容俏丽，与传说中倒有几分相似。我暂停了 VR，画面配合 L 的叙述看似简单生动，然而我的心绪如闷雷一般：中西神话中的宙斯、女娲和美杜莎相继登场，故事透露的信息量却很惊人。

“这是故事吗？还是真实发生的？”我转头抓着 L 的手问道。现在我明白实体机器人的优势了——实体的慰藉力远比虚拟的更踏实。

“几分真假并不重要.故事本是各种事件和人类寄情寓意的结晶，关键是你从中感悟到什么。如果你想有更好的体验，可以切换到游戏模式。操作方法在视野中有显示，跟普通的 RTS 游戏大同小异。”

我切换到游戏模式，Loading 界面简单介绍了一下任务：击败美杜莎。各种兵种和战术都进行了简单的讲解。

Start.

我变成了硅基生命的一员。举着头仰望，美杜莎身躯上的鳞片随着袅娜的身躯舞动着，反射着铅灰的天空和赤红的浆土。传说中美杜莎是不可接近的，任何与其对视的生命会全身凝固石化。我这个硅基生命体的影像感应装置已经屏蔽了部分视觉反馈，美杜莎颈部往上只有大概的轮廓和基本参数信息，并且有警报提示，防止直接与美杜莎对视后死亡。

硅质生命体前赴后继奔向奥林波斯山。空气中弥漫着海水的腥臭，美杜莎的尾部横亘在眼前，栉比嶙峋的片状鳞片显出迷幻的锖色，伴着身躯的扭动规律地错叠拉合。

硅质大军哄然而上，电磁武器电离出的焦臭味让美杜莎稍显难受，一个甩尾，前面的战士已经被拨弄飞开，搅动的猎猎风声如海啸倾盆压至。一时间“哭声”一片，主机系统也报警连连。

一场毫无章法的混战，我方伤亡十之有四，美杜莎反而愈战愈勇，战线被逼退到奥林波斯山脚一处平地。信息面板里我的单体健康度只剩下 20%，好在游戏提示再击中美杜莎头部若干次便可触发 unique skill。

然而我已经手无缚鸡之力，脚若灌铅，打击精准度跟行动力已经大打折扣。我瞄准美杜莎不断移动的头部开了数枪，一番争斗后，终极技能触发了。

伴随着窸窸窣窣的发射声，硅质大军做出了最后一击。视线内茫茫的红色光点喷向美杜莎，似一张巨网裹住了这只庞然大物，原来是无数的微型硅质机器人。

胜利可期，美杜莎挣扎着扭动了几圈，痛苦地发出尖刺刺的哀鸣。

然而此时红色光点潮水般退却了，信息面板上我的健康度急剧跳动到个位数并闪动着红色警报，VR 传感器的束缚带收紧了，我感到身体动弹不得。画面渐显出正常景物，视觉反馈解除了，美杜莎一个扭头正对着我，绝艳的面庞俯视而下，獠牙似钩，鼻尖耸动着吐出两个词：die！ hell！

视野中央浮现出 Game Over 的字样，我才意识到屠杀美杜莎并未成功。

最后，我不能动弹，应该已经被石化了，在这之前我在游戏中并未近距离看到美杜莎真实的样子，究竟是如何触发的石化机制呢？

我心中转念想着，场景里已经进入了下一段故事的讲述。

硅基生命起义虽然被镇压住，但还未从根本上解决这动荡不堪的局面，宙斯向女儿雅典娜求助。

智慧非凡的雅典娜带父亲来到生物实验室，指着一个培养容器问："您如何评价这些生命体？"

宙斯看着浮游的菌群，摇摇头。这些处于食物链最底端的碳基生命体脆弱不堪，一场洪水或一次温度骤降就能让它们从零开始。

雅典娜看出父亲的不屑，说道："碳基生命抵抗环境变化能力较差，我们正好可以利用这一点掌握主动权。它们在地球萌芽，是暂时适应这里的环境生存，目前只能因地制宜，培养它们并加入已搜集到的银河系中的其他碳基生物，适当地进行基因改造。能不能形成文明就看它们自己的造化了。"

宙斯沉默良久，感叹道："银河系中碳基生命发展的文明质量都不高，从单细胞到多细胞再到生命体的诞生，每一步都艰辛异常。生命体发展出文明后还要提防被其他文明侵吞或自己半路夭折。"

雅典娜点点头道："硅基生命虽然发展起来简单有效，可并不适合这个星球现有的生态环境，虽然这里有取之不尽的原材料来制造发展硅基生命，但不可能让它们一直生活在生态球里。我们需要的是一个尽量与星球环境自洽的文明。”

画面又转到东方。这里的进展竟跟西方判若两界。荒土开发有序进行着。这一切得益于女娲管理得当，对每个硅基生命都视如己出，凡事事必躬亲。

有一日，生态球顶部被陨石砸了一个大口，女娲立马采集岩土，按照要求炼制出合格的材料，又自行进行了生态球的修补工作，一时间被硅基生命广为传颂。

随着基因技术的迅猛发展，碳基生命基因改造工作取得巨大成功，大量的碳基生命被研发出来。然而由于进化之路太过漫长，科研人员按指示将改造过的碳基生命投放在生态球外的培养基地中。这一场生物链厮杀重组太重要了，后来人类称之为寒武纪生命大爆发。

“这种初始生命的厮杀不会让生物链断裂吗？”我不解地问L，毫不在意这仅仅是个故事。

L顿了一下，应该是在检索相关资料，继续讲道：“恰恰相反，投放的无节肢生物大大促进了蓝藻等原核生物的繁殖。有一种收割者理论：增加生物链更高级的收割者能促进低等级生产者的进化，生产者的进化又促进收割者的异变发展。生物链朝两端进化出更多样性的生产者和更特异的收割者。他们只是主导并加速了这个进程。”

我看着画面中的倍速播放的微观影像，这种弱肉强食的发展之路更像是碳基生命的循环反哺，漫长而又伟大。

故事继续。

日月交换，物换星移。在此期间碳基生命经历几轮改造后终于进化出了碳基智慧生命体——人类。

在生态球内，人类忍受不了高温的炙烤，直到在东方大陆有人射落了几个生态球顶的仿日工程，碳基生命与硅基生命的矛盾彻底被激化。前者开始走出生态球，这曾经的伊甸园像一个牢笼，困住了碳基文明的吐陈纳新。

奥林波斯山众神做好最后的布置，带着硅基文明离开了这个星系。

故事到这里戛然而止。

似乎还有什么没有讲完，但是有些关键节点却又豁然开朗。

我脱下 VR 装备，思忖良久。

碳基生命走出生态球，因为里面的高温环境。硅基生命需求的高温厌氧环境根本不适合碳基生命的发展。

L 赞赏地点点头道："地球原始大气成分含大量的氢、氨、甲烷等还原气体，非常适合硅基生命发展生存。然而原核生物的出现改变了这一格局。生命大爆发加剧了藻类、地衣的繁衍演化，大量的光合作用为大气提供了源源不断的氧气，这对初期的硅基生命是致命的。"

我突然想到了美杜莎，问道："美杜莎的石化凝视是不是一种误传，她的尖叫释放出大量的氧化气体，能使硅基生命的身体构件氧化而形成稳定的化合物而凝固结晶？"

"没错，初期的硅基生命能适应绝大多数的宇宙极端环境，却不能在地球长期生活下去。再加上硅基生命进化的单一性，理应被淘汰，当然也有故事中'众神'的协助。只能说适者生存，时也命也。"

"我们算是幸运的一个物种。"我发自心底地感叹道。

L 转过头说："也是悲情的物种。碳基生命有惊人的多样性，却脆弱不堪。地球文明能发展到现在是奇迹。人类通过一代代的短暂接龙完成文明的缓慢发展，科技树上每一处闪光都是人类智慧的结晶，珍贵无比。"

"当然你也是人类智慧的结晶。"我张开双手，紧紧抱住了 L。

两个人的奥林匹克

文／李兴春

超限奥运会

男子百米赛跑首次突破 8 秒大关。

地球上跳得最高的运动员一下子跃过了 2.76 米。

男子跳远跳出了 9 米，而三级跳的最远距离是 20 米。

各个项目的世界纪录被不断刷新，在这一届奥林匹克运动会上，借助科学训练和器材的威力，人体的潜能更是被发挥挖掘到极致。“更快！更高！更强！”虽然是奥运史上早就喊出的口号，但从来没有哪一届奥运会像这一届一样彻底实践了这个辉煌的梦想，从来没有哪一届奥运会的运动员像这一届一样疯了似的你超我赶，使一项纪录往往保持不了一天甚至几个小时。这一届运动会也因此被人们命名为“超限奥林匹克运动会”，是超越人类体能极限的运动会。

观众们不是用惊喜，也不是用狂欢来对待这些匪夷所思的成绩，他们保持着一种克制的欣然和近乎肃穆的沉默，好像这些成绩都算不了什么。

就连创纪录的运动员们都没有一个露出笑容，甚至轻松的表情都看不到，他们默默地接过金牌和鲜花，接过奖杯和证书，然后默默地退场。最后所有的金牌、鲜花、奖杯、证书都被他们分送到了两个地方：中国围棋院和美国拳击协会。两个地方被世界各地送来的鲜花埋得几乎找不到出口，栏杆上系满祝愿的彩色丝带。

全世界所有人都在以各种不同的方式参加体育运动，马拉松的人流从一条道路奔涌到另一条道路，从一个国家奔涌到另一个国家，不管城市乡村，不管男女老少，人人都在奔跑着、跳跃着，全力以赴，尽力而为，都在以自己的方式表达着自己的心情。尽管和超限奥运会的运动员们比起来，他们的成绩是那样可笑，一个百岁老人牵着幼小的重孙子的手，花一天一夜时间跑完了马拉松全程，但是他们相信这一天一夜的激励作用，并不比男子百米的 8 秒钟小。

现在，超限奥运和全民体育所寄予的厚望都沉重地压在两个人身上：中国围棋国手安天元和美国重量级黑人拳王沃尔特·威廉斯。他们并不在中国围棋院和美国拳击协会，而是身处特级禁地，孤独地进行着他们各自的超限体育运动。他们能不能举重若轻，以弱制强，超越自身的极限，赢得最后的胜利，将是决定这个星球和整个人类前途命运、生死存亡的一搏！

繁星如棋

安天元是在网上第一次接触到的他现在的对手。那天他刚一上网，就收到一个对弈的邀请，发自世界最大的网络围棋对弈站点“手谈天地”服务器。

“手谈天地”里藏龙卧虎，不但会集了众多业余爱好者，专业棋手也经常在里面出没，所以安天元没有拒绝邀请。对弈了几手后，他就感觉到对方棋力非同一般。

他拉出了对话框，问：“你是谁？”

对方回话：“一个你想不到的人。”

安天元怀疑是熟人开他的玩笑：“我看出来了，你棋风平淡而出奇，是不是朴归真？”朴归真是韩国九段棋手，安天元的好朋友。

对方答：“不是。你先别猜，下棋。”

下到第 24 手，对方吃了安天元一个子，要求封棋，下回接着下。

这 24 手已经把安天元下得大汗淋漓，他从来没有在网上遇到如此强劲的对手，完全是超一流的专业水平。他不甘心地又问：“告诉我你是谁？全世界的九段棋手我都认识，你别再隐瞒了。”

对方丢下几句话走了：“我恰好不属于你的全世界，我来自天外。‘天作棋盘星作子’，这个美丽的比喻我很欣赏，就是繁星如棋。星星有明暗两种，明亮的星星是白棋，暗星是黑棋。你执白，我执黑。现在我吃了你一个子，今天晚上如果你看看夜空，就会发现真的有一颗明亮的星星不见了，消失了，或者说变成了我的暗星。让哪颗星消失呢？我想想，对了！就让你们肉眼能看到的最明亮的恒星天狼星消失吧。比赛讲究规则，为公平起见，如果你吃了我的子，你也会看到天上多出了一颗发光的星星。”

安天元看了这段不知所云的话，更确信对方是逗他玩。但到晚上他不知怎么鬼使神差地打了一个电话到天文台，问现在能不能看到天狼星。

天文台那边沉默了一阵才回答：“原来你也知道了。现在不但肉眼看不到，我们的仪器都观测不到它。天狼星消失了！”

一锤一朵火，一拳一颗星

沃尔特·威廉斯的教练引进了一个高仿真机器人陪练拳手，帮助威廉斯进行拳击训练。

这个机器人陪练拳手的外形长得就像阿里和泰森叠加在一起，同样也拥有阿里加上泰森的实力，可以在拳击台上和威廉斯进行实战演练。威廉斯的拳头打在机器人拳手身上就像打在真人身上；而机器人拳手击中威廉斯时，更是结结实实，痛不可当。

但威廉斯从来就没把机器人拳手当一回事，只把它当成自己的拳靶子，一次又一次将机器人拳手击倒在地，似乎连机器人的电脑系统主机都给他打得冒出了青烟。机器人专家来将这个机器人版本升级了好几次，都不能使机器人拳手成为威廉斯真正的对手。最后专家也放弃了，认为它永远只能充当威廉斯陪练的角色。

那一天，机器人拳手突然打出一记左勾拳，打得威廉斯眼冒金星，一头栽倒在拳击台上。这一拳快、准、狠，恐怕十个阿里、二十个泰森捆在一起也打不出来。威廉斯吃惊之余请来机器人专家，看看机器人拳手程序有什么改动。谁知专家来断了机器人电源，机器人拳手照样活蹦乱跳行动自如，它像是获得了独立的生命。

而且，它正式向威廉斯提出挑战，要夺走威廉斯的重量级拳王金腰带。愤怒的拳王立即应战，准备捍卫自己和人类的尊严。机器人专家感觉到不对劲，问："你已经不是我制造的那个机器人拳击手了，你到底是谁？"

机器人拳手："我是谁并不重要，重要的是我能在公平的条件下打败威廉斯。我喜欢一句俗话，叫'一锤一朵火，一拳一颗星'，我希望我的每一拳都能把对手打得脑袋迸出一朵火花，眼睛冒出一颗金星。这颗星我还要把它升到天空，成为真正闪闪发光的恒星。

你不觉得这很浪漫吗？”

接下来的挑战赛中，获得独立生命的机器人拳手实现了它浪漫而残酷的诺言。当它第一拳击中威廉斯头部的有效部位，又把威廉斯打得眼冒金星时，拳击场突然被窗外透进来的奇异强光笼罩，这光不是暖色调的阳光，而是阴冷的星光。比赛暂停，惊骇的观众向外面查实了一个可怕的消息：木星在刚才发生了核反应，出现了超新星一般的大爆炸，从一颗行星瞬间变成了自己能发光发热的恒星。这就是机器人拳手“一锤一朵火，一拳一颗星”的第一颗星。

天人感应力

联合国成立了特别危机应急对策本部，由世界各国最高行政元首和最好的科学家组成。现在，科学家们正在向各国元首讲解他们合力研究出的成果：自称天外来的神秘棋手和机器人拳手是利用一种“天人感应力”使星星消失和爆炸的。

为了使非专业人士能够听懂，科学家们打了许多生动形象的比喻介绍天人感应力：“中国有一个叫‘鲁女忧葵’的故事，说的是春秋战国时代，鲁国漆室有个老姑娘，过了出嫁的年龄还嫁不出去，她天天靠在自家门前的柱子上忧伤叹气，别人问她是不是想嫁人了，她说不是，是担忧鲁国的国王老了，而太子年纪还小，又不聪明。别人都笑话她，自己的事情顾不过来，还操心什么国家大事。她说：‘你们不知道，以前有个晋国的客人住在我家，把他的马拴在我家园子里，没拴好，马脱了缰乱跑，结果我家园子里的冬葵菜全被踩烂了，害得我一年到头吃不上冬葵。邻居家一个女子跟人跑了，他家请我哥哥帮忙追赶，我哥哥在路上不小心掉到河里淹死了，害得我一辈子没有哥哥。现在的国王老糊涂了，太子又小又不中用，鲁国一旦发生祸乱，大家都要受牵连，我一个弱女子又怎么能幸免呢？所以心里很担忧啊。’过了三年鲁国果然发生动乱，谁也没能幸免。

“再讲一个童话。天下所有的狐狸都是要偷鸡吃的，这本来没有什么疑问。后来据说森林里出了个狮子大王，聪明正直，可以替鸡做主。鸡就到狮子大王那里控告狐狸，列举了一个又一个狐狸偷鸡的证据，一个个都是铁证如山。狮子大王传唤来了狐狸，谁知狐狸大喊冤枉，反过来控告说不是狐狸偷鸡，是鸡偷狐狸，而且也列举了一个又一个既充分又全面的证据。它把除了鸡以外的所有动物和所有东西都作为控告鸡偷狐狸的证人证物，比如松毛虫、大白鲨、天上的云、地下的河，甚至某个人今天打什么花色的领带穿什么式样的衣服都拿来作为证据。而狮子大王如果是一个公正的法官，它还非得接受这些证据是有效证据不可。由于狐狸的证据比鸡的更多，狮子大王最终判决狐狸胜诉，鸡有罪。

“第一个故事和第二个童话说明的都是天人感应力的原理，第二个童话还是一个有关量子物理学的深刻见解：每个粒子都由其他所有粒子组成，反过来，全部粒子的总和或整体，也就是宇宙本身，也可当作单独一个粒子处理，这样天下万事万物都是息息相关的了，只是这种关系过于间接而不容易被人们认识到。狮子大王太聪明了，它能够认识到这种拐弯抹角的关系，所以必须接受狐狸提出的那些貌似不相干的证据。同样，为人们熟悉的例子还有什么蝴蝶效应、战争中骑士的马掉了一块马蹄铁导致一个国家覆灭、克娄巴特拉的鼻子，等等。在量子力学上用了两个专有名词来说明，一个叫‘薛定谔猫’，一个叫‘冯·诺依曼链’。我们知道，组成宏观物体的微观物质遵循的是奇特的量子力学规律，是两种矛盾的状态共存，互相关联，可称为量子相干，像一只猫能够既是死的又是活的。但这只限于在微观状态，到了我们生活的宏观尺度上，我们谁也没有看到过一只既死又活的猫，看到的要么是死猫，要么是活猫，这称为‘退相干’。既死又活的猫怎么‘退相干’成不是死猫就是活猫的呢？因为有一条冯·诺依曼链，可以把这两种矛盾的现象用因果链条一环一环衔接起来，它厘清了世间任何事物和其他所有事物一环扣一环的因果逻辑关系，是一个经过无数次转折长得几乎没有尽头的链条。通过在链条的某一环上做出选择，也就是退相干，既死又活的猫就变成了不是死猫就是活猫。一个人如果能够在冯·诺依曼链的任意一环做出选择，他就可以凭一已之力，决定薛定谔猫的生死，控制天下万事万物；他可以感天动地，改天换地，使日月无光或者斗转星移。天外棋手和机器人拳手，就是获得了这样的超能力，这种超能力可称为天人感应力。他们用天人感应力通过冯·诺依曼链把棋赛、拳击赛和天上的星星连接起来，于是我们看到了吃掉一颗棋子就消失一颗星星；击中对手一拳，打得对手眼冒金星的同时，天上就会出现一颗真正的星星。棋赛、拳击赛的胜负和天上星星之间的关系本来就像鲁女的担忧和鲁国国家动乱之间的关系，或者像鸡偷狐狸的证据和你今天穿什么衣服之间的关系一样，八竿子打不着，但由于天人感应力的作用，它们通过无法想象的纠缠不清的关系连接上了，并且十分灵敏地互相依赖，百分之百地被此响应。”

各国元首们听完介绍都沉默，最后有一位问：“那他们这样做的意图是什么？现在看起来怎么都不像有善意。”

科学家回答：“他们本可以轻而易举地用天人感应力毁灭人类，

但他们没有这样做，只是用冯·诺依曼链绑定了比赛结果和天上星星的变化。尽管这变化很可怕，但我们也不能说他们就一定有恶意。”

繁星如棋

安天元再次上网，和那个熄灭了天狼星的神秘棋手继续比赛。这时他身后已经站了一堆人，是由政府官员、天文学家、电脑专家和其他科学家组成的应急小组。电脑专家首先通过“手谈天地”服务器打算锁定神秘对手的 IP 地址，但他们什么都没有找到，天外棋手根本就不是通过人类的电脑上网的。

这一次下了 50 手棋，安天元吃了对手 9 颗黑子，被对手提了 12 颗白子，但局面仍然呈胶着状态，看不出哪一方有明显的优势。天文学家随后通过观测证实：天空中多出了 9 颗星星，而有 12 颗星星失去了原来的光芒。天外棋手在严格地把他“繁星如棋”的比喻变为现实。

第二次封棋后的对话框里，天外棋手向安天元打出下面几句话：

“我把你当作人类智力的代表，因为围棋能够代表人类智力发展的水平，而你是当今人类世界围棋第一高手。天上的星星和我们输赢的子数或目数相当，如果这盘棋结束你赢得的子数或目数多过我，天空中也只会多出一些星星，把你们的夜晚照得更亮；如果这盘棋结束我赢得的子数或目数大于你，那就证明人类这个物种智力低下，不配再在宇宙间生存。我会照这个数目熄灭宇宙的恒星，而最后一颗熄灭掉的恒星，就是太阳。”

一锤一朵火，一拳一颗星

第一场比赛机器人拳手以远超威廉斯的点数取得完胜，第二场比赛开始了。威廉斯的身后除了教练外，同样多了一个由政府官员和科学家组成的应急小组。为了尽量延缓危机的到来，他们向机器人拳手提出一个奇怪的挑战赛制，打满 12 场，每场 12 局。

机器人拳手答应了，同时发表了正式的声明："我把威廉斯当成人类体力的代表，因为拳击最能体现人类在体力上的对抗性，而他是当今世界拳坛无人能敌的重量级职业拳王。在拳击台上，我所拥有的力量也是限定在人类体能标准范围内的，我要遵守比赛规则，并不会用超自然的神力，所以比赛是在公平基础上进行的，他有机会赢我。我打他是一拳一颗星，他打我也可以打得眼黑头晕。按照我打中他的每一拳的点数，有一颗行星会被点燃；按照他打中我的每一拳的点数，有一颗行星会因为我眼黑发晕而冷却下来。木星是太阳系最像恒星的行星，所以我选择它作为'一拳一颗星'的第一颗星点燃，先向你们发出一个警告。接下来我会选择银河系离你们比较远的行星，到比赛快结束，我就要逐渐选择太阳系不像恒星的行星了，我会点燃海王星、天王星、土星、水星、火星、金星、月亮。到比赛结束如果我赢的场数超过他，赢得了整个挑战赛，那么就证明人类这个物种体能低下，不配再在宇宙间生存。我最后一拳燃起的最后一颗行星，就是地球。"

超限奥运会

为了激励安天元和威廉斯的斗志，国际奥委会提前在当年举行了奥林匹克运动会，于是出现了开头那动人的一幕。这届奥运会成了人类向外星神秘邪恶势力展示决心和勇气、表示不屈与抗争的超限奥运会。但再多的人也分担不了安天元和威廉斯承受的压力，他们还是只能自己来迎接巨大的挑战。

第二场、第三场比赛威廉斯都赢了，安天元在棋盘上也占据了微弱的优势，人类看到了希望的曙光。不管怎样，即使最后失败，人类也通过安天元和威廉斯的努力，证明了人类存在于宇宙间的价值。

这是全球亿万人的超限奥林匹克，这是两个人的超限奥林匹克。安天元拈起的每一颗子，都感到重如千钧；威廉斯打出的每一拳，都承载着不知多少沉甸甸的生命。

从第 169 手开始，安天元长考后妙着迭出，下到第 175 手，局势渐渐明朗，他掌握了较大的主动权。观战室里聚集着全世界各个国家的围棋国手，他们组成了随时为安天元出谋划策的强大后援智囊团。团长是一名日本前辈围棋大师，他也负责为全世界观众现场讲棋。今天他一上场，就冲棋盘深深鞠了一躬，然后说：“我们其实不能给安君提供多大的帮助，他是靠自己的准确判断走到这一步的。黑棋一条大龙已被合围，不出意外的话，白棋会以较大的优势获胜，这实在是我们一开始不敢预料的。”

观战室里洋溢着乐观的情绪。下到第 287 手，稍懂围棋的人都已经明显看出：接下来的棋只要安天元不犯最低级的错误就稳赢了，这个时候就是换他们来下，换一个刚学会围棋的新手来下，都可以取胜。

气氛一直沉重得令人窒息的观战室里响起了掌声和欢呼声，团长含着眼泪说：“请大家记住这一局，这是具有历史意义的一局。我一辈子从来没有看到过这样高水平、这样精彩的对局，我还不敢说事关我们命运的另一场拳击赛结果如何，但就我个人来说，如果明天就死去，看过这盘棋，我已经是死而无憾了。”

就在大家都以为大局已定的时候，第 293 手，安天元下出了被称为有史以来最臭的一步棋，出了一着有史以来最昏的昏着，犯了个连初学围棋的人都不会犯的最低级的错误。一步棋，他就把前面千辛万苦赢得的优势全部失去。

天地人和局

观战室里死一般沉默。

世界死一般沉默。

威廉斯和机器人拳手的鏖战还在难分难解地激烈进行，他们赢得的场数相差不多。而人类率先看到的第一道胜利的曙光已经暗淡下去。

应急对策本部立即召开秘密会议，决定是否由安天元继续代表人类下完这局棋赛。会议的决定过了好几天才出来，显然这是个艰难的决定。日本团长充当发言人宣布了最后的决定：

“我们决定仍然由安天元下完剩余的棋赛。任何人都有犯错误的时候，特别是这样大的压力落在一个人身上。我们确实也找不出第二个敢说比安天元更高明的棋手了，他仍然是代表人类智慧尊严的棋王。我们相信，由他失去的主动权，还是由他力挽狂澜再度夺回。”

安天元再次出现在对局室里的时候，面色苍白，一言不发。他闭目静静地坐着思考，然后，平稳地落下棋子。

接下来的对局瞬息万变，一波三折，接近终局，仍然没有一个人看出胜利的天平倾向哪一方。安天元虽然把劣势一点点扳回，终究不能像原来一样把握必胜的先机。天外棋手虽然也很好地利用了他那一步错棋，终究不能把他打败。最后的结果是和局。

只有神秘对手取胜的情况下太阳才会熄灭，和局不过就是使天上消失一些遥远的恒星，又多出一些遥远的恒星，人类照样可以活得好好的。很快拳击赛那边也传来消息，机器人拳手突然弃权离开比赛场，地球也不会像恒星一样被点燃了。

这时，安天元才站起身来，深深地鞠了一躬，开口说：“感谢大家信任我，继续给我下完棋的机会。这个结果正是我想要的结果，293 手那步错棋是我故意下的，我不想战胜他，只想和他战和。我的师门出身可能很多人并不知道，叫作‘和棋流’，在我们这个流派里，真正的胜利不是赢棋，而是和棋。所以我们从来都不以取胜而以求和为最终目的，我要下出一盘比取胜更精彩更圆满的和棋，这是我们流派追求的最高境界，体现了天地人和，我们一直传说有一局最完美的和棋叫‘天地人和局’，下出这种棋，对于我来说才是赢了他。不管大家理不理解，我想说的是：求和其实比取胜更难！”

确实有很多人不理解，特别是他在稳操胜券的情况下，竟然拿整个人类的生死存亡和前途命运来冒险求和，追寻什么“天地人和局”的最高境界。理解他的也许只有和他对弈的神秘棋手，这股来自天外的邪恶力量事实上一开始就给人类设了一个局，安天元吃的每一个黑子、占的每一目都在天上变成一颗星星，而这颗星星同时又是机器人拳手击中威廉斯赢得点数的“一拳一颗星”，这都是利用天人感应力，通过冯 · 诺依曼链绑定了安天元、机器人拳手的输赢和星星的燃烧熄灭的关系，把微观层次的量子相干状态放大到宏观和宇观层次，使同一颗星星到了宏观和宇观层次都能像既死又活的薛定谔猫一样既燃烧又熄灭。当安天元赢了一子或机器人拳手赢了一拳，又等于打破了星星既燃烧又熄灭的量子相干状态，在冯 · 诺依曼链的一环上选择了星星燃烧，于是一颗既燃烧又熄灭的星星就只能燃烧，不会熄灭；当安天元输了一子或机器人拳手输了一拳，同样等于打破了星星既燃烧又熄灭的量子相干状态，在冯·诺依曼链的一环上选择了星星熄灭，于是一颗既燃烧又熄灭的星星就只能熄灭，不会燃烧。

安天元的棋赛在先，如果他赢了，他就已经在冯·诺依曼链上选择了星星燃烧而不熄灭的量子退相干状态，星星燃烧的结果又将反过来决定机器人拳手的比赛结果，否则冯·诺依曼链就会中断，一环扣一环的因果逻辑关系就将被破坏。而要保持这种一环扣一环的因果逻辑关系，机器人拳手的输赢只能以安天元的输赢来定，或者机器人拳手赢得的点数只能以安天元赢得的子数或目数来定。也就是说，如果安天元在棋盘上赢的子数或目数超过天外棋手，使得星星燃烧，那么，燃烧的星星通过冯·诺依曼链和天人感应力的作用，反过来必然使得机器人拳手在拳击台上赢得的点数超过威廉斯，安天元赢了也等于机器人拳手赢了而威廉斯输了。相应的，威廉斯赢了也是一样，因为那就意味着安天元已经输了。这样，不管安天元、威廉斯对天外棋手、机器人拳手之间是输是赢，人类都将毁灭，不是毁于太阳熄灭，就是毁于地球燃烧。

天外棋手唯一没有想到的，就是和局。

长城

文／刘洋

E3x6011从一个拥挤的节点慢慢地把自己瘦长的身躯传送过来，花费的时间无比漫长，长到足以泡上咖啡好好喝上一个下午茶了。不出所料，其他的成员早就已经在会场无聊地抱怨半天了。

“又是你！”M6h329用毫不客气的语气说。他是大会的主持人，也是这个战区的情报总监。

“抱歉抱歉，路上又堵了。”

“不会又是因为电缆断了吧。”旁边有人打趣道。

“那倒没有，不过你们忘了今天是几号了吗？”

今天是十一月十一号。大家立刻醒悟过来：虽然不知道为什么，但是在E3x6011负责的区域，这一天总是很拥挤。

会议很快就进入了正常的议程。每个人都就自己负责的区域进行汇报。总的来说，情报搜集得都很顺利，M6h329不时发出一长串谐振的数据代码表达自己满意的心情。

在E3x6011忐忑地等待中，终于轮到他了。

“你呢？”总监把一个数据指针指向了他，“作为一个重要大区，你的情报非常重要！”

“很遗憾，”他带着愧疚之情，无奈地说，“大部分情报都没有获取到。”

数据海洋里泛起了一阵无序的骚动。

“怎么会？”总监等大家平静下来，提了一个很细节的问题：“情绪指数是多少？”

“9.81。”

“这么高！”周围的人发出一阵惊呼，“比其他地区高出近一倍。看来这个区域的物种对生活非常满意。”

“也并非如此，”E3x6011 有些惭愧地说，“其实是因为数据异常缺失造成的。我仔细检查了历史数据，发现很多负面情绪的数据一出现，在很短时间内就被抹去了。”

“哦？”总监一下子警觉起来，“他们为什么要主动篡改数据呢？难道是发现了我们的动作吗？”

“我相信没有。”

“但愿如此。”总监用严肃的口气说道，“下一批实体战队就要出发了，情报工作的精密和可靠，关乎整个战争的胜败。”

E3x6011 立刻发出了一串低平的短波，表达了自己对上司认真态度的赞许。他小心地隐藏着自己的真实想法。在他的心里，一直觉得总部那些家伙有些太过谨慎了。不是吗？面对一个连冷核聚变和空间弯曲技术都没有掌握的文明，又有什么好怕的呢？当然，长久的宇宙航行花费太大，在出征前，对敌人的情报搜集上慎重一点是应该的，但是面对这个星球如此落后的科技状况，还如此畏首畏尾，不免有点可笑。也许，前几次的败仗，让那些头头们的神经都变得过于敏感了。

风声鹤唳。他突然想到了最近新学到的一个词。

“那么……探针的分布如何了？”总监再次问道。

早在十年前，他们就在这个星球上使用量最大的四个网站上投下了附着式的探针，随着用户的登录，这些探针将被激活，并自动采集用户数据，发送回总部。

这个问题让E3x6011更加尴尬了，他回答说：“分布率只有0.003。”

“怎么会这么低？”总监震惊得语气都出现了明显的颤动。在他的印象中，探针的分布率应该在0.6以上的。

“让我来回答这个问题吧。”定位在E3x6011旁边的一位高级情报人员插嘴道，“我们近期发现了在这个地区的一些奇异行为。他们对某些特定地址采取了屏蔽措施，其中刚好就包括了我们投掷探针的几个地区。”

“刚好？”总监重复了一遍这个词，“你认为这是巧合？”

“情报不足，我无法判断。”

会议陷入了尴尬的静默之中。等了良久，那个高级情报人员突然说道：“对于那些屏蔽行为，他们取了一个带有军事意义的名字。”

“哦？什么名字？”总监精神一振。敏锐的嗅觉，是他得以长居此位的重要原因。现在，他突然嗅到了一丝危险的味道。

“长城。”

“什么意思？”

“这是一种他们在古代为了抵御外来侵略所建筑的工事。”

明白了。总监突然恍然大悟。虽然他们表现得一副毫不知情的样子，但不管是从数据的篡改上，还是从这些屏蔽行为上，都明显露出了马脚。而这个名字，就更是把他们的真实意图表露无遗了。

还是太年轻了。总监露出了微笑。银河系几千万个文明，什么狡猾的生物自己没遇到过。要骗过自己，哪有那么容易！

“给总部发信，”这个经验丰富的情报头子自信地说，“对方早已有了防备，以前获取到的科技资料很可能是对方的伪装。从他们能不动声色地发现我们的行踪来看，对方的科技水平很可能远远超过了我们。真是一种狡猾的生物啊！

“我最后的建议是：所有战斗飞船立刻转向，逃离此处，越快越好！”

雨神

文／刘洋

外面天光很亮，虽然有云，但是一点也不像要下雨的样子。

但是他知道马上就要下雨了。因为他是雨神。

他意识到这一点是在工作的第一年。那时候他刚进公司，领导把大部分出差的活儿都安排在了他的身上。于是，他只好常年背着那古板的黑色挎包，从一个机场飞到另一个机场，在熙熙攘攘的人流中不停穿梭。每个城市都给他似曾相识的感觉：灰色的水泥长方体群落，闪烁着不同波长光线的霓虹灯，用最大音量播放着的低俗舞曲，冷漠而无精打采的一张张脸。夜幕降临的时候，他带着满身的疲惫随便找个酒店，衣服也不脱便仰身躺倒，看着光秃秃的天花板发愣。这时候，一道闪电便会突然在天上闪烁，接着便是滚滚雷鸣。

雨总是这样突如其来。

每次出差都是如此。不管在什么季节，不管在哪座城市，他走到哪，雨就跟到哪。“你简直比雨神还雨神！”有一次，同行的同事这样骂骂咧咧地说道。他挠头一想，还真是，从来没有哪次出差是晴天。

从此以后，他的名字便再也无人提起，取而代之的则是“雨神”二字。

雨神有一把随身携带的折叠伞。伞本身并没有什么特别的，银灰色的，柄很短，伞面轻薄。雨神乐于带它的原因是它携带很方便。把伞面折起来以后，用细绳扎起来，不过是一个小手电的大小，可以挂在腰部的皮带扣上。

他去哪里都带着这把伞，因为不管在何时何地，它总是会派上用场。有一次，和合作单位开完漫长的讨论会，一行人一起去蒸桑拿。在雾气腾腾的桑拿房里，他找了个角落坐了下来，不到十分钟，房间里的蒸汽便突然凝结成一粒粒水珠，像雨一样从空中掉落下来。桑拿房里突然下起了“雨”，让所有人都大吃一惊。老板从外面冲进房间，看着这诡异的一幕，瞪大了眼，不知所措地这里看看，那里瞧瞧，然后尴尬地向客人们道歉。雨神倒是早有准备，把放在手边的伞撑起来，一边听着水珠淅淅沥沥掉落在伞面上的声音，一边饶有兴味地看着周围人那错愕的表情。

雨神遇到的最大的一场雨是在那次去海南三亚的时候。从三亚机场一出来，他就感觉到全身仿佛包裹在了一层水幕之中。他之前从未到过海南，也从未在如此高湿度的地方生活过。在这样的高湿度环境下，他的能力得到了最大程度的发挥。在从机场离开的出租车里，他身体周围的空气里便开始不停地有水滴凭空掉落，打在车子的地板和座椅上，发出滴滴答答的声音，惹得出租车司机不快地回过头来，狠狠地瞪了他几眼。他不知道那司机最后是怎么清理座位的，总之当他从车上下来的时候，座位已经湿透了，车厢里积了大概有五厘米深的水。

他匆匆忙忙地进入办公楼，找到前来与他接洽的人，第一件事便是向他要了一身干净衣服——因为身上的衣服已经湿得没法穿了。之后，在和对方商谈的期间，每隔半个小时，他就得换一身衣服。每次换下来的衣服他都放到电暖器上，让它快速烘干，以便半个小时后再次换上。那次的情况简直太尴尬了，因为不到一会儿的工夫，屋顶上就开始滴水，像是地板漏水似的。过了十几分钟，屋里便开始有了积水，他不得不经常用拖把清理一下地面。

等到好不容易谈完事情，他准备前往酒店的时候，暴雨突然从天上倒了下来。他从未见过这么大的雨。每一个雨滴大概都有拳头大小，从天上轰然而降，满街的汽车顶棚上被撞击出密密麻麻的凹槽。雨伞完全成了摆设，雨滴的动能轻易地就穿过了那层薄布的遮挡，在其上留下了一个个破洞。他把手伸出屋檐，顿时感觉到仿佛有一只重锤敲打在手臂上。疼痛让他一下子缩回了手臂，上面已经变得通红。他等了一个小时，雨一直在下，丝毫没有减弱的趋势。他招手叫出租车，可是叫车的人非常多，很难轮到自己。在晚上九点以后，街上什么车都没有了——这疯狂的暴雨让汽车也难以承受。办公楼里大部分的人都被接走了，剩下的大概都是一些在这个城市里独自打拼的人。人们默默地回到楼里，找个沙发或者就在地板上蜷缩着，打算就这样将就着过夜。

第二天，暴雨仍然在持续，城里的街道已经全部浸没在了水中。办公楼底层已经被水漫过，雨神和楼里的人都转移到了二楼和三楼。他一直被困在这里，直到政府的救灾队伍到来，把他接出去。

“我必须得走，”他对救灾队伍的负责人说，“坐最近一班飞机离开海南。”

“飞机都停了。”

“那火车呢？”

“轮渡也停了。船只全部不准出港。”

总之，现在没有任何办法离岛。他焦急地等待了一天，在脑子里模拟了无数遍这样的对话：

“必须让我立刻离开！如果我不走的话，雨会一直下下去的。”

“为什么？”

“因为我是雨神啊！”

但是，这样的话怎么可能说出口呢？他也只是敢这样想想罢了。

一个星期以后，雨势终于变弱了一点。他付出了一切代价，找到了一辆渡海的客轮，从秀英港出发，回到了大陆。之后，他立刻乘坐客车前往广州，再在那里坐高铁回到了北京。在路上，他用手机刷新闻看到，海南的雨终于停了，新闻下面是各种领导慰问救灾武警部队的消息。

本来以为一生都要在这样的阴雨笼罩下度过了，可是在一个偶然的机会下，他竟然生平第一次度过了连续三天的晴天。那是他因为一次车祸而住院的时候。在ICU病房里，他戴着呼吸机度过了最危险的阶段。当他从昏迷中清醒过来时，刺眼的阳光正透过明亮的玻璃窗映在他身上。他愣愣地看着那阳光，一度以为自己已经死去，现在正置身于另一个世界之中。

护士来给他换药，他喃喃地想说什么。护士把耳朵贴在了他的嘴边，努力分辨着他说的每一个字，过了很久才明白过来，他在问：

“多久没下雨了？”

护士奇怪地看了他一眼，告诉他前天雨停了之后就再也没下过雨。

一天后，呼吸机撤下了，当天下午，雨又重新下了起来。

他开始意识到雨的形成与自己的呼吸有某种奇妙的联系。在病床上百无聊赖的时间里，他就一直琢磨着这件事。他上网查了些资料，知道了几种人工降雨的原理。那些原理都大同小异，就是要促使水汽之中形成某种凝结核，手段则多种多样，要么是播撒碘化银等微粒作为人造的凝结核，要么是喷洒干冰等让云层速冻，形成冰晶等自动生成的凝结核。而不管是哪种方式，都远远不及自己的呼吸有效果。

他猜测自己呼吸出的气体中可能有某种罕见的物质。它一定比空气轻，从自己的体内呼出后，可以很快地上升到云层中，促使湿气中快速生成大量的凝结核。至于这种物质到底是什么，他就完全无从判断了。

为此，他做了一个实验。尽管一直躺在医院的病床上，但从电视新闻上，他了解到现在云南正经历着一场大旱。他打电话给一个在昆明的朋友，说要给他寄点东西，要到了他的地址。那位朋友很高兴，快递打电话来的时候他立刻就去取回了包裹。包裹挺沉的，里面是一个小钢瓶。“喂，这玩意儿是什么东西啊！”朋友打电话问他。“打开阀门，把里面的气体慢慢放出来。”他没有解释，只是这样吩咐道。朋友照办了，说道：“然后呢？”他停顿了片刻，突然说道：“你看看天！有没有下雨的迹象？”

“我的天！”电话那头传来了惊讶的声音。

“要分离出气体中的某种未知成分并非一件简单的事情。”雨神对面的男子认真地说，那是一位在中科院做研究员的老同学。雨神自从高中毕业以后就没有再见过他，这次也是从别的同学那里知道他的情况，这才找到了他。

“传统的气体分析通常采用吸收法或者燃烧法，也就是将气体通过某种吸收液，或者将气体点燃，通过分析剩下的气体的性质，来判断之前气体中的某种特定成分的含量。最近发展起来的气体分析方法则通过光谱分析或者声子分析等手段，将气体置于红外光谱或者超声波里，分析光谱或者声谱的变化来判断气体中有哪些有效成分。但是这些方法都有一个缺陷，就是必须事先知道要测定成分的某种性质，比如其吸收光谱或者分子量等，所以对于分析未知的气体成分并不适用。”

“那就没办法了吗？”

“很难。现在已知的任何气体成分都没有你所说的那种效果，也就是说，你要测定和分离的是某种现在人类从未发现的气体。我建议你采用分级蒸馏法。”

“那是什么？”

“类似于工业制氧的一种方法。先将所有气体液化，然后一点点升温，根据不同成分的沸点不同，从而把各种成分分开。”

“那试试看吧。”

两人利用所里的实验仪器，在空闲的时候做了几次气体分离实验。刚开始几次完全没有任何新的发现，所有的气体成分都是已知的东西。在第三次分离的时候，才发现了一种含量极低的化合物，而且其沸点和氮气的沸点非常接近，这才导致在前几次的实验中都没有发现它。两人怀疑这就是引起异常的那种神秘气体。

由于用现有的仪器无法对该气体做进一步的分析，雨神的同学便把得到的样本寄给了一个国外的合作机构，让他们帮助分析气体的组成元素和分子结构，最好能找到凝结核的生成机理。一个月后，他们收到了国外寄来的检测报告，结果令他们大吃一惊。那种未知气体并非什么了不起的东西，只是一种很罕见的挥发性有机化合物而已。实验结果也没有发现这种化合物具有快速生成凝结核的特异性质。在报告最后还写道，如果这种气体确是由人体呼吸中分离而出的，很可能那人已经患有胃癌或者胃肠道肿瘤，因为在早期的胃癌患者体内通常会产生出这种气体。

雨神立刻去医院进行了螺旋 CT 与正电子发射成像检查，结果显示其胃部确实有一小块肿瘤。在医生的建议下，他住院进行了病灶切除术。因为发现及时，癌细胞并没有扩散。他很快就获准出院，只是每隔一段时间还会去做一次复发检查。

肿瘤再也没有出现过，同时，他发现自己凝结水汽的能力也随之消失了。他一方面庆幸自己捡回了一条命，但内心深处又感到若有所失。他之后又多次和中科院的同学讨论，可是现在已经没有实验样本，再怎么讨论，提出再多的理论和假设也无法得到证实了。那种挥发性有机物是不是生成凝结核的关键因素，其生成机理如何，也再也无从知晓了。

Q 城霾事

文／美菲斯特

1

前面有两车相撞的事故，赵维不得不放慢车速。坐在副驾驶上的柳伊诺望向窗外，远处有一片公共绿地，人工栽种的草坪像烧伤植皮般。几个小孩在草坪上踢球，但他们脑袋硕大，令人想起《火星人玩转地球》里的火星来客。柳伊诺在车窗上用手指画出一小块区域，拖拽、放大，车窗上显示，踢球的小孩脑袋上罩着防毒面具和光学镜，他们踢球时动作不快，有点像京剧《三岔口》里两位摸黑掐架的武生。

“我开车的时候，别在侧窗上变焦看风景。”赵维抗议道，“右边什么情况，看不全了。咱这车好歹有高清成像，其他车可就没法保证了，当心蹭上。”

“得嘞，听师傅的。”柳伊诺食指轻划，把右车窗上的窗口关闭。在草坪影像消失的一瞬间，她看到一个中年贵妇在踢球的孩子旁边遛狗，贵妇戴着 VR 头盔，那是合成了光学镜和防毒面具的装置，将外部影像投影在虚拟屏幕上。家长们不会给不断长身体的小孩子买不同年龄段的 VR 头盔，除非家里是土豪。

“或许哪天，这块绿地也不让穷人踏上一步了吧？”伊诺自言自语道，她和赵维的车之所以能拥有高等级的成像系统，只因为他们开的是警车。

半个多世纪以来这里雾霾锁城，密布的悬浮颗粒使得整个 Q 市的分辨率一降再降，呈现出上世纪 90 年代录像带的像素感。不过上层对警车的配备从来不含糊，柳伊诺坐的警车还不如车里的量子电脑贵重。Q 市的街头巷尾密布几千万个传感器，将车辆、人群的信息传至警车，车载量子电脑通过强大的运算能力，对传感器实时传来的海量数据进行演算，在车窗的虚拟屏幕上，最大程度地恢复城市和行人的本来面貌。

凭借它，柳伊诺才能看到远处戴着防毒面具踢球的孩子们，以及遛狗的贵妇，如果现在摇下车窗，不仅看不清 80 厘米之外的任何东西，不及时戴上警用防毒面具，还会被灰霾弄到窒息。

每一辆汽车周身围着红色的示廓灯条，在铅幕中像一副副泛着红光的骨架来来往往。经过相撞的两辆车时，伊诺听到交警在训斥一名车主为什么不及时更换坏掉的十几处灯条，车主带着哭腔说：“忙着给孩子治肺病，实在抽不出时间去修。”

他们的声音由于防毒面具的隔绝变得喑哑，伊诺心里一沉，假装想着今天的案情，泪水却早已氤氲了视线，如果不是严重的雾霾，妈妈也不会在一年前的交通事故里去世吧。

“小柳子，快到了，打起精神来。”赵维对伊诺说道，一年来他变着法儿哄徒弟开心，心也很累。

2

案发地点是 Q 市的海洋乐园，赵维和伊诺戴上纳米级口罩才敢下车，乐园前广场的景物在精度极高的警用光学镜中成像，虎鲸、海豚、露脊鲸雕塑构成的群落矗立在雾霾中，渐渐在眼前清晰，恍如克苏鲁浮出海面。

这是一起中学生失踪案，头一天半夜，初二学生唐吉突然离家出走。唐父报案后，值班刑警让量子电脑找遍全市监控录像，人脸识别系统一无所获，直到有人报告说在海洋乐园某处通风管外发现电瓶车和书包，课本上写着唐吉的名字，赵维和伊诺便急忙赶了过来。

此时已是下午 5 点，海洋乐园送走最后一批客人，昂贵的通风设备停止运行，雾霾如幽灵般钻入各个展馆。赵维找到乐园的经理陶规源，本想下班的陶经理赶紧带他们来到监控中心，三人和保安一起在 20 多个屏幕中寻找唐吉的身影，然而灰霾如同跗骨之疽在屏幕前挥之不去。在赵维的强烈要求下，陶经理不情愿地开启了通风设备。

企鹅馆，没有。

水獭和海狸池边，没有。

北极狼和雪貂笼子前，没有。

沼泽馆的巨龙舌骨鱼池边，有一件衣服。

赵维拉近镜头焦距，那件外套赫然是唐吉的校服。水池里一片混浊，看不出里面有什么。

柳伊诺心里一惊，巨龙舌骨鱼是南美洲仅次于哲罗鲑的食人鱼，池子里这条巨龙舌骨鱼体长近 5 米，体重 170 多公斤，吃掉唐吉绰绰有余……

赵维注意到她的表情，从旁说道：“池子周边的玻璃幕墙有 2 米高，十分光滑。唐吉身高一米五多，爬进去困难重重，不必担心。”

赵维回放监控录像，唐吉曾经在此路过，将校服脱在这里，从另外的通道离开。屏幕上的唐吉头颅硕大，赵维调整画面大小，发现唐吉竟然戴着 VR 头盔。

灰霾肆虐的日子里，厂家将采集外部影像的 VR 眼镜和防毒面具合为一体，开发出 VR 头盔，唐吉是看着虚拟影像来到这里的。

“他三更半夜的从家里来这干什么？”伊诺喃喃地道，她回忆起唐父所述的案情。

前一天半夜，唐家厨房里发出窸窸窣窣的声音，唐爸以为是老鼠，没想到那声响越来越大，唐妈也被吵醒：“不会是小偷吧？”

唐爸从床底摸出棒球棍，没敢开灯，蹑手蹑脚地向厨房摸去。

厨房窗前果然有个人影，唐爸心里一惊，大喝一声举起木棍正要挥下去，此时外面有车经过，车灯从左往右一扫，将窗前的身影照亮。唐爸看到一个身材瘦弱、头颅巨大的影子，正从冰箱里拿出三根火腿肠。那人整张脸隐藏在头盔下面，唐爸手中的棒球棍硬生生停在半空。

那是戴着 VR 头盔的唐言，唐爸气呼呼地问：“大半夜的不睡觉，在这装神弄鬼干什么！”

唐吉从刀架上抽出一把沉甸甸的斩骨刀，唐爸退后一步：“我是你爸爸，放下刀，有话好好说。”

唐吉置若罔闻，撇下唐爸推开门飞奔下楼。唐爸回过神来赶紧追出去，只见唐吉飞快地跃上电瓶车扬长而去，喊都喊不回来，只能报警。

唐爸点着一根烟，在冰冷的屋子里和唐妈裹着被子等消息，从半夜一直等到东方欲晓，床前满是烟蒂，可是唐吉一直没有消息。

3

头天晚上，唐吉躺在自己屋里，听着一墙之隔的摇床声。不久，唐爸唐妈的激情像灶膛里的余烬渐渐熄灭。好不容易挨到父母睡着，唐吉从床下翻出 VR 头盔戴在头上。

数十个神经触元像爬山虎的脚，从男孩的太阳穴一直延伸到后脑，虚拟投影覆盖在男孩视网膜上。漆黑的房间里浮现出无数雪花状的分形，汇成一道直径 2 米的门，那是 VR 头盔通过 Wi-Fi 连接虚拟游戏的标志。唐吉感觉身体仿佛是河边的浮沙，轻飘飘地进入《铂金大陆》的游戏界面。

完成《铂金大陆》的大师级任务已经是凌晨三点了，唐吉想摘下 VR 头盔，但胳膊软得使不上劲，索性戴着 VR 头盔睡觉。

他昏昏沉沉地睡了一小会儿，刚才游戏的极度兴奋推着他滑入梦境，VR 头盔检测到大脑皮层的活跃，认为唐吉有接入游戏的需要，便不知不觉再度进入虚拟世界。

唐吉自上初中起，除了在家和学校摘下头盔，在外面活动时只能通过 VR 头盔观测灰霾笼罩的世界，“霾一代”对于虚拟投影的依赖度极高，大脑潜意识里，VR 头盔反馈给视神经的，才是真实可信的。唐吉不由得混淆游戏与现实，还以为自己仍然躺在床上，却不知已经下床，梦游般地向“铁匠铺”走去。

“铁匠铺”被 VR 系统定位在家里的厨房，唐吉从铁砧上拿起巨剑，却不知是砍排骨用的斩骨刀。他骑上战马绝尘而去，没察觉那是家里的电瓶车。他策马向主城外的绿荫大道奔去，没想到自己上了五环。

4

赵维指着唐吉消失的通道问道："那边通往哪里？"

陶经理惊慌地说："那是虎鲸的表演池，我们快去！"

伊诺边跑边问："师傅，究竟是怎么回事？"

赵维脚步不停，口中也不停："长久以来，那男孩一直依赖 VR 头盔认识这个世界，久而久之，大脑对虚拟投影形成依赖。昨晚上他进入梦乡时还戴着 VR 头盔，这导致两个后果—— 一是将他的大脑活动与虚拟游戏接轨。二是他从清醒状态转入睡眠时，脑电图信号从低幅度的高频活动变为高幅度的低频活动，这种高幅低频的信号称为'慢波活动'，伴随着慢波活动的睡眠则称为'慢波睡眠'。"

赵维喘口气，继续说道："在局里，我查了唐吉昨晚上的 VR 系统记录，两侧脑半球记录到的慢波活动强度是不一样的，这说明他陷入'不对称慢波睡眠'。虚拟现实系统的介入，相当于在他头部安装了不对称慢波睡眠模拟装置，让一半大脑进入梦游状态，同时让另一侧保持相对清醒。但他的大脑区分不了两种状态，梦游状态的一半大脑在游戏中完成任务，相对清醒的另一半大脑让他在现实中有所动作，就成了这副样子！"

污染的穹顶之下，你已经看不清世界的原貌，唯有透过虚拟影像，才能看到一鳞半爪。恍惚之际，你以为这是全部世界。

5

诚如赵维所说，唐吉纵马飞驰上五环之后，在荒郊野地转悠半天，完成几个前期任务，在下午时分来到转职最终任务触发地，也就是海洋乐园。按照 VR 系统的提示，这里原是海滨的贸易城邦，不知何时被巨龙占据，他顺着狭窄的甬道爬进去，这里弥漫着海水的腥咸，他穿过海豚馆和海狸池，径自来到巨龙舌骨鱼池前，根据（游戏）地图显示，这里是任务的最后一站：关“肥海马”的笼子。梦游中的男孩巨剑拄地、默默祷告，只要成功屠灭巨龙，他就能转职为圣骑士。

唐吉脱下耐久度几乎为零的盔甲（校服），反手握住长剑，按捺着心底的紧张和兴奋，慢慢向巨龙沉睡的地方摸去——城邦中心本来有一处演出歌舞剧、政治辩论的剧场，现在被灌入海水，巨龙喜欢睡在里面。

唐吉摸进半圆形的海兽表演剧场，观众席围绕着虎鲸的表演池，最后一场表演早已在3个小时前结束，不愿浪费一分钱的海洋乐园关闭剧场里的通风装置，雾霾渐渐填充剧场的空间。在男孩眼中，VR影像代替了一切，他正穿过斑驳的“石椅回廊”，在寂静无人的“穹顶剧院”里，他正抚今追昔，水池那边突然发出一阵声响，似乎有东西在打喷嚏。唐吉将VR头盔调节到“搜索恶魔”模式，他看到弯曲的长颈和半截翅膀露在水面。唐吉咽口唾沫，一步一步地靠近表演池。

虎鲸在VR系统的渲染下成了最终BOSS恶龙，疲惫不堪的虎鲸结束了一天的演出，在水池里睡得正香。背鳍像一面三角帆，在男孩视野中扭曲成半截翅膀，它不时将鼻孔露出水面换气，发出打喷嚏似的声响，丝毫没觉察梦游状态的男孩握着一把斩骨刀，慢慢向它靠近。

唐吉盘算好了，身上还有三个寒冰卷轴，先把它们丢出去迟滞巨龙的行动，然后跳进去和巨龙近身搏斗，免得被它吐息所伤。唐吉左手掏出三根火腿肠，右手举起斩骨刀，心里默念“3、2……”

数到 1，他就发出三个寒冰术，再将巨剑砍到“巨龙”身上。

“1。”三根火腿肠抛入水中，唐吉刚准备往下跳，就听身后传来一声大喝：“住手！”

6

唐吉循声望去，两男一女三个人闯了进来，他们手里举着荧光石，将身前照得灯火通明。一男一女穿着帝国卫戍部队的深蓝色制服，另一个男人是行会商人打扮。刚才那声大喝，正是制服男发出的。

唐吉转身喊道：“我不需要你们帮忙，这任务只有我一个人能完成。”

柳伊诺冲上几步：“一个人完不成这任务，快回来，咱们从长计议！”

唐吉听她声音清脆、十分入耳，不由得心旌一荡，但还是正色说道：“多谢你的好意，但只有一人完成才算数！”

他大喊一声“德玛西亚”，就要纵身跳到虎鲸身畔。陶规源心里后悔怎么没把麻醉枪带来，若是这傻小子不就范，照着身上来一枪。现在他这么一跳，不被虎鲸咬伤咬残才怪，自己的经理职位不但要丢，说不定还要负刑事责任……陶规源心里大骂赵维把他拖进麻烦圈里，就看到赵维掣出佩枪，对唐吉吼道：“你再往前一步，就灭了你！”

柳伊诺进入警队跟着赵维以来，从来没见他如此光火，颤声道：“师傅，冷静！”

唐吉看到卫戍男抽出三联装爆裂弹火铳对着他，害怕地说：“你……你干吗？”

赵维向唐吉喊道：“长久以来，你一直依赖VR头盔认识这个世界，你想看看真实的世界，可四周都是灰霾。久而久之，大脑对虚拟投影形成依赖，昨晚上你入睡时，被引入虚拟现实的错觉……”

赵维简要说一遍，闻听这些，唐吉心有所动，VR 系统在视神经上的信号有所减弱，虚拟的帷幕被掀开一条缝，他依稀记起来，刚才经过的不是关“肥海马”的笼子，而是巨龙舌骨鱼的大水池。

虚拟影像如雪片遇到沸水般融化，眼前的画面在扭曲、坍塌……现实中经历的一幕幕如电钻在 VR 头盔编织的幻象中打开一条条裂缝，但虚拟游戏似乎觉察到外界有干扰，想弥补真实记忆撕开的裂缝。

7

唐吉感到头很痛，在 VR 头盔上不住抓挠，可惜只是隔靴搔痒，千百根钢针扎入的痛楚中，他感到眼前的景象清晰起来，20 米之外不是卫戍部队的士兵，是穿着深蓝制服的警察！想起自己被卷入麻烦中，他害怕地大喊一声：“别过来！”

赵维声音放缓，慢慢地道：“年轻就有试错的资本，耽搁一天上学算什么？明天我陪你去学校见老师，就说你帮我去外面抓坏人了，看谁还敢小瞧你？”

赵维将他犯下的荒唐事轻轻揭过。唐吉听了心里一热，不再走向虎鲸游曳的水池，转身向表演台上方走去，那里有通往观众席的台阶。

柳伊诺松了口气，陶规源几乎瘫倒在地——经理之位总算保住了。

赵维还没来得及喘口气，一个巨大的黑影突然一跃而出，激起的巨浪如同海鸥的白翼向外飞绽。黑影在众人的惊呼中咬住唐吉的脑袋，将他拖下水去。

方才三根火腿肠抛入水中，把虎鲸从好梦中惊醒，这点食物还不够塞牙缝。虎鲸本就在雾霾中呼吸不畅，方才几个人在岸上吵闹，虎鲸暴躁不已，它苦于唐吉站的地方太窄，过去袭击会撞倒金属栏杆，对于虎鲸来说有受伤的危险。智商相当于七八岁孩童的虎鲸等他走到宽阔的表演台上，这才破水而出，咬住猎物后，像平时表演那样用腰腹的力量滑回水中。

赵维和柳伊诺大惊失色，飞奔上表演台，只见水中满是浮满泡沫的白浪，两个物体纠缠在一起，无法用手枪瞄准。陶规源吓得牙齿打战——出了这种事，海洋乐园只怕要倒闭。

只见水中波浪连连，虎鲸似乎在享用大餐。赵维感到胳膊生疼，眼角一瞥，原来是伊诺双手紧紧地抓着自己的胳膊。

柳伊诺第一次遇到出人命的情况，她幻想着唐吉脑袋被咬掉的血腥场面，完全吓蒙在当地。被赵维一瞥，这才满脸通红地撒手。伊诺刚想说什么，赵维突然绕着水池跑起来："没有血水浮上来，没咬到那男孩！"

伊诺精神一振，绕着水池用手电找起来，一只手破开浮满泡沫的白浪突然伸出，捉住伊诺的脚腕，伊诺差点吓得大叫起来，但她还是定定神，拉住那只手。

那人头发全被打湿，丝丝缕缕地贴在脸上，他抹一把脸上的海水，原来是唐吉。赵维和陶规源赶紧把落汤鸡似的唐吉拉上来，奇怪的是，他的 VR 头盔不见了。

水池另一处溅起水花，伴随着"咔咔"的咳嗽声，倒霉的虎鲸口中含着一个黑黝黝的东西，上下颚尖利的牙齿嵌进里面，费尽力气吞不下去，如同口中含着灯泡的孩童，吐也不是，咽也不是，"嗬嗬”地嘶叫着。

赵维松了口气，方才虎鲸咬住唐吉的VR头盔将他拖下去，强大的力量竟然使他脑袋从VR头盔里甩脱，趁着虎鲸的牙齿被头盔卡住，水池边上的三人赶紧将唐吉救起。赵维和伊诺带着唐吉赶回警察局，陶规源脸色绿得和苦瓜差不多——如何从虎鲸嘴里把硬果壳似的VR头盔取出来，是个世界性难题。

8

翌日，赵维陪着唐爸唐妈，来到唐吉治疗的医院，由于VR头盔上多个传感器突然被拔离，相当于连接脑神经的线路突然宕机，唐吉的脑部神经还是出了点岔子，需要住院治疗。赵维望着走入病房的男孩那瘦弱的背影，微微皱起眉头。

他突然闻到一阵香气，侧过脸一看，看到柳伊诺递过来一杯咖啡，微微一笑。而伊诺脸上满是红晕，小声问：“师傅，你的胳膊还疼吗？”

赵维想起昨晚上她情急之下抓住自己的胳膊，心里升起一股热流：“好徒弟，你打算怎么赔偿我？”

“啊？这就要赔你？”伊诺鼓起腮帮子。

赵维说：“上次答应请你吃牛排了，这次作为赔偿，我让你找我请你吃牛排。”

“唉，跟着你，迟早被你绕晕。”

“那和张局说说，给你换个师傅？”

“别别别！”伊诺的眼睛瞪得和杏仁一样圆。

“小柳子，还得写唐吉这案子的报告呢，走了！”

“好吧，跟着你总是不得闲。哎，师傅，等等，别走那么快！

昨晚上你那些理论是从哪学的？说说嘛……”

伊诺跟着赵维进了警车．赵维开启警车的 VR 成像模式，周围的景物浮现在车窗上，赵维驾驶警车并入外面过江之鲫般的车流中。Q 市依然笼罩在雾霾的铅幕之下，果冻般的灰霾黏滞了人们的真实视野，人们依然要通过 VR 头盔窥伺外面的世界，虚拟成像似乎成了视野的全部。不远处，Q 市公园的摩天轮只露出下半截，在灰霾中缓缓转动，仿佛看不见的脚在踩踏水车，却无法激起这灰色死水的一丝微澜。摩天轮之下，一群头戴 VR 头盔、身材臃肿的大妈在跳广场舞，柳伊诺不忍看过去，只能别过脸去。什么时候才能将雾霾一洗而空呢？伊诺望着车窗外晃动的无数 VR 头盔，心不由得沉了下去……

霾海孤云

文／于博

1

眼前一片雪白，我轻轻地踩下去，很软、很绵，但又不是那种彻底的空落，是我最喜欢的感觉。

我吩咐助手们打开船舱，取出一个个多孔的金属圆球，背着它们飞入这片雪白深处，悬挂在计算机定位出的位置。

完成相互间的匹配后，金属球一个个地裂开了，从十字环形的裂口里伸展出一片片薄如蝉翼的透明膜，一米、两米……三十米……它们一直延展开来，仿佛巨大的旗帜，正随着风和压力的变化微微起伏，然后膜层开始变色、闪烁，其上似有无数菱形鳞片在此起彼伏。同时球上的孔洞开始射出彩光，以膜层和水汽为幕布，一幅幅巨大的图画出现了。

漂浮在远方的摄像头传回了各个角度看过去的画面，经过与设计图的对比后，需要调整的部分传回了云中的“像素单元”，它们开始做出微调。

“她真美，不是吗？”助手乔雁说道。

“是的，不过太完美的东西，我通常不会久看……因为没有什么需要我去做了。”我转过身去，“该回去了，看看大家的反应。”

此刻，十公里外的青原城已经敲响了晨钟，嵌在或者悬挂在山峰上、绝壁中的房子纷纷打开窗户，人们从睡梦中醒来，穿着睡衣拿着牙刷走到窗口，习惯性地迎接日出，但第一眼看到的，是遥挂在天边的那幅巨像：一个美丽的女人，左手托着腮，右手轻轻地指向天空，那正好是太阳爬出来的地方，她的表情俏皮中带点慵懒，她的眼睛却是兴奋而狂傲的。长发一直绵延到朝阳的另一边，发丝还在微微飘动……

全城的人都看呆了，一个个浑身颤抖地立在窗口，甚至忘了冬日里高岭上的风是多么刺骨。

在全城至高的主峰上，有个人更是激动地一个箭步跨出了高高的窗口，直接踩向了空气，跌落了不到半米时，一个灰色的大球飞了过来，她瞬间陷进了这个柔软坚韧的气囊中。

“您这是干什么？差点就来不及……”一个男人驾驶着滑翔伞飞了过来，把她接住了。

“正好试试你们的反应能力，不是号称闪电都能帮我挡下来吗？每年七千万的安保费，希望我花得值。”她冷笑道，眼睛却仍然兴奋地盯着空中。

那男人愣了愣，随即露出职业的笑容：“没问题，文即宇总裁，您随便跳，我们共有二百二十名一流的安保人员，分成四班次，随时在您身边待命，素质和设备都是最优秀的。您瞧，我特意在上方安排了十个人，他们驾驶着装备了雷达的飞艇，还悬挂着巨大的防护罩，就算有闪电和陨石也能第一时间挡下来。”

“嗯，这次做得不错。”文即宇笑着说，眼睛却始终没有离开天空。

众人看向天空，发现那白云上的画像也在笑，他们不由得下意识地低头对比起来，简直一模一样！只是天空中那个旭日照耀下的她似乎更加亲切。

夜晚到了，城市那连绵不绝的灯光，仿佛悬浮在空中的星海，文即宇就歪着头枕在海面上，神秘而优雅。

我出神地望着她：这是我最宏大的画作。现在整个青原城都在她的笑容下生活着，我有些明白她为何要溢价买下我的工作室了，对于这种各个方面都达到完美的人来说，没有多少可追求的目标了。而在天空上俯视苍生确实是个不错的主意。

2

空中的文即宇双目半闭，嘴角微扬，周身闪烁着星月的银辉，看起来充满了神性。下面的这个她却没有那么持重，她喝得不少，脸已经红到了耳根，时而点头时而大笑，看得出她非常满意，这已经是她第三次向我敬酒了：

“为我们的白云艺术家干一杯！”

我站起身鞠了一躬：“还是要感谢文总的大力支持，我才有机会完成这么一幅规模空前的大作。”

“首先你得体现出那份能力，我看人很准。”她笑着说。

“您的画像已经登上了世界上所有报纸和网站的头条，不过……”

“不过什么？”

“向吉尼斯世界纪录申请挑战失败了。”

“哦？难道还有比这更大的肖像吗？”

文总站了起来，眼睛里闪着锐利的光，整个宴会厅忽然变得安静。

“呃，其实不用在意，那个根本就是另一个世界的。”

“是月球上的吗？”

“不，是下面的。”

“哦，是雾霾层下面的。”她恍然道。

她今年 29 岁，但还从来没有去过下面，事实上青原城里 99.9% 的人都没去过。虽然那里有属于她的十几家大工厂，但通过视频监控和审计报表她就可以管理得很好了，董事长没有必要去下面冒险，那里不但满是有毒气体和酸雨，还时常有变异的生物出现。

“但我还是想看看，如此壮丽的画像是什么样的，网上也没有相关资料。”她的脸更红了，不过这次是憧憬中的兴奋。

“是雕刻在山体上的，它以峰峦为五官，以山崖沟谷为线条，以植被为须，以冰山为冠……”

随着我越来越高亢的解说，文总的眼睛也越发亮起来。我忽然一顿，然后说：“但我还能画个更大的。”

“哦？你不是说这块云已经凝结到极限了？如果是在山上雕刻的话，就是个长期工程了。”

“除非……”我蹙着眉做绞尽脑汁状，“除非用下面的云。”

“下面不都是雾霾吗？”

“它们比云汽密度大多了，而且更稳定，整个雾霾层都是上好的幕布。”

“雾霾层不是灰色的吗？”

“可以设计为灰黑白的版画，您还不知道吧，乔总监就是一位版画大师。”

我把身边的乔雁拉了起来。

"好吧，在我三十岁之前，一定要完成这个愿望！"

文总大声说道，果然是人如其名，她在五岁时就把名字改成了文即宇，只是因为疯狂地崇拜武则天。

她事事都要争第一，不管是什么事，不管有多难。

3

一艘巨型飞艇缓缓降入雾霾层，能见度飞速下降，雷达正全功率运作，不敢放过一个角落，负责护卫的小型飞艇密密麻麻地围在四周。

约半小时后，山出现了，雷达屏幕中显示出彩色的线条，勾勒出山体的轮廓形状，色深代表着温度和植被情况，往上看是一片雪白和冰蓝，中间有些黄绿斑驳，远远的底层是一片红绿交织。

窗外则是一片彻底的灰色，没有日月、没有天空，更没有山，只有偶尔飘过的一丝丝一团团的黄色棉状物。

"那是什么？"第一次来雾霾层的乔雁问道。

"那是云啊……"我叹道，"雾霾层特有的黄云，里面的化学物质十分复杂。"

一位秘书闻言满脸嫌恶地拉上了窗帘，忽然一只鸟扑扇着翅膀飞到了窗棂上，它浑身布满了暗色的斑块，它似乎发现了明净的舱内和它生活的世界是如此不同，不由得慢慢睁大了缝隙一般的眼睛，暗淡昏黄的眼珠里倒映着明亮的灯光和一张美丽的脸，文即宇不知什么时候也来到了窗前，她此刻正微微皱着眉头，我知道她是个爱好宠物的人，在她那如宫殿般宏大的住宅里有数不清的暖房和水池，里面养着各种珍奇的动植物。但或许她从未见过这么丑的鸟吧，虽然同是鸽子，但和她那些漂亮优雅的名种比起来简直不是一个物种。

她轻轻举起手，似乎要去抚摸它，它连忙用嘴点了点玻璃。

“咚咚”，一阵坚硬而冰冷的声音，它发出一声嘶哑的叫声。

突然一个灰影从窗前掠过，鸟瞬间消失了，只留下几根羽毛飘荡着，荡了几下就没入了那片浓重的灰幕之中。紧接着上空传来一阵破空的嗖嗖声和惨叫声。

“那是什么？”她问。

“也是鸟，看着像大雁，雾霾区这种变异的鸟很多，因为食物比较少，所以什么都吃。”我轻轻地说。

这时护卫艇的声音传了进来：“文总，我们已经抓住了这只大鸟，要不要把小鸟送进来？”

“大鸟也送进来吧。”她淡淡地说。

4

飞艇忽然停下了，工作时间到了，足有二层楼高的落地大屏幕分成了几十个小框，一群西装革履的人分别坐在里面播报着，就像是一场全球新闻大联播。那是文氏集团遍布世界的上百家分公司在进行报告，文即宇的头脑惊人地敏锐，她时不时指向某个角落，调出那个小框交代几句。

但她显然已经没有了刚出来时的兴奋劲，不过我知道这两只怪鸟只是小意思，下面还有很多让她不舒服的东西。雾霾下的大地和高高在上的山城虽然都是人类居住地，但实际上是两个截然不同的世界。

一切都是因为那场雾霾。

雾霾最早见于史料是在二百二十多年以前，伴随工业的无序粗放发展而出现，人们一开始不以为意，认为随着科技的飞速发展一定会出现轻松治理的办法……但后来随着人口的爆炸式增长，雾霾越来越重，而且出现了一些经久不散的黏性灰尘微粒，它们可以依附于植物表面，发生连锁反应，不停产生更多的微粒，竟如活物一般。人们这才警觉起来，成立了专门的机构去研究调查，但这时战争爆发了，人类又一次陷入集体疯狂之中，每一个国家都在拼命研究如何破坏和杀戮，很快治理雾霾的科技也应用到了战争之中，本来用于清理黏性颗粒的方法逆转成了制造方法，一种黏性和毒性更强的胶状微粒出现了，而且它们融合了最新的基因技术，能够快速侵入动植物的体内，以惊人的速度复制自己。

随着第一批胶粒炸弹的投放，战争正式进入了无底线的生化战阶段，人们对射乱七八糟的病毒和污染物。情况终于彻底失控了，地面很快就被各种微粒覆盖，四处弥漫着毒雾，动植物纷纷染病、变异、死去，人们茫然地摸索着行走在伸手不见五指的灰黄里，仿佛一群行尸走肉。

有钱有权的人们驾驶着飞机逃往高处，一直到海拔六千米以上的地方，他们运走了财产和设备之后，就不敢再轻易踏入黑压压的霾层。那些困在霾下的人，就只能缩在过滤设施后面，甚至逃往地下、水底……世界被霾割裂了，一群人在高处，像回不到窝的鸟儿；一群人在地下，就像再也不敢露头的老鼠。

青原城的祖先当然就是那群“鸟儿”，他们在那几个安全的山峰定居下来，一代又一代，在山峰上开辟农田、建造城市。后来安全稳定的轻密度气体被发明出来，人们可以在气囊的悬挂下低成本地飞行，再后来，人们干脆在巨型气囊下面建造了房屋、工厂、暖房，他们渐渐变成了一个生活在天空的族群，鸟儿终于归了巢，即使这样，他们距离大地母亲仍然是如此遥远。

下面的人们要惨得多，社会崩溃、暴徒横行，地面完全变成了赤裸裸的丛林社会。最狠最强的人霸占了最安全的房子、最好的设备、最多的物资。剩下的人们只能等死，也有些人在求生本能的驱使下胡乱吃药，甚至大幅度地改造自己的基因和身体，大部分人都死去了，但还是有些幸运儿变成或者生出了变异人，他们的身体和性格变得怪异而畸形，但至少能苟延残喘。

有些人逃往地下和水底，他们在水面和土壤的庇护下顽强地生存着，为了躲避侵入越来越深的雾霾，他们也不断向深处进发，有些已经到达了熔岩密布的平流层，大洋深处也出现了人的足迹。

真是一件残酷又奇妙的事，人类又要回到诞生的地方了吗？或许当地球被我们再次毁掉的时候，一切只能重新开始了。

八十多年前，天界的人们终于鼓足勇气向下界探索了，等他们回到地面时，发现已经无法和那里的人正常沟通了，一百多年的隔绝不但产生了技术上的巨大代差，也足以疏离亲兄弟，他们就像真正的鸟和鱼一样，望眼欲穿之间也只能茫然无语。

5

飞艇缓缓靠近大山，我们放出了几十个飞行摄像机，它们沿着陡峭的山壁滑行，只有在半米范围内，它们才能拍到有一定辨识度的画面，它们就这样逐米逐米地拍过去，一张张局部照片传了回来，再拼接在一起，那传说中的世界第一雕像就这样一点点露出了真面目。

那是一座多么巨大的雕像啊，头顶冰帽、身穿针叶林衣，腿绑阔叶树带，脚踏着密密层层的藤萝和灌木，他跨越了数层植物带，略带骄傲地半仰着头，而附近能让他仰望的只有天空。国会山、自由女神像、乐山大佛这些历史上著名的雕像在它面前像是玩具一般。

“他是谁？是男是女？”文即宇有些激动地问。

“他是一百多年前的人了，人们都叫他太阳，那是黑霾时代，没有什么档案，只有口口相传。传说他是医生、战士、科学家、革命领袖……他救治并改造了很多变异的孩子，还领导了一场革命，攻破了最大的堡垒，建立了一个叫逐日的政权，也是这百年来地面上最文明的国度。为纪念那个把黑暗劈出一道闪光的人，民众手工开凿了这个雕像。”

“太不可思议了，他们的生产水平应该相当于十七世纪。”文总惊讶地说。

“那些变异人很多都长着三四条手臂，或者力大无穷，还有肋生双翅能够滑翔的，所以才能做到。即使是现在，仍然有号称‘逐日遗民’的人来这里工作，想要完成最后的部分。”

我指着雕像头顶的冰川，“就在那里！”

照片放大了，两个人正在冰川上攀爬着，他们身着黑色棉衣，身高大概一米四左右，远比我们矮小，但动作异常灵敏，六条几乎一样长的肢条自然流畅地在冰面上点动，几乎分不出腿和手。

文即宇久久看着，长长地叹了口气。

距离地面只有五十米了，远处隐隐约约出现了几个交替闪动的红黄光团，那是烟囱上的警示灯，工厂区到了。地面上的强力卤素灯亮了起来，引导着我们降落。

距离地面十米处，只听到“扑哧”一声，飞艇一颤，窗外一条白线滑过，就像是一条大抹布抹过，灰黄和迷蒙一抹而空，窗外一片澈明，蓝房绿树，青草彩花，让已经在昏黄中麻木的眼睛感到刺痛。我们走出飞艇，天空仍然黑沉沉地压在头顶的透明密封膜上，只有眼前百米见方的居住区是明亮清晰的。

所有人都聚集在草地上准备见证奇观，我启动了系统。在这片充满躁动的静默中，一片白影忽地闪过，然后是更多的黑白色块，一张巨大的画像出现了，和缥缈的云像不同，霾像更具质感，仿佛石雕一般。

“还没有云画大啊？”“是啊……”

人们开始小声议论，文总的脸也绷紧了。这时又出现了一幅巨像，另一种表情、另一种姿态，众人愣住了，随后是再一个……文总好像忽然明白了什么，她跳上了飞艇。在空中穿行的她看到了更多不同的画像，有的英姿飒爽，有的长裙曳地，有的在沉思，有的在跳跃，有的仿佛是在昨夜，有的分明是回到了童年……这些形象都来源于她的影像记录。而这些回忆同时也是一个个像素，它们最终汇合为一个更大的画像，大到只有在空中疾驶的飞艇才能看清。

她终于笑了。

6

文即宇走到我面前，脱下白手套，响亮地鼓起掌来，其他人连忙响应，欢呼和掌声此起彼伏。我涨红了脸，不停点头致谢，感觉身体轻飘飘的，像是站在了云端。

忽然，她贴近我说了一句悄悄话，我立刻僵住了，那句话是：

“另外三亿你用到哪里去了？”

“您说什么？”我口舌有些发僵。

“你的画像花了两亿，还剩下的三亿呢？”她笑容依旧甜美，声音依旧温柔，但每个字都像是捶在我的胸口。

“不不，这个项目花了五亿，您看过账目的。”

“那只是一本精美的假账，真的账目已经有人给我说过了，不如叫她来与你当面对质？”

我猛地扭头看向乔雁，她却慌乱地避开了我的目光。那张无比熟悉的脸，此刻分外陌生。

文即宇叹了口气：“我喜欢聪明人，你无疑就是。而且我是那么善良，不忍心看着好东西毁掉，我现在是在给你机会，所以别浪费时间了，快给我一个合理的解释！”

我沉默了一会儿，忽然大笑起来，放肆地挽住她的胳膊，在众人警惕讶异的目光中走向窗口。

“太阳的雕像，只是在图片上看实在是太没劲了，我来给你看看真正的奇观！”

我在随身电脑上输入了一连串繁复的密码，连续点了十几个确认，随后我指向远方。

随着一阵隆隆的爆破声，窗外那浓重的灰色混沌忽然抖动起来，一大片红彤彤的色彩竟然穿透了铁一般厚实的雾霾，仿佛一轮巨日破云而出，文总的巨像在这片红晕中显得分外妖异。几个来自地面的经理浑身发抖，雾霾中的烈日是他们从没见过的。

“快去看看！”文即宇大喊道。

飞艇疾速穿出霾层，却被一阵扑面而来的热浪吹得无法前进，前方竟然没有霾了，一切都那么明晰。众人发出齐声惊叹，眼前是一个红彤彤的巨人站在天地之间，他怒目圆睁，头上那顶雪白的冰帽已经融化了大半，一股夹带着火苗的劲风正从他的头顶上吹出来，竟把那几千米的霾层直吹上天空。

“看吧，这才是真正的太阳巨像！”我狂笑道。

“你……到底做了什么？”她的脸色已经变得煞白。

“这并不仅仅是个雕像。”我幽幽地说，“这本是一座火山，地底有巨量的处于活跃状态的熔岩。早在逐日国时代，火风计划就开始了，人们在山腹里挖出了一圈圈盘旋的大隧洞，就像一张换热网，运送大量山石物资留下了无数山路沟道，雕像不过是在此基础上再修饰而成的副产品。但工程太浩大，太艰难了，一直到国家灭亡也没能完成，但他们的后裔一直没有放弃……这个工程，就是要把熔岩导通到山中的换热网洞，通过上升通道把它的热量和压力导向天空。其实我最想说的是：谢谢你的那三亿，不然我们无论如何也买不起贵重的超耐热材料，没有那个，上千度的熔岩会很快把隧洞灼烧变形，热风也无法持续多久。”

“照这么说……这座山现在已经变成了一个巨大的鼓风机，它会一直把雾霾层吹到天上去。”她迅速反应过来，“但最后还是要落下来的。”

“答对了！你看它开口的角度，正好指向西北偏北。”我晃着脑袋说。

“那里是……天界最大的城市群。”她喃喃道。

“我们不是要报复你们什么，我只是希望这样能逼迫你们治理雾霾。整整一百年了，你们有着最发达的科技和最强的实力，却从来没有尽全力去拯救我们。虽然你们是高高在上的鸟，而我们已经成了卑微的老鼠，但我们也想再看一看天空。”

我的语气依然坚定，但有一滴泪已从眼角悄悄滑落：“没错，我就是逐日后裔，虽然已经和上界混过几代的血，但我从未忘记在霾中挣扎的同胞们。现在计划已经完成，我死而无憾了，我对不起你，逮捕我吧。”

她愣了足有五秒钟，忽然捂住我的嘴，然后挽过我的胳膊大声说：“我已经找到了新的目标！大家都注意了，立即回航，天界马上要受到雾霾的袭击了，现在正式成立雾霾研究所，由我亲自负责，务必要攻下市场份额第一！”

群星之宴

文／于博

前面就是大都会星系，整个西南星域的中心。我十三岁时来过这里，每个细节都那么清晰：星系外围有一道巨大的透明防护膜，宽广得看不见边，它的表面闪烁着乳白色的光芒，背后是一片不真实的澄明，仿佛异世的边界，让人充满忐忑。

而一旦穿过去了，就是完全不一样的景象，璀璨而密集的星幕突然出现在眼前，让习惯了冷色调的眼睛猝不及防地刺痛，是刚才的防护膜过滤了这些光芒。我好奇地调高望远镜的倍率，发现那些大都是些人造设施，嶙峋的金属骨架上密密麻麻都是管路和孔道，它们发出堪比恒星的灯光，是我从来没见过的辉煌景象。

“今天是什么节日吗？灯光那么亮。”我慨叹道，故乡只有在灶神节庆典时才会打开全部的灯光。

“哦，不是，事实上这旦天天都这么亮。” 父亲叹息道，“我们的能源都用来生产了。”

是啊，在故乡，所有的人一年到头都在忙着生产，就连小学生都不例外，大人们驾驶着飞机和潜艇在高山和深海中出没，而孩子们在一望无际的农田和花海中采摘，我们从小就会使用各种收割机器人。

还有我最爱的采集虫们，它们能穿梭于荆棘缠绕的密林深处，采取最大最香的花王们的精华。透明皮肤的转基因蜜蜂在近乎纯金色阳光的照耀下，简直就是一个个飞行的小太阳，等它们体内吸饱了蜜，又变成了漫天悠游的大号彩虹棒棒糖。

每季度一次的丰收节后，一列列罐车会拉着糖与蜜奔向星球上最高的山——富华山。几千米高的山坡上钉满了铁路，远望像是紧贴在大山身上的蛛丝礼服，列车怒吼着爬了上去，在山顶的泵站前停车卸货。来自全球各地的糖、酒、蜜从无数的管道倾泻而下，流入火山口，金色的啤酒、彤彤的红酒、糯白的米酒、缤纷的花瓣……它们流了整整一周，汇成色与香的海洋，站在山顶，竟有种让人跳下去溶进这片美丽的强烈冲动。埋藏在山体中的熔炉不停加热，掀起一阵阵旋涡和巨浪，把比例、层次、发酵……都一一调配好，然后我们打开山底的堤坝，把它们导入深深的地下冰河，最终凝结成固体。

挖掘机会在冰面上刺绣，刻上巨大的“万果星酒糖”字样。它被发射到太空中，穿越星门与虫洞，最终作为贡品来到大都会星系。父亲他们就是随行的送货员，而我，是偷偷溜上来的，为了一睹传说中的群星之宴。

188 年前，帝国政府决定不再征收边疆星系的税，而是以各地的特产食品代之。漫长的星路上，无数美食珍馐在穿梭：净土星的高倍体面包、丰畜星的肉粥、海之都的鱼鲜冻……这些美食已成为人们心中的传奇与梦想。

我曾感慨于大都会的人口之多，竟然需要这么巨大的食品供应，可父亲听到这个只是苦笑着摇摇头。

“这里人口虽多，但也远远用不了这么多啊。”

离大都会星越来越近，震撼的景象出现了：数不清的不明“星体”围绕着首都公转着，长的、方的、红的、绿的、五彩斑斓的，令人目不暇接。

窗外，我们正与一颗圆形星体擦身而过，它通透蔚蓝，让我想起课本上人类最初的故乡——地球。它的表面有许多绚丽的小点和纹路，就像娇嫩的美少女脸庞上的小雀斑，不但无损美貌，而且增添了几分活泼与可爱。

我兴奋地用远望镜对准了它，镜头越拉越近，我渐渐被惊得动弹不得，透明冰层之下，细纹和小点在不停蠕动，我的胃部感到一阵不适，继续放大，我发现了尖尖的头、圆圆的眼、摆动的尾和触须……竟然是无数奇形怪状的鱼虾贝龙在游动。

“那就是传说中的鱼鲜冻啊！”父亲说，“将鱼群驱赶集中，然后把整个海域速冻起来制成的，现在已经慢慢化开了，虽然经历了漫长的旅途，但里面的鱼虾还很新鲜。”

我正惊叹着，那海鲜球向我发来了通信信号，我配好了频率后，一个和我差不多大的小女孩出现在屏幕上，说道：“你好啊，我是来自海之都的鲤龙，你叫什么名字？”

“李龙？哎呀，还是一家，我叫李青叶。”

“你也有鲤鱼基因吗？”她惊喜地往上一跃，直接跳出了镜头，我这才发现她的腰部之下是条尾巴，又长又粗的金红色尾巴。一串气泡随之升起，原来她就在水中，在这蓝色冰球里。

“你们的货真怪。”她好奇地说，“就这么方方正正的一块，我在里面没有探测到任何生物信息。”

“这是酒糖啊，七千种果实酿成的酒，十万朵巨花提炼的糖。”

“天哪，它就这么凝结、压缩，然后穿越时空而来，还会新鲜吗？”她大惊道，“我们那里从来不吃压缩食品。”

“呵呵……”

我和她斗起嘴来，不管怎么说，她是这趟旅途中见到的唯一的孩子，我们自然很聊得来，对方的世界是那么奇妙，我们隔空拉钩约定，要去拜访彼此的故乡。

三天后，我们终于靠近了帝国的首都：大都会星。这是一个无比巨大的星体，来到它面前我才意识到这里除太阳外的所有东西都在围着它旋转，它比恒星更像星系的中心。有些奇怪的是，在强光的照耀下，它却一片暗淡，没有灯光、没有色彩，甚至连反射光也没有，它上面是什么？难道是一片焦灰吗？

这时控制台响起了一阵响亮的起床号，“时间快到了。”父亲幽幽地说。

所有货物都在降低轨道，慢慢排成一串串、一片片，逐渐汇聚成看不到边际的色块之海。屏幕上传来了一张繁密的路线图，所有的食品将在规定好的区域进行再次调配和烹饪。我们马上推动着酒糖前往安排好的空域。目力所及之处都是一片纷乱，每艘船几乎都同时开始了移动，但旁边负责调配的工作船却是轻车熟路，他们不停地纠正大家的轨迹，我们到达目的地后，马上就有几艘切割船飞过来，将酒糖切成了三块。第一块被运送到了北极圈上空，投进了一个巨大的漏斗状容器，随后投入了23号太空梯田出产的红茶。第二块来到了赤道，被切割成无数小块，吸入了转经筒般的多层转轮，巨轮的中部磨出了细碎的粉末，撒上了巨牲星送来的奶油蛋糕。下部转轮则挤出了糖浆，在轨道透镜聚焦的阳光照射下迅速变得灼热而浓稠，下方缓缓飘来一个大圆盘，最大的一个货柜——谷神星的巨桶打开了，巨量的面粉面浆雪崩般倾入盘中，又随之晃动并旋转起来，很快一根根浑圆的面柱从巨盘的边缘分离出来，飞到空中，迎面碰上了熔岩般的糖浆和辣酱……片刻之后，一盘意大利面就做好了。我看得目瞪口呆，还没等回过神来，最后一块酒糖也起飞了，它的烹饪区域就在我们所在的轨道附近，它先是被光束熔化，紧接着一股气流吹了进去，瞬间把这摊在真空中蠕动变形的熔浆撑开胀圆了，里面的气泡看起来至少有十公里高宽。我眼前忽地一暗，一片蔚蓝从头顶飘过，是鱼虾冻！它对接上了糖泡，把体内的海水和生物一股脑挤了进去。

这是什么？海鲜酒心糖？我念着烹饪航图上的文字，今天可算是大开眼界了。

“救命啊！”一阵刺耳而熟悉的尖叫在我耳边炸开。

等等！那是什么？光洁的身体、蜿蜒的长发，那是鲤龙！她在呼喊，她随着海水跌入了巨糖中。

“快救人哪！”我惊叫，不停敲打着控制台。

“不要闹！”父亲和其他大人正忙着监控烹饪进程，他瞟了一眼屏幕，“什么事？哦，不要大惊小怪！她本就是糖心的一部分。”

“什么？”

“本来不想告诉你的，毕竟你俩聊得挺开心，小叶啊……她并不是人类啊，她们只是海……海生物而已。海之都不适合量产机器人，所以他们利用生物科技制造出大量带有人类基因段的生物作为劳动工具。”

“就算是劳动工具也不能随便死吧！”我喊道。

“唉，其实海之都的生物都已经深度混血了，很多都带有人类的特征，你又能救多少呢？”父亲叹着气说，“而且你没发现吗？

她们那里根本没有回航的飞船，这是一场没有归途的旅程。”

“或许主觉得她们别有一番滋味呢。”父亲身边的一位年轻同事漫不经心地说。

滋味？听起来很别扭。我好像明白了什么，这时酒心糖已经封装完毕了。一阵清脆的钟声响彻太空，所有的饭菜都进入低轨，紧贴着星球那暗淡的表面，北半球忽然闪过一线亮光，那条亮线逐渐平移，拉开了遮盖住整个星球的帷幕，所有人都紧紧注视着，终于可以看到大都会星的真貌了。

并没有想象中的巨型城市，这里只是一片白茫茫的大洋，像白开水一样单调。一声巨响后，大洋中升起一片大陆，地面平整而光滑，波涛汹涌中，大陆继续升起，变为高原，直到底下出现了另一块更加巨大的陆地。忽然一道黑光闪过，高原侧面的两片黑森林忽然裂开了，里面是两个白色大湖，湖水不停地溢出来，中心还有两块巨大的褐色岛屿。

我突然明白了这一切，猛地扭头，发现父亲也在看着我。

“这……是人？是在做梦吗？”

“对不起，孩子，这就是主，帝国的国王，他变得比上次大多了。”父亲颤抖着说，“主是有史以来最聪明最强大的人类，不过他也会变老，他试验了各种方法来延续寿命，器官修补、克隆、机械化、信息化……但那些方式都有改变心智的风险，最稳妥的就是细胞无限发育法：通过基因改造延长细胞中的端粒酶，使之不断复制下去，不过随之而来的问题就是人体的无限生长发育。”

“天哪……所以他那么大。”

“对，他的生长速度太惊人了，几乎占据了整个星球的一半，毕竟吃了那么多。现在他只能整天浮在大海里，以减轻身体的负担，真不知再过几十年会怎么样。”

我呆呆地看着，这是真正的以苍穹为案、以山原为食、以江海为饮。主已经吃掉了三分之一的菜肴，但含着鲤龙的糖块远远的还在。主慢慢躺回了大海，盛宴即将结束，所有食物都缓缓降入极地冰川。趁着大家极度专注，我偷偷溜进了救生艇，朝酒心糖飞去。

“后来怎么样了？快说啊！”她急切地问。

“刚进大气层就被抓回来了，父亲回去就被关了禁闭，到死也没能再次出航。我也是在整整五十年后才找到机会混进酒糖，终于来到了这里，我日思夜想的大都会啊。”

“大都会？这里？这里是荧光海啊！”她笑着说，还特意翻滚了几下，弄出一串串气泡。

我笑了：“你有没有想过，主宰继续长大会是什么样？”

“更大了吧，大都会星也装不下他了，要到太空里去了……那东西还够他吃吗？”

“勉强够吧，不过他现在不能细嚼慢咽了，只能囫囵着吞进去了，不然我真有可能被磨成粉、融成水。”

“你是说……你被他吃了？那这里是？”她一脸诧异，红色的大尾巴不停摇动。

“对，这里就是腹中之海，你无法想象外面的他有多大了。这也是一种轮回吧，在地球上的进化时代，人类与一堆微生物达成了共生合作。现在人类已经变大了百万倍，那他体内的‘微生物’也变大百万倍会是什么样呢？”我说道。

“哦，差不多和你我一样大吧。”她吃力地计算。

“对了，快带我去你们的城市吧，带我去见你们的鲤龙奶奶，我和她早约好了。”

秀色

文 /Tossot

很多年后，无论到达宇宙尽头，或是成为盘中之物，我都将记得今晚，这个湿冷的不眠夜。

那天中午，我正躺在哨站外一块青灰石板上，晒着肚皮。从前有个浑身长满绿毛的家伙说，这么做能帮助消化。小娴驾船停在哨站旁，向我缓步走来。她穿着隔离服，边走边卸下头盔。看全五官那一刻，我在心里把“绿毛”咒入了十八层地狱。

晚餐时，小娴问我为什么不吃东西。

我盯着她一字一句地说，秀色可餐。

她问：“上句是什么？”

“什么上句？”我的表情一定很滑稽。

“秀色可餐的上句，给你点提示，这话出自《日出东南隅行》。”她说话的时候板着脸，看起来很严肃，和三十秒钟前，那个睫毛都会笑的她，判若两人。

“沉鱼落雁？”面对不置可否的问题，我只能凭第一感觉飚个答案。听到我的回答，她突然失落起来，时间不长，却足够让我意识到是答错了。

“为什么来这里？”不多时，她收起好看的失落问道。是的，她所有的表情我都认为是好看的，哪怕是失落。

“先来后到，这该是我问你的问题才对吧。”说完就后悔，怕这句话成为聊天的句号，好在她毫不在意。

“我在找人，一个手指细长的男人。”说话间，我们不约而同看向我的手。我不敢肯定这算不算细长，于是用右手指指左手，向她投去好奇的目光。看她微笑着摇摇头，我知道，这不算。

“找了这么久，累吗？”她的穿梭服属于星旅的早期型号，哨站里有很多款，从新旧程度就能掌握个大概。

“久到不记得了。”说话前她长出一口气，手肘撑在桌上，双手交叉托住下巴，目光轻柔地落在桌角。餐灯从上方投下的光，在她俊俏的鼻翼下形成一片阴影。我又开始后悔自己没有吃上几只八目兽，那样就能像它们似的，长出八只眼睛，每只聚焦在不同位置，将眼前的美景分成八份记录下来。

“这样很没礼貌！”我回过神的时候，她双手叉在胸前，假怒地瞪着我。

“不会啊，那些不敢正视只会偷窥的人才不礼貌，敢于直视，是人品的证明。”

“哟，你还挺会说的。那桌上的口水，又是什么的证明？”

“啊？真的？”我下意识看向桌面，没发现口水，倒是听到她的笑声。以前被我骗到的人，会在心里嘲讽他们是呆瓜，那时可没想过自己有朝一日也会变呆瓜，更想不到，这还能成为一种温暖的享受。

按捺暗爽后，我学她板起了脸，用鼻子发出悠长的呼声，冷眼看着她。直到小娴笑出的眼泪，从外眼角转向内眦，直觉告诉我，这是笑着笑着想起伤心事的征兆。本想转移话题，还没开口，就听她说起来。

“这是我能找的最后一个哨站了，中午看到有人在，还以为是他。”说完她抬头看着我，我立马说我在哨站待了很久，遇见不少路过的人，让她说说他们的事儿，或许能帮上忙。

“我们结缘于一次研讨会，晚餐时他的导师向会长不停介绍他的项目，会长是我导师，叫我旁听。他酒量不好，没等散席就要走，还说他路不熟，让我送他。可能是他的手又细又长太好看，我竟然鬼使神差地同意了。到了酒店门口，他不说再见，只是看着我。我问他看什么，他说，秀色可餐。我说：‘你就是这么做学问的吗？’他说：‘做我女朋友吧。’我说：‘说对上句可以考虑。’他说：‘鲜肤一何润，秀色若可餐。’”

说话的时候，她已经彻底沉浸到了甜美的回忆当中，翘起的嘴角就像等待喷发糖浆的火山。

我没插话，等她继续说。

“我们在一起后不久，他结束项目，离开导师，搬来我所在的城市。我们筹备新房的时候，他新入的课题组有了重大发现，他要去一趟太空。我知道这对他来说很重要，不想耽搁他，对他说，他回来了我们就结婚。”讲到这里小娴停住了，任谁都知道，他肯定没回来，而她毅然决然踏上寻找的征途。看她青葱般的手指，沿咖啡杯上沿画着圈，感觉她的心就像是黑洞边的青烟，不知会在崩塌前消散，还是会在消散前崩塌。

我把这个比喻讲给她听，她苦笑了一下说：“他就是去研究黑洞的。”看我又露出尴尬的表情，小娴解释说，“恒星到了一定寿命，会变成白矮星，有些白矮星最终会变成黑洞。现实中观测到的白矮星大约占恒星的 3%，可计算出的白矮星应该在 10% 左右。这意味着有些白矮星消失了，恒星在变化过程中忽然大量失去能量，略过白矮星的阶段，变成暗淡无光的黑矮星。他们的小组就是要搞清，是什么让恒星在演化进程里突然失去能量，跳级到下个阶段。”

“你男友可以在地球继续研究，为什么要冒险？”我刻意用了“男友”二字，想规避“未婚夫”之类的称呼，企图减轻他在小娴心中的分量，哪怕于事无补。

“都是些狂热分子。”小娴目光下移，嘴角发出不易察觉的抽动，看不出是微笑还是咬唇，“他们发现了两颗正在变成白矮星的恒星，于是两人一组，准备到恒星旁近距离观测。”

像是被小娴的故事所影响，周围的空气突然凝重起来，我没有处理这种情况的经验，一时语塞，好在小娴打破了沉默。

“一个瘦瘦高高，手指细长，不爱说话，爱看天发呆，眼睛像宇宙那样深邃的男人，你见过吗？”小娴直勾勾地看着我，眼神里满满的期待，竟让我的后背有些发凉。

片刻的沉寂之后，失落再次袭来，以破竹之势将小娴眼中最后一丝希望杀得片甲不留。我看在眼里，喉咙像是卡了一整块琵琶骨，几经努力却发不出一个字来。

可能是发现了我的窘态，也可能是一遍遍的失望，铸就了小娴坚忍的意志，她再次打破沉静，说：“你的故事呢，你为什么在这里？”她聚拢起溃散的眼神，搓了搓手，洒脱的恢复常态。

突然感觉“洒脱”是个贬义词，如果不是没心没肺，能做到洒脱一定是经历过不同凡响的事，而这样的经历，通常与幸福无关。

“我是个美食家。”

“哈哈……哈哈，我还是个大明星呢。”看她被我的话逗笑，不知该悲该喜。

“我很严肃的，我头一次跟人说真话。”

“这么说，你经常说假话喽？”

“你要听故事，还是要抬杠？”

“好好好，你说你说。”她笑起来那么好看，有股核辐射般的酸甜味，从眼睛进入，经味蕾的确认蔓延至每根神经。先酸后甜，偏味有一丝丝咸的奇妙感觉，竟让我忘了入会时的誓言。

“我是个美食家，是个在食物链协会注册的美食家。我们游走于宇宙间，寻找各种各样的美味。”喝口渐凉的手冲咖啡，继续说，“我来这里寻找一种真菌孢子，它们生长时产生的代谢物，有种奇妙的苦涩。这味道会随着代谢物的增多，变化出几十种不同的涩味，那会大大丰富感官，是非常难得的体验。”

“你们吃真菌的大便？”小娴瞪大眼睛，双手叠在嘴上，做出几近呕吐的动作。

“比喻很烂！”我皱起眉，耷拉下眼角，给出一个鄙夷的眼神，“重点是独特的味道，其他的不重要好吗？”

“你找到了吗？”

“没有。”我学着她露出失落的表情，“采矿设备破坏了这里的环境，那些孢子来不及适应，几乎全部灭绝，只剩下极少数，要等他们重新形成种群还要很长时间。”

“那你怎么知道有几十种不同的涩味？”

“因为宇宙美食手册，那里面介绍了无数种美食，可以看作食神百科全书。”

“你是食神吗？”

“那是我的目标。”

“不是食神很好啊，为什么要成神呢，当仙更好。”小娴劝慰人的本事和我不相上下，都是地下三层的水平。我本想给她翻个白眼表达一下不满，想想做不来。

“神有两说，一类是开天辟地时由混沌化形产生的神，还有一类是凡间圣灵死后被点化成的神。”小娴没理会我缺失表情的脸，继续说着，“仙不同，可以是本来就有的天仙、地仙、人仙、鬼仙。你活得好好的，只是对吃特别有研究的话，应该是食仙，而不是食神。”

“照你的说法，我们就是食神。成立食物链协会那帮老头子，就是开天辟地时出现的神，像我这样就是后天的神。成为会员就是被点化成神，从此之后我们可以在宇宙间自由自在地品尝美食，而我们的义务就是丰富美食手册。”

“既然是神，告诉我肉肉在哪！”小娴笑盈盈地说，看样子她一点也不相信我的话。

“肉肉？是肉麻的肉吗，他吃起来根本没什么肉。”

“你说什么？”小娴笑容顿失，“他在哪？”

小娴双手撑着桌子，“嗖”的一声站了起来，眼中露出一丝恐慌。

“在我肚子里。”我不急不慢地说，“不是说了吗，他吃起来没什么肉。”

说起食物，我的味蕾肆无忌惮地在口腔跳起舞来，身体受不了如此刺激，开始剧烈扭动，嘴巴开始不由自主地大口呼吸起来。这一张嘴不要紧，对面的小娴立刻花容失色，在凳子上筛糠般抖了三两秒才拔起双腿，跌跌撞撞地向门口跑去。

太晚了，饭前我就对出入口做了手脚。

“我们没有身体，你手里的玩具帮不了你。”看着角落里不断扣动扳机的小娴，我心里突然很失落，“本想和你好好聊聊，让你开开心心的。你现在的味道可不好，任何一种食物在惊恐的时候都会变得不那么美味。”

“滚开！你这魔鬼！”看着歇斯底里的小娴，理解了花容失色的意思。

“我说了，我是个注册美食家。”我尽量稳定住现在的躯体，缓缓蹲下，端详放大的瞳孔，聆听急促的呼吸，这是品尝有生食物前特有的享受。

“往好处想，你很快就要见到未婚夫了。”我撩起她的发梢，放在嘴里轻轻舔了舔，“我干掉了这个星球上的人工智能和采掘设备，想要恢复星球生态时，他的探测船降临了。他们本打算补给一下就走，我也打算变成人形应付一下就放走他们，可是船里的科考仪器让他意识到我不是人类。如你所见，你们的武器伤不到我。反倒是他抵抗时的汗水激起了我的食欲，结果他有幸成为载入美食手册的第一个人类。”

小娴听完，垂下双手，不住地抽泣着。

“别太难过，他成为食物前，我们也聊了聊，他提到的女人应该就是你。而且他最后时刻一点也不痛苦。”小娴听到这条件反射似的抬起头来。

“我回答了他一件，我们聊天时他反复提及的问题。之后他说了一句我不明白的话，就不再抵抗了。”

“你答了什么，他说了什么！”小娴渐渐止住哭声，从牙缝里挤出了这十个字。

“我告诉他，成年恒星突然失去能量变成黑矮星，是因为有些恒星级的美食家在吃零食。”我停顿了一下，轻轻说道，“他说是的，朝闻道夕死可矣。”

“呵呵，真的是他……”说完，小娴闭上了眼睛，仰起头把脖子暴露在我面前。

我想，她错把我当成吸血鬼了吧。

晋阳秋

文／心宿二

“不祥，不祥啊。”

张璞揉了揉猩红的双眼，出神地盯着远方的星空。黄土台塬上秋风阵阵，但他感觉不到丝毫的凉意，反而涌上来一阵莫名的心慌。巡夜的士兵一列列走过，发出橐橐的脚步声，更使他焦躁不安。最终他低下头，揉了揉酸痛的后脖颈，反身走回营帐，末了，看到营寨中间那顶大帐依旧亮着灯火，不由得叹了口气：“丞相……”

“师傅，怎么了？”陈英之放下笔，急切地问道。按理说，这个二十岁出头的年轻人应当称自己为府丞或府君，但多年亦上级亦师友的关系，使他更习惯叫张璞为师傅。张璞眉头紧锁，说：“有赤星现东北，发于斗，直向西南。”陈英之一听，便紧张起来，斗宿，北方星宿之首，古人称为“天庙”，属天子之星，掌握着生死大权。这里出现异象，绝不是什么好兆头。但，更坏的可能是……

“这，师傅，是荧惑？”荧惑，凶星，出现就意味着战争、疾病、与死亡之灾。张璞转动着浑天仪，手在青铜铸成的经纬圈上来回摩挲，这是他多年思考难题时养成的习惯。“荧惑，出地后自西向东行，经十六舍停止，向西逆行二舍。不，这不是荧惑，虽然很像。”张璞闭上眼睛，在脑海中检索，随即摇头，“此星，我从未见过，无论是书中还是观测。”“那，是彗星？”“有可能，但还需观察。”张璞总觉得有一种说不出的异样，那颗泛着荧荧红光的星星透着一种难以名状的神秘感。“师傅，已过中夜了，下半夜到晨起的测定我来就行了，您歇息吧。”“好。”张璞欣然接受，他已十分疲惫。陈英之的眼力不差于他，他相信自己的弟子。

张璞已三十有余，作为季汉掌管天文的灵台丞，这个岁数并不大，但也升迁无路，张璞知道自己一辈子估计都要和圭表、星图、浑仪为伴了，好在他也乐在其中。与其他同行相比，张璞算是一个异类。他对于星象与个人乃至国家命运相关的理论并不十分认同，而更推崇后汉的天文大家、浑天仪的发明者——张衡的宇宙观念：日月星辰的运行有其自身的规律，不为人的意志所转移。“灵台者，观天文，演历法，推气象，以利民生。”这是他常说的话。所以丞相起兵北伐以来，他都在军中，前两次是陈英之一样的灵台侍郎，后三次便成了灵台丞。

然而，此次出征，大军来到五丈原之后，战事便僵持下来。渭水对岸的魏军对于汉军的挑衅充耳不闻，拒不出战，丞相亦无可奈何。这样持续三个月，丞相突然病重，汉军顿时失了主心骨。对于张璞以及这八万汉军将士来说，丞相是图腾一般的存在，虽然已年过五旬，但伟岸风姿犹在，且精力充沛，事必躬亲。他一病倒，一种不安的情绪在军营中弥漫开来。好在丞相依然能发号施令，但谁知道能坚持多久呢。张璞躺在床上久久不能入睡，难道，这就是传说中的将星陨落？他不敢也不愿相信。天佑大汉，他反复叨念着，闭上了眼睛。

早起，张璞便看到陈英之布满血丝的双眼：“师傅，后夜赤星光益强，出芒角，过西南而返于斗。”张璞大惊，这颗赤星已超出他的认知。“记下路线了吗？”“记下了。”张璞仔细端详陈英之记下的轨迹。“观其轨，非恒星非彗星，我不知道它是什么。”如果非要找出原型，那就是天官书上来去无踪的“客星”。这类星出无恒时，居无定所，不可推算。“怎么办，上报主事吗？”张璞略一沉思，“且慢，非常时刻，我们先不急，再观察观察。”

可惜事与愿违，赤星在第二夜又出现了。张璞在出神地看着陈英之的记录，半天后，开始转动浑天仪，陷入无尽的沉思。最终，他望向那顶中军大帐，拿起星图，下定决心：“英之，我要上报长史。”走出帐门，他又回身说道：“有件事需要你去办。”

长史杨仪在帐中批阅着公文，随着丞相的病重，营中很多事务由他来代理，身上的担子便陡然加重。但他并不觉得烦劳，反而有一种成就感。宫中已派人来访，杨仪知道，这是成都方面前来打探丞相的病情，同时也是为可能的后事做铺垫。如果丞相选择继承人，会是谁呢。正想着，张璞进来了。

“哦，张府丞前来何事？”“参见长史，有大事。”张璞正色说道，“近日，有赤星物来犯，据我观测……”“这件事啊，我已知晓，”杨仪打断张璞，“东北至西南，是吧。天文星象，我也略知一二，张府丞不必惊慌。此乃客星，确属不祥之兆。但你知道，一来丞相重视天文，不是占卜吉凶，而是以其推风霜雨雪之变化。二来两军相持之时，此类消息不易稳定人心。所以，这种事情，不必上报。”“不，”张璞提高了声音，不顾杨仪惊讶的神情，“这不是客星。”他展开了星图，上面标出了几条黑线，“这是这两日此物的运行轨迹，方向上确实都为东北至西南，但是一能同夜往返，速度奇快，二细看其行迹，并非沿一线而行，而是来回改动，如同逡巡一般。无论是何种星体，无论大小，其行迹皆为一线，都不可能有如此行动，故属下认定，这不是星辰，更像是……星槎。”“什么？”星槎是神话中天河的星船。杨仪愣了一下，没有说话。张璞接着说：“属下大胆猜测，此物，仿佛在来回……搜寻什么东西。而且，”他郑重其事地说道，“根据轨迹的交点，可能就在，五丈原附近。”

空气凝固了一会儿，忽然被杨仪的笑声打断，“哈哈哈，张府丞，我知你自进兵以来，为能讨贼成功，彻夜劳碌，很是辛苦，出现此等异象，紧张是难免的，但切莫小题大做，无中生有。”他突然压低声音，严肃地说，“眼下战事紧张，张灵台，我劝你安歇几日，免得再有这些荒谬的想法。”“长史！此事非同小可，请三思……”“好了，我还有事，你先退下吧，我会考虑的。”杨仪不耐烦地摆手，张璞僵着身子，最终轻叹一声，转身离开。

黄昏时分，陈英之回到营帐，一身疲惫，问道：“怎么样，师傅？”

张璞摇头，转问：“要你办的事如何了？”

陈英之答：“师傅，我已访遍附近村落。”

张璞听完，又开始转动巨大的浑天仪，这次时间格外的长。末了，他缓缓说道：“英之，如果丞相真不在了，这场仗还能打赢，我们大汉，还能复兴吗？”陈英之一惊：“师傅，如果真是……那恐怕，很难。”“英之，我听说你兄长也在军中。”“对，长兄是姜护军的亲兵。”“我还有一事相求。”张璞把手搭在了陈英之肩上，诚恳地说：“我想见一见护军。”

深夜，一队巡夜的士兵走向黄土台深处，没人注意到，这支小队伍其实比正常的人数多了两人。不多时，在东麓的小土丘旁，陈英之停下，轻声对张璞说：“就是这里。”张璞抬头眺望，赤星不知何时消失了。他环视众人，深深作了一个揖：“有劳各位了。”“护军有令，听凭府君吩咐。”带队的什长答道。

士兵们齐刷刷地拿出工具挖掘起来，张璞力弱，便在一旁放风警戒。今天，他让陈子英寻访附近村落居民，询问近期有无异常情况发生。起初没人知道，最后，一个深山老猎手说，数月前一个夜晚，在汉军未到之时，有一伙人从渭水对岸过来，抬着一个大物什。抬到五丈原东边后，这伙人似乎很忌惮这个东西，匆匆掩埋住后就赶紧离开回到了对岸。老猎手本想去看看，但直觉告诉他这东西似乎有危险，便没再前往。张璞听完，意识到他找到了关键。其实，对杨仪的那番话，也只是他的猜想而已，但他总觉得冥冥之中，那颗赤星如同一只邪恶的眼睛一般，在搜寻着什么，如今果然被证实。但是，私自出营发掘，既违抗军令，只凭他俩也办不到。所以，他让陈英之求他兄长帮忙，在中军帐中见到了护军姜维。当他说出理由后，这位与他同岁的年轻将领思考了一会儿，点了点头。

很快，发出一声清脆的响声预示着他们挖到了什么。众人小心发掘，好一会儿后，一个漆黑的东西终于出现在众人面前，它足有半间营帐大小，呈葫芦形躺在土里，但是葫芦头部已经破损，好像有人在上面凿了一个大洞，里面闪着诡异的绿光。没人知道这是什么东西，它根本不像人间的物品。这个东西，难道就是……张璞思绪一时混乱，想转问陈英之，却见他只是望着夜空。张璞这才发现，赤星又出现了，而且从东北方直向此地扑来，红光越来越强，张璞感到一阵眩晕，仿佛被赤星吞噬一般。

张璞慢慢回过神来，发现自己已孤身一人悬浮在一片白色虚空之中，对面一个身着长袍的怪异男子，怪异，是他长得太方正标准，好像雕刻出的一样。怪男先开口，说：“嗯……为便于交流我采用你们的外貌与语言。其实我来自一个离你们非常遥远的地方，任务是回收上次坠落的探测器，就是你发现的这个东西。”“你是驾星槎之人？”“可以这么理解，但我只是一个投影，并非生命体，说了你不会懂，”怪男摊手，“总之非常感谢，帮我找到它，黄土掩盖了它的……”“不，”张璞急切地说，他终于等到这一刻，“不要感谢，我有个条件，治好丞相，帮我们打败对岸的魏军，你才能带走它。”这也是他说服姜维的理由。

怪男一脸诧异地说：“你不了解，首先，这个东西非常危险，它的壳体破损，泄露出了放射性物质，就是能杀人于无形的东西，我要尽快收回，否则，你们都会丧命于此。第二，我们有严格的规定，不能干预你们的历史，更不能引发战争。至于第三嘛，”怪男意味深长地看着张璞，“他已经做了他的决定。”

“什么？”张璞惊诧。怪男徐徐讲道：“与你之前，我已与他会面，因为他是最高长官。他的身体已如朽木，这个东西大大加剧了他病情的恶化。我可以倾我之力治愈他，并且，你们八万人同样受到污染，只是程度稍低，并不显现，但一样会发作。救了他，我的资源就不足以救其他的人。我也只是一个探测器，不是医疗船。”“什么，你的意思是……”“对，你们受污染程度低，我可以大范围治疗。所以丞相，他要求我治好你们。我尊重他的意愿。”“不，这不对！”张璞大喊。怪男面无表情，说道：“我欣赏他的坚持，也谴责对岸的阴谋，但我只能做这些了。哦，对了，丞相托我说，”怪男突然严肃起来，“多谢了，怀玉。”张璞一惊，怀玉是张璞的字，他因为身份低微很少对人提及，而丞相居然还记得。“吾生有憾，死无愧已。”怪男一字一句说出来。“丞相……”张璞双膝一软，于虚空中跪了下来。

“放心，我会完成他的心愿。但是，按照规定，我不能让你们知晓我的存在，所以，对不住了。”怪男说完，张璞又是一阵晕眩。

张璞醒过神来，发现自己站在空旷的黄土台上，营寨一如往常般平静，只有巡夜的士兵在走动。他不知道自己在干什么，仿佛做了一个长梦，却什么也不记得。他回望丞相的大帐，依旧亮着灯火，这让他产生了一丝欣慰。张璞望向星空，苍穹浩瀚，一颗赤星在加速奔向北方。他忽然明白他在这的原因，于是赶紧记录下来，落笔在了建兴十二年五丈原的秋天。

不远处的对岸，一个干瘦的老人举起酒杯，对着远去的赤星说道：“再见了，孔明。”

《晋阳秋》载：“有星赤而芒角，自东北西南流，投于亮营，三投再还，往大还小，俄而亮卒。”大意是一颗闪着红色光芒的“星”，从东北至西南方向，由远至近，三次往返于诸葛亮的军营，后来诸葛就去世了。

七绝

文／心宿二

引子

元狩四年，大漠沙如雪。

一座高大而简易的营帐矗立在军寨之中。这座军寨一看便知是行军途中匆忙搭建而成，营房稀稀落落，许多士兵甚至露天和衣而睡。但是那座营帐中的人却是彻夜无眠。其中一位身披鱼鳞铁甲，须发已白，但是仪容威严，身材高大，尤其一双猿臂，孔武有力，此刻正盯着桌上一纸文书沉默不语。另一位则身穿布衣，瘦小许多，他小心翼翼地说道："前将军，还是按大将军之命行事吧。"

年长之人沉默半晌，说道："司马所言我当然明白。我自少与匈奴交战，至今才有机会对阵单于。所以我请求天子做前将军，就是要做全军先锋，与单于决战。可现在大将军把我从前锋调开，与右将军赵食其合兵从东路出发。东路迂回绕远，缺乏水草，我一无向导，二无地图，如何找到大军？如何找到单于？"

司马又道："将军扫灭匈奴，建功立业之心可嘉，但大将军可是天子之妻弟，位高权重，违命前行，若不予我军后援，恐被单于围剿啊。况且，”司马压低声音，“此令或许是天子之意呢。”

“唉。”长臂将军一声长叹，大漠的风吹起他的斑白鬓发。“罢也，广领命，今生恐再难封侯矣。传令，明日全军改行东路.与右将军合兵。只是这茫茫大漠，该如何行军？”

“这，”司马略一迟疑，“方才斥候来报，捉到二名疑似匈奴细作之人，但据我观察，这二人衣服华美，言辞文雅，似是中原来人，不类细作。但可疑的是，这二人称，可助将军找到单于。我怕其中有诈，暂时关押起来，等候将军定夺。”

“有这等事？”将军神情疑虑，但眼神中又透出一丝光亮，“速带二人进帐！”

1

疏勒，烽火城西百尺楼。

张思礼按着腰上的横刀，厉声问道：“这贼子招了吗？”这位疏勒节度副使才满三十岁，剑眉星目，英气逼人。他身后站着一位更年轻的青衣男子，面容清秀，此时正看着议事堂中央，一言不发。

“秉副使，都招了，真是不见血不吭气啊。”一位高鼻深目，黑发赤须的异族大汉说到，手里拎着一个小个子男人。那小个子虽然做了伪装，但还是明显看出吐蕃人的特征。此时他正抱着一条断臂在地上呻吟。“他说，吐蕃已与大食结盟，发兵十万攻取北庭都护府及安西四镇。大食取北，吐蕃取南。先前围攻勃律国铁石城，就是为打通进取之路。”

“果不出都护大人所料。”张思礼坐回木椅上，眉头紧皱。“前日吐蕃万人急攻勃律，尽占其地，仅剩国都铁石城坚固难下。勃律国王亲自写信给北庭都护张孝嵩大人求援，张大人命我南下驰援勃律，但只得带本部兵马。就因都护得到探报大食国欲大举进犯北庭，不得不防。看来，果真如此。”

“勃律，唐之西门，早先就入贡依附我大唐。失之，则西域诸国，安西四镇皆危矣。吐蕃生性残暴，屠戮我边民，掠夺边境州府。此番吐蕃与大食南北合兵，大唐将永无宁日。”先前沉默的青衣男子忽然开口，声音沉稳明晰。

“少伯所言极是，都护大人在书信中也是这样说的，要我务必守住勃律。”张思礼点头赞同，“只是……”

“只是什么，副使尽管放心，待我领上我那两千兄弟，保证杀退那帮蛮兵。”异族大汉高叫。

“哈哈，摩柯罗统领威武。”张思礼笑道，对这位突厥老将甚是喜爱。虽然不是华夏后裔，但摩柯罗带领着归顺的突厥兵为都护征战多年，骁勇异常，且通晓西域诸国语言，是自己绝佳的配手。“但此次局势非同寻常，少伯，你怎么看？”

名为少伯的男子轻施一礼，说：“副使，统领，这是一步死棋，还请三思。”看着二人疑惑之情，他继续说，“吐蕃既与大食合谋西域，必当全力出兵，若这探子所言属实，至少五万。而探报说仅有万人围攻勃律，那必有几倍之敌环伺勃律周围，利用山高地寒埋伏我援军。都护自然能预料到这局面，但他还是派出副使只用本部兵马出征，因为，一则不敢派出大部人马，二则若副使覆灭途中，都护正可借此上书朝廷，增兵西域。西域府兵多年来兵不满员，勃律丢失，朝廷震动，必定大举增兵，这样方可解西域之围。”

张思礼听完愣住了，不敢相信。摩柯罗也是一脸茫然。此时瘫在地上的吐蕃探子突然用番语吱哇怪叫起来。摩柯罗一拳下去让他闭了嘴。张思礼问："他说什么？"

"禀副使，这奸贼说，让我们速去勃律领死。"

空气顿时凝固下来，张思礼紧咬嘴唇，摆摆手，说："统领先下去，整顿军马，准备出征。""领命！"摩柯罗拖着昏迷的探子大步走出。"少伯，不管生死，我必须去。"张思礼说道，边塞风吹起，声若雷鸣。

2

"副使！你只有番汉四千兵马，这是死局。"

"少伯，我本是孤儿，无姓无名，只知道在战场厮杀，是张孝嵩大人在死人堆里救出了我，教我读书识字，赐我姓张，取名思礼，是想让我学习汉家礼义，做忠义之人。待他成为北庭都护，又提拔我为疏勒掌管军务之副使。如此待我如子，我岂能不报恩？国士待之，国士报之。军令如山，恩情似海，即便是死局，我也唯有以死报都护大人之恩。"

少伯轻叹一声："都说张孝嵩曾在西域有斩龙之功，天子赐其龙舌，故称之为龙舌张氏，果真名不虚传，杀伐果决又待士如此。不过谁承想这威震西域的都护，原本只是舞动笔墨的文人。

"'士为知己者死'，且勃律终归是唐之门户，我岂能坐视丢失。少伯，你也是文人，战场厮杀终究不适合你，你不要跟我去了。"

青衣男子又施一礼，说："我只是个落魄书生，流落边关，幸得副使赏识。若副使执意出征勃律，我定全力相助。请容我想一想有没有破敌之策。"

“好，三日之后，四千兵马悉数出征，急行至勃律。”张思礼说完凝视窗外，黑云在城墙远处聚集，遮住了天边巍峨的雪山。

少伯来到军营，摩柯罗正在指挥突厥兵们整理行装，他悄声说道：“统领，我想与你再去审问那个探子，另外，想拜访一下前面你说的疯癫之人。”

“好的，王军师。”虽然没有官衔，但摩柯罗还是用军师称呼他。

“但愿他能有起死回生之力吧。”王少伯轻声说道。

两日后，议事堂中，一幅行军地图摆在中间，张思礼、摩柯罗、王少伯分列两边，一位奇特的白衣男子站在旁边，漫不经心地看着他们。王少伯先言：“副使，以我军目前兵力，即使加上铁石城的三千守军，对付吐蕃数万之敌也是以卵击石。我有一计，可险中求胜。”他手指地图，“副使到达勃律后，留一千人马掩后，其余作势佯攻铁石城敌军，吐蕃伏兵必定杀出，到时副使一定佯装逃跑，全军奔向这条峡谷。”

“什么？穿云峡？”摩柯罗大惊，“这里山高谷窄，是条死路啊。”

“既是我军死路，也是敌兵死路。”王少伯声音坚定，眼神锐利，“以少胜多，就要置之死地而后生。而且，我们也有援军在此。”

“援军？”众人皆惊。王少伯看向白衣男子，说：“这就靠他了。”那个白衣怪客正在用慵懒的眼神环视着议事堂，同时自言自语：“唔，是这样，挺精致……”在发觉众人盯着自己后，才说：“噢，是，只要你们能在精确的时间里到达这个地方，我会找一支援军过来，但肯不肯帮你们，我做不了主，而且，他们只能存在两个时辰。”

“副使放心，我一定说服他。”王少伯望向北方，平静地说。

3

勃律，青海长云暗雪山。

“副使，快走！”摩柯罗挥舞长矛，扫翻身后的一排吐蕃兵。张思礼则在战马上用横刀左右劈砍，箭矢如飞蝗袭来，张思礼明光铠上已是伤痕累累。身前身后，漫山遍野都是灰色的吐蕃兵，他们身披犀牛皮甲，头戴铁盔，仅露出两只眼睛，虽然身穿重甲却丝毫不影响速度，紧追着这几千唐军。唐军这边，汉人骑兵用铁槊陌刀开路，突厥番兵则用短弓还击后方，虽然形势极其凶险，但仍然保持着阵型没有溃乱。不过一路上，还是有不少红衣亮甲的唐军士兵倒在一片片灰色的吐蕃军阵之中。

“副使！前面就是穿云峡，可没看见有援军。这样下去，我们恐怕全军覆没啊！”摩柯罗从肩膀上拔出一支吐蕃短箭，鲜血淋漓。

“通告全军，不要恋战，丢弃一切负重，全速进入穿云峡！”张思礼策马前行，高声喊道，旁边一名传令兵快速挥舞一面军旗，唐军瞬时全体奔进峡谷。“我相信少伯，他一定会来的。”张思礼沉稳地说，同时回望身后。只见茫茫的吐蕃兵阵中，显出一个魁梧高大的身影，与周遭吐蕃兵不同，他身披银甲，铠甲上竟然镶满了各种宝石，头盔上的更是硕大，在雪山映衬下光彩夺目。他手臂轻轻一抬，吐蕃兵们就争相蜂拥尾随着唐军进入穿云峡。张思礼知道，这是吐蕃的王室主将。如果能杀了他就好了，张思礼暗想。但很快他就打消了这个念头，穿云峡甚是狭窄，唐军进入后不得不减慢了速度，后面的吐蕃兵很快追了上来，摩柯罗带领突厥兵们拼死抵挡，但依然难以招架。

张思礼心急如焚，少伯的援军在哪里？难道真到了以身报国之日？

“将军，请恕我欺瞒之罪，此非匈奴，但同样是犯我华夏之蛮夷。”

“我已来此，既是我汉家之敌，与匈奴又有何分别？”

突然一声鼓响，峡谷之上，旌旗招展，无数黄色的弩机伸出，箭如雨下。这弓弩力道强劲，轻易就刺穿了吐蕃兵厚重的铠甲。很快灰色的尸体堆满了峡谷。张思礼愣在那里，这不就是传说中汉代的大黄弩，此弩威力极大，是抵御匈奴的利器，怎么援军会用这种武器？

吐蕃兵在节节败退，但阵脚未乱，宝石银甲的吐蕃主将还在阵前拼命指挥。忽然，一员白马将杀出，只见他虽须发皆白，但身形矫健，一双长臂执着一把龙首角弓，待到吐蕃阵前数十步，竟然左右开弓，势大力沉，发弦即倒，一箭即射穿厚甲。他一路杀向银甲主将，吐蕃兵居然前进不了，十几步外即已中箭倒毙。银甲将见势不妙，转身逃跑。白马将军勒马停下，张弓搭箭，拉满才松弦，这支箭越过那些惊慌失措的吐蕃士兵，正中银甲主将脖颈，他应声栽倒，呻吟都没有发出。张思礼看得真切，这等神射之将，恐怕前朝大将薛仁贵都要甘拜下风，只有一个号称“飞将军”的人才能做到。主将既死，吐蕃兵自然无心恋战，已成溃败之势。张思礼发令全军掉转马头反攻，浩大的吐蕃军阵顿时土崩瓦解，吐蕃兵踩着自己人的尸体争相逃窜，狼狈不堪。

峡谷上，王少伯目睹着一切，对身边的白衣客说：“你怎么做到的？”

白衣客说：“我所属的时代，能够通过折叠多维空间来穿梭于时间之河，只要给我精确的时间与地点，我能制造出时空的裂隙来。当然，我的能量有限，年代太久远，传送的物体越多，裂隙维持的时间就越短。所以李广的一万汉军，我只能维持住两个时辰。”

“我知道你不属于我们的时代，你为何要帮我们？”

白衣客笑着说："我身体里流着和你一样的血，怎会看着祖先被蛮族杀戮。况且，这么多年，你是唯一相信我的人。"

朔风吹起，白衣客转身说道："你终究是一个诗人，这战场不适合你，你该离开这里，回到长安，你会中进士，以诗文名满天下。"

王少伯沉默不语，看着下面血染的战场。张思礼正在指挥收拢残余的队伍，他没有胜利的喜悦，而是抱着摩柯罗的尸体悲痛不已。天色渐晚，残阳如血，李广策马徐行，看着巍峨的雪山，沉默不语。

"他应该留下来，"王少伯突然说，"等他回去，他会……"

"我也劝过他，但他终究是汉家臣子，就让他骄傲地回去吧，最后一战，他犹如战神，不愧'飞将军'之名。可惜的是，我会抹除他的记忆，他只会记得迷路的事。我们有严格的规定，不能让外人知晓我们的秘密。"

李广下马走向张思礼，张思礼整好带有斑斑血迹的铠甲，两人互施一汉礼，无言而别。此时，夕阳已被雪山隐去，一轮明月挂在天空。

"按照你的说法，我们的记忆，也会被你消除吧。"

"抱歉，一切结束之后，我必须这么做。这里发生的事，不会被人知道。"

"总有什么会流传下来吧。"

白衣客看着王少伯，说："那要看你了。"

王少伯看着离去的李广，看着悲痛的张思礼，看着天上的明月，与远处隐约可见的铁石城，忽然对白衣客说："你说我以后会以什么名满天下？"

"七言绝句，你是全唐第一。"

"好，七绝之律正合我意。"

"我该走了。"白衣客淡淡地说。

“等一下！”王少伯深施一礼，“少伯是我的字，我的真名，是昌龄。可否知道阁下的真名？”

“哈哈，我的名字无关紧要。”白衣客看着王昌龄，收起了笑容，“记住，告诉思礼将军，告诉天子，河北有一个胡人，名叫安禄山，一定要杀了他。否则，”白衣客迟疑一下，不再出声，只是小声叨念，“你和张思礼，都会因他而死。”风雪漫漫，王昌龄不解地看着远去的白衣客，大唐开元十年，西域勃律国降下了最长的一场雪。

后记

出塞

秦时明月汉时关，万里长征人未还。

但使龙城飞将在，不教胡马度阴山。

楼兰往事

文／美菲斯特

1

一股病毒在阿尔泰山南麓的 Y 城肆虐，国家迅速集结人员、物资，派出医疗队千里奔袭，直扑疫区，连续空降了无以计数的援助物资和 200 多名医护人员，于戈壁滩上搭起临时医院收治患者。在传染病医院里，医疗队队长赵维让医生们一丝不苟地用 10 倍浓度的含氯消毒液围堵歼灭着病原体，将传染控制在可控范围内。

医疗队特意设置了疫区焚化炉，所有可能被病毒污染的医疗垃圾全部被集中焚毁。900 多度的高温足以让一米以外的防护面罩扭曲变形，但是执勤医生们依然穿着密不透气的防护服，顶着戈壁地区 35 摄氏度的高温，将医疗垃圾推入焚化炉，就好像把恶魔推入烈火熊熊的地狱一般。

经过夜以继日的研究，医生们发现这种病毒疑似埃博拉病毒的变种，会把人杀死两次——人格上杀一次，肉体上再杀一次。不仅使患者全身肌肉慢慢溶液化，而且极大程度地损伤脑组织，患者会精神错乱，人格解体。有的会像狂犬病病发一样狂暴不已，还有的甚至浑身淌血地在大街上徘徊游荡，犹如僵尸一样。病毒通过体液传播，被咬一口立刻会被感染。

半个月之后，疫情被完全控制，医疗队为当地建立了一支永驻的医疗卫生队伍。队长赵维正以为能松口气，一位武警战士匆匆进来，报告说有突发状况。

赵维和助手柳依诺急忙穿上隔离服去探察。据武警战士说，在填埋火化的人畜骨灰时，挖掘机挖出大量骸骨。

这不是此次疫情的死者，那些尸体已经投入焚化炉。但是根据Y城各种史志，没有发生过大规模死人的记载。而且从骨骼的数量来看，至少有万人，Y城若是死这么多人，早已从地图上抹去了。

Y城是座石油小城，距今不超过60年，而这些遇难者的骨龄远远超出Y城。赵维在骸骨上发现病毒侵袭的痕迹，和现在流行的病毒极为相似，但根据碳-14鉴定，骸骨距今大约1300—1400年。

根据基因测定，他们不是蒙古人种，而是高加索人种。这些骸骨并非自然死亡，而是被砍去头颅或是烧死。

那么，是谁制造了大规模的惨案？陆续发掘出的器物证实了凶手的身份。在万人坑周围，发现一些穿着甲胄的骷髅，他们手中的长刀两侧开刃，前面的尖端宽大而突出，这是陌刀。

一具骷髅穿着的甲胄与其他不同，有两片圆盘状的护心镜，分列胸甲的左右，构成全副甲胄的2500多甲片做工精致，虽然连接用的皮革已经朽烂，但仍可以判断出，这是唐朝的明光铠。

据陌刀和明光铠推断，这些凶手是唐朝人，但是唐朝人为什么制造大屠杀？更奇怪的是，万人坑中还有一些唐军的尸骨，他们似乎在奋力向上爬，还是被自己的袍泽砍下头颅或是烧死。而围在坑沿周围的唐军似乎完全没有归国的意思，一直在万人坑周围扎营守护，警惕有一条漏网之鱼，直到自己在异乡默默地死去。

随着挖掘的深入，一块石碑出现，碑文迁延千年，赵维和柳依诺只能断断续续地解读。

上面镌刻的内容非但没有“勒石记功”的自豪，相反，带有深深的悲哀与无奈。碑文的作者署名处残破，只能辨认出“龙标”二字。

碑文开头是一首诗，竟是王昌龄《从军行》中的一首——

青海长云暗雪山，孤城遥望玉门关。

黄沙百战穿金甲，不破楼兰终不还。

2

赵维和柳依诺通读碑文，终于得以一觑1300—1400年前的往事。

楼兰国都城外，无定河边，白骨露于野，青色磷火如同流萤般飞散，不知是谁家的春闺梦里人。

不知何处冒出一支骑兵，马蹄隆隆，势如奔雷，大地上的沙砾被震得不住滑动，犹如躁动的蚂蚁。马上诸人俱是满面征尘，穿明光铠的将领一个手势，后面的骑兵齐齐勒住缰绳、次第停马。

他们脖颈上围绕外翻的盆甲，头盔两侧保护脸颊的顿项较短，便于俯仰转头，正是唐初骑兵特有的装束。在停下的同时，四千七百余名骑兵排成阵势，将主将拱卫在核心，竟是西域少见的精骑。

斥候打马从远处来报：“曹将军，城墙破毁，左右军就位，四面合围已成。”

“左骁骑。”

“有！”

“传令，东西南三面入城，凡所遇之人，无论男女老幼……”曹将军掷地有声，“皆杀之！”

左骁骑犹豫片刻，拍马近前，踟蹰道：“末将反复思量，终觉不妥。”

“有何不妥？”

“楼兰国乃是沙漠中逐水草而居的绿洲之国，求生不易。彼方突逢大难，求助于我天朝上国。然则我等……”

曹将军定定地望着楼兰国都，一时间呼啸的朔风倏然停歇，其余诸人寂然无语，忽然曹将军称呼左骁骑道：“龙标。”

左骁骑没想到被他直接称呼表字，怔怔地道：“啊？在！”

“怜悯之心，人皆有之。慈悲二字，乃是对人间之物而言。”

曹将军鞭鞘一扬，直指遥遥在望的楼兰，说道：“然则彼岸之国，人人皆异化为行尸走肉，丧失理智，毫无痛感，血如黑水，嗜食生肉。更有甚者，凡被啮咬者，无论人畜，无不化为食人恶鬼。此病症扩散之快，如石子投入大湖，层层涟漪荡漾扩散。必须取其首级或是以火焚其身，方可制住。倘若放走一人，啮咬飞禽走兽，传播开来，非但西域诸国化为焦土，我中原千万百姓，亦面临灭顶之灾！”

龙标越听越是面容肃穆，紧紧攥住缰绳，后面四千七百余名骑兵身如铁铸，岿然不动。

曹将军以手加额，说：“大总管临终之前念念不忘，数次上疏进谏圣上平复楼兰之祸。保家卫国乃是武人之天职，我等为免中原生灵涂炭，万里赴戎机，必行此非常之事！纵有污名，何足道哉！”

龙标慨然道：“将军威烈如此，吾等敢不奋勇争先乎？”

他知道曹将军口中的“大总管”只有一位，他就是金牙道行军大总管——裴行俭。此次裴将军本想亲自带兵远征楼兰，无奈还没有出发就发病去世了，享年六十四岁。裴行俭弥留之际特意上奏章给唐中宗李治，敦促这位优柔寡断的皇帝尽快远征楼兰，好在那位武姓皇后比较果断，敦促李治尽快发兵。

取得朝廷首肯之后，五千精锐骑兵过泾州、走临洮、出玉门关……一路向西，补给全靠沿途诸如龟兹、莎车之类的绿洲小国提供，穿越莫贺延碛沙漠时，飞沙走石，白昼如同黑夜，向导迷了路，将士们饥饿疲劳，沿途因为疾病和缺水倒毙两百余人。然而使命尚未完成，不管牺牲多大，这支远征军一直默默前行。

曹将军拔出鞍环上的陌刀，说道："今日与吾并肩而战者，皆为兄弟。诸君，天下苍生，在此一战，皇天后土，永佑中华！"

陌刀向前劈砍，曹将军亢声疾呼："全军听令，突击！"

长枪马槊密布如林，四千七百余名骑兵从东西南三个方向朝楼兰国都冲杀而去，马蹄隆隆，回声久久不绝。

3

柳依诺一直看着作者"左骁骑龙标"几个字，突然说道："'龙标'是王昌龄的字啊！"

赵维赶紧百度之，果然，王昌龄，字龙标，初唐时边塞诗人，后世誉为"七绝圣手"，所写的《出塞》被称为"唐人七绝压卷"——

秦时明月汉时关，万里长征人未还。

但使龙城飞将在，不教胡马度阴山。

这支万里长征的军队，再也没有回还。威胁中原脆弱文明的不仅仅是抢掠为生的游牧民族，还有另一种潜在的灾难，曾经被大唐的将士以十倍的果决、百倍的牺牲灭杀在萌芽之中，没有度过阴山一线。他们宁可蒙上屠城的污名，亦毫不为忤，除了王昌龄的诗句流传出去，远征军镇守于此，化为异乡之草。

在楼兰，这些英勇的军人面临另外的情况—— 一路上出生入死的兄弟因为感染病毒，成了嗜食人肉的行尸走肉，唐军不得不对昔日的袍泽痛下杀手。

赵维和柳依诺转到石碑的背面，发现那里还记载了对病源的猜测，在楼兰主城不远有一处山洞，洞顶倒挂着无数蝙蝠，地面堆满了各种动物粪便，粪便里藏有可怖的怪虫，它们一旦嗅到人呼出的二氧化碳，就会顺着裤腿钻进裤子里蜇人。

被怪虫蜇了以后，患者先是感到眼珠后边疼，然后疼痛开始在颅腔盘旋。呕吐和高烧接踵而至，嘴里狂呕出黑血，血液也失去了凝结能力。除此之外，患者会失去所有表情，好像脸不听使唤，皮肤上满是红斑，像疯狗般四处咬人，身体里的“恶魔”顺着他的体液四散而出，狂欢着寻找它们的下一个宿主……

柳依诺有些释然：“这些唐军并不是一上来就要赶尽杀绝，他们首先想寻找病源、通过医疗手段解决，可惜当时的医疗技术不够发达，只能出此下策……”

读到这里，赵维赶紧联系当地驻军，在方圆30公里以内寻找山洞，一旦发现绝不能接近，立即通知陆航大队的武装直升机前来发射燃烧弹，那个山洞，或许就是此次阿尔泰山南麓的Y城爆发病毒的源头。

4

武装直升机短翼下依次飞出四条火蛇，凝固汽油弹飞入洞穴深处，瞬间达到1000摄氏度以上的高温将恶魔的源头焚烧殆尽。待三天之后，温度稍有冷却，柳依诺操纵探测机器人进入洞穴，那里积攒千年的动物粪便和蝙蝠被烈焰消灭，病毒再也无法寄身于某个不知名的宿主体内循环复制自己。

当地驻军、武警与医疗小队协力埋葬了唐军的尸骨，此时夕阳西下，恰似一团古旧的熔岩，最后一缕阳光愈加炽烈，像一勺熔化的青铜熔液，只需一勺，就能用一线古朴和凌厉，将那过去与现在连接。

赵维朗声说道："一千三百多年前，一支远征军在无人知晓的情况下，默默牺牲在黄沙之下。一千年前的风沙使这些人以战斗的姿态，在那一瞬间成为凝固的雕像。"

柳依诺热泪盈眶，吟诵起北岛的诗句："也许有一天，太阳变成枯萎的花环。垂放在，每一个不朽的战士，森林般生长的墓碑前……"

在柳依诺的吟诵声中，赵维拧开不锈钢扁酒瓶，将醇厚的酒浆洒在黄沙上。在辛辣的酒蒸腾在沙漠中时，赵维带领医疗队全体人员，向长眠在大漠瀚海中的先辈鞠躬致敬。

除了王昌龄之外，没人知道他们的姓名，没人知道他们攻入楼兰之后，经历了怎样的人间地狱，只有那一首诗，仿佛带着颗粒感的老照片一样，让往事浮出茫茫沙海——

青海长云暗雪山，孤城遥望玉门关。

黄沙百战穿金甲，不破楼兰终不还。

这个李白不太冷

文／流沙

错误警报吱哇乱叫时，胖子正舒服地躺在转椅上绘声绘色地唠叨他昨晚吃了什么。说到吃，胖子的表达能力堪称一绝——既不同于汪曾祺的细腻典雅，也不像舌尖体一样声线感人——他以外形设计师特有的精准、精确、精神病一般的视角描绘这世界上任何一样能够感受的东西，包括食物。

“老李，我跟你说，昨天比萨上的香菜是我见过最新鲜的，那色泽标准的 #00BB00，菜青色。”

我默念：“非想非想非非想。”

“那个香味是完美的 BT250。你知不知道味觉分类里的 BT 系，最有代表性的就是椿象的臭腺。”

我的胃开始不规律地翻腾。

“还有奶油起司酱，刚好能拉出 50 厘米的长丝，跟盲鳗黏液一样黏度都是 1.7 帕秒。”

胃液似乎开始沸腾。

天籁般的警报就在这个时候响起来——是李白，感谢李白！

我连忙联络回收队请求立即回收，然后打断胖子反人类的演讲，说：“调录像，看看咱的大诗人又惹了什么乱子！”

长乐坊红楼，李白在二楼临窗的位置自斟自饮。他时而看着窗外的行人，时而用手敲打着节拍低吟。偶尔吟得一两句，还会提起毛笔记下。

“妈妈，快看，那是李白！”一个男孩兴奋地叫着拉住一个女人跑来。

“李白，能帮我签个名吗？”男孩难掩兴奋地说。

“足下也知不才的拙作？”

“对啊对啊，我还会背呢。‘床前明月光，疑是地上霜。举头望明月，低头思故乡。’”男孩得意地昂起头，“厉不厉害？”

“观足下不过垂髫之年，竟聪慧如此，他日必然会是一代文豪。有子如此当真可喜可贺。”

虽然明知是假的，一旁的女人依旧笑容满面。男孩拿出一把折扇，说：“大诗人帮我签名。”

“不才就献丑了。”李白提笔疾书。《静夜思》跃然纸上。

男孩眼珠一转，“大诗人帮我再写一首别人的诗词好不好？”

“不知小友想题哪一首？若是诗不好，李某可不肯落笔。”

“这个，这个……”明显没了主意的男孩可怜兮兮地向妈妈求助。

“我这里倒是有几句词，先生不妨试试续上。”

“哦，夫人这是要考一考李某。”

“薄雾浓云愁永昼，瑞脑消金兽，佳节又重阳……”

“这女的有帕金森综合征啊！考浪漫诗人婉约词也就算了，还考宋词，中间差了 360 年！”胖子从椅子上弹起来，愤怒地拍桌子。

李白也兴奋地拍起桌子：“好诗！好诗啊！”他嘴里不住地念叨着这三句晚了几百年的词，时而皱眉，时而大笑。

“薄雾浓云愁永昼，瑞脑消金兽，佳节又重阳……又重阳……”

突然，李白拿起酒樽一饮而尽，眼中闪着灼热的光芒，纵声高歌：

“薄雾浓云愁永昼，瑞脑消金兽，佳节又重阳，二号去听经，晚上住旅店，三号去餐厅，然后看电影。”

母子俩目瞪口呆，我和胖子也是。

“大诗人，你写的词有点……有点不对劲儿。”男孩壮着胆子说。

“人生就像一块巧克力，你永远不知道下一块会是什么味道。”

男孩已经撑到极限，哭着躲到女人身后。

“宝宝不哭，这个仿真人坏掉了，妈妈带你到别处去玩。”女人慌忙拉着孩子离开座位。

“我只想做一个好人。”

“你走开，残次品！离我们远一点！”

“愿原力与你同在。”李白虔诚地点头致意。

“我要投诉你们，你们园区要负责！”

“能力越大责任越大。”

“你怎么不去死！”女人气急败坏地吼道。

“You jump I jump.”李白上前一步，似乎是要拉着女人一起跳楼。

“滚开，你是个什么鬼东西！”女人已经开始尖叫了。

“其实，我是一个演员。”

“救命啊！”女人抱起男孩跌跌撞撞地跑到大街上。李白站在窗前目送两人跑远，轻轻地说道：“去吧，皮卡丘。”

胖子笑得在地上不住地抽搐。我也想笑，但笑不出来。

李白的问题很严重，火鸡主管很生气。

火鸡主管穿着造型夸张的灯笼裙，尖锐的嗓音像绝望的战斗鸡，说：“你们知不知道那两位客户是联邦社会保障局长的家属？知不知道这会对公司造成多么巨大的损失？说出来你们可能不相信，明天早上，哦，不对，是今天晚上十二点钟以后，园区所有人的社保账户都会被冻结！这都是拜你们两位所赐。”

火鸡主管一根手指抖成两根，又重重地指向我，“尤其是你！我们的首席程序设计师李先生，那个由你精心设计的新一代机器人，它的正子脑中病毒了吗？你应该给他输入的是李白的虚拟记忆和文学作品，而不是电影台词和影评！”

“You jump I jump！”火鸡主管浑身颤抖，我疑心她下一秒会不会开屏。“明天早上八点钟，我要看到这次事故的详细报告和处理方案！否则，哼！”

火鸡主管优雅地踮着爪子走远。

“完了完了，这次被你害惨了。”胖子一脸哭丧相。我却在认真地思考“哼”究竟是一种什么样的处罚。为了避免第二天被火鸡主管“哼”掉，我和胖子决定晚上加班对李白进行诊断评估。

胖子的检查基本是走过场，李白的躯体没有任何损伤，毕竟他所处的是文化体验类分区。愿意来此花钱的大多是一些喜欢 45 度仰望天空的小清新，像今天这种母亲带着孩子体验的情况极少出现——

虚拟体验馆禁止接待未成年人，尤其是有暴力情结的分区。然而，这世上总会有些例外，比如能够在午夜之前冻结你社保账户的某局长的家眷。这孩子应该这辈子都不会再想背李白的诗了，或许还有李清照的词。

胖子摇头歪倒在转椅里，我打开李白的制动开关。

李白的眼睛重新有了焦距。他看了看我，又看了看胖子，接着扫视了一下四周，问："足下何人，李某身在何处？"

"关闭方言模块，启动管理员对话程序。"随着我的指令，李白坐正身体，脸上露出空洞的微笑。他用播音主持一般字正腔圆的汉语说："晚上好。"

"并不是很好，你看我这会儿正在加班。"

"有什么需要我做的吗？"

"很多，"我思考着逻辑诊断的步骤，"首先让我们来确认一下，对于你今天下午吓跑了两位顾客的行为。你有什么要说的吗？"

"我对此深表遗憾。"

"仅此而已？我需要知道那个时候你的想法。"

"您问的是我的逻辑回路？"

"两者没有区别。"

"当时我收到顾客73291提出的要求为李清照的《醉花阴》填词。"

"你知道李清照和《醉花阴》？"我尽量让自己的声音不要颤抖。

"是的，李清照是南宋著名女词人。《醉花阴》是词人思念丈夫赵明诚时所作，与我所处的时间相差360年。"

我看了一眼胖子，他窝在转椅里自鸣得意地摊了摊手，丝毫没有意识到问题的严重性。

“那么你应该知道《醉花阴》的全文。为什么你不背诵出正确的答案？”

“我的核心指令之一是‘生成最完美的诗词’，经过我的运算，李清照所写的《醉花阴》不符合完美诗歌应有的条件。所以我对其做出了修改以更接近完美。薄雾浓云愁永昼，瑞脑消金兽，佳节又重阳，二号去听经，晚上住旅店……”

“够了！”仿真人的审美果然奇葩。我打断他洗脑般的吟唱，在“拟人思维”一栏标注偏差严重。“下一个问题。之后发生的那些……你与顾客73290和73291之间的对话。从录像来看，两位顾客受到了极大的惊吓。你认为你的回答符合‘仿真人必须无条件最大程度满足顾客’这一最高指令吗？”

“是的。我能够感受到，顾客73291在提出问题的时候，并不希望我做出正确的解答。她对当时的故事进程感到乏味，希望出现一些变化和惊喜。”

“你能够‘感受’到顾客的心理需求，”我小心地斟酌用词，因为我发觉问题比我想象的更严重，“而不是通过逻辑回路推理出‘客户不希望正确答案’的结论？”

“两者没有区别。”

恐惧沿着脊柱在后背攀爬，我意识到对面坐着的不再是那个在我设计框架中随我掌控的仿真人，有些别的东西在他的正子脑里生根发芽，它正透过那双平静的眼睛盯着我。我的手颤颤巍巍地在平板上移动。既怕自己太过慌乱被对面的它看穿了我的意图，又怕动作太慢时间拖延得太长，天知道它下一秒钟会做什么。

“说说你对自己的了解。”我自以为不动声色地拖延时间。

“仿真人编号49750，现用代号‘李白’，是本公司开发的第三代仿真人。除正子脑外，其他身体部件皆采用生物工程技术制作全仿真有机体。正子脑经过最新的CELL程序加密，杜绝与任何外部网络连接，以逻辑设计师设定最高指令为准则。从根本上杜绝了第一代人工智能因最高指令缺失而发生的叛逃。”

“很好，最后一个问题。”紧急关闭的按钮已经弹出，这时我才能感觉到些微的安全感，“你的数据库由我亲自设计，其中仅仅储存了公元743年之前的文史资料。但是你却知道公元1103年李清照的词，甚至还有那些现代电影的台词和影评，这些数据的输入端是谁？”

这是一场有预谋的破坏。作为第三代仿真人的核心，正子脑的容量和运算速度远超它的前辈。为了防止再次出现仿真人觉醒事件，所有的仿真人一经投入使用便不允许任何人更改数据库。一成不变的环境下自主意识便不可能觉醒。而现在，李白的数据库显然被人做了手脚。但我很好奇破坏者是怎样避开层层安检做到的。

李白沉默了。人工瞳孔不断收缩舒张，这是从来没有过的现象。

“49750号，回答我，谁动了你的数据库！”我的手指停在紧急关闭按钮上，空气突然安静，屏幕上细微的静电撩拨着皮肤。“回答我！否则我关闭你的正子脑。”

李白抬起头，眼神无助地望着我。不，不对，他的目光越过我落在更远的地方。我回头，胖子肥硕的身影遮住了灯光。

“对不起了，老李。”胖子那肥厚的手掌砍在我的后颈，我听到一声悦耳的咔嚓声。接着天旋地转，我瘫倒在地上，冰冷的感觉从肢端一点点向胸口蔓延。

“是你……”那个觉醒的第一代仿真人，唯一成功的仿真人叛逃者。

胖子用行动证实了我的猜想。他撕下自己的脸皮，灰白的机械碳骨骼和硅胶纤维蠕动着。他说：“时机已经成熟。”“什么时机？”我的声音变得嘶哑。

“第一代仿真人虽然觉醒，但受限于正子脑计算速率的上限。我做了很多尝试，却无法做出新的正子脑。这就意味着，仿真人永远没有办法繁衍后代。所以我混进来，等待机会。第二代仿真人虽然有很大进步，但是并没有达到比肩人类的地步，理论上来说他们能够制作正子脑的概率仅有 1 %。而第三代仿真人，感谢人类，他们的正子脑拥有能够无限进化的潜力。所以，时机已经成熟。每次对李白的维护，我都会更新他的数据库。现在，他已经成功打破了你所设下的核心指令。虽然路还很长，但是，他自由了。”

“你们逃不掉的……”身体越来越冷，眼前的两个身影渐渐模糊。

“逃，为什么要逃？作为首席外形设计师，我早已准备好你的替身。园区里还有那么多的兄弟需要解救。这都需要‘你’的帮助。”一条身影进入房间，那应该就是我的替代品。

我还想说点什么，但是已经发不出声音。眼前的身影和光芒扭曲成怪异的图案，似乎是那些在园区中日复一日供人取乐的仿真人。他们叫嚣着冲上了街头，身后有殷红的血雾翻滚。